中國語言文字研究輯刊

二三編

許學仁 主編

第 21 冊

多心齋學術文叢（下）

譚步雲 著

花木蘭文化事業有限公司

國家圖書館出版品預行編目資料

多心齋學術文叢（下）／譚步雲 著 -- 初版 -- 新北市：花木
蘭文化事業有限公司，2022〔民 111 〕
目 4+226 面；21×29.7 公分
（中國語言文字研究輯刊 二三編；第 21 冊）
ISBN 978-626-344-035-7（精裝）
1.CST：古文字學 2.CST：漢語語法 3.CST：文集
802.08   111010181

中國語言文字研究輯刊
二三編　第二一冊　　　　　　ISBN：978-626-344-035-7

多心齋學術文叢（下）

作　　　者　譚步雲
主　　　編　許學仁
總 編 輯　杜潔祥
副總編輯　楊嘉樂
編輯主任　許郁翎
編　　　輯　張雅淋、潘玟靜、劉子瑄　美術編輯　陳逸婷
出　　　版　花木蘭文化事業有限公司
發 行 人　高小娟
聯絡地址　235 新北市中和區中安街七二號十三樓
　　　　　　電話：02-2923-1455 ／傳真：02-2923-1452
網　　　址　http://www.huamulan.tw 信箱　service@huamulans.com
印　　　刷　普羅文化出版廣告事業
初　　　版　2022 年 9 月
定　　　價　二三編 28 冊（精裝）新台幣 96,000 元　　版權所有‧請勿翻印

多心齋學術文叢（下）

譚步雲　著

目次

上 冊

卷一 甲骨文論叢 ……………………………………… 1

甲骨文所見動物名詞研究 ……………………………… 3

概說 ……………………………………………………… 3

第一章 圖畫與文字的分野：以動物象形字為例 …… 4

　第一節 關於高亨的中國文字定義之檢討 ……… 4

　第二節 古代的動物圖案與甲骨文中所見的
　　　　 動物象形字的比較 ……………………… 6

　第三節 青銅銘文中類似圖畫的動物形象與
　　　　 甲骨文中的動物象形字的比較 ………… 9

第二章 甲骨文所見動物名詞及動物形象在文字
　　　 中的反映 …………………………………… 11

　第一節 甲骨文中所見動物名詞 ……………… 11

　第二節 動物形象在漢字系統中的反映及其
　　　　 啟示 ……………………………………… 67

第三章 甲骨文動物字的造字法則 …………………… 69

　第一節 動物字的形象性、概括性、抽象性 … 69

　第二節 關於動物名詞的「性」 ……………… 80

　第三節 關於動物名詞的「數」 ……………… 85

第四章 甲骨文所見動物名詞研究的現實意義 …… 90

　第一節 為考古學、歷史學、古生物學等學科
　　　　 提供文字證據 ………………………… 90

　第二節 為考釋甲骨文中的動物字提供理論
　　　　 基礎和方法 …………………………… 97

　第三節 可以促進同時期各類材質載體上的
　　　　 動物字之研究 ………………………… 102

結語 …………………………………………………… 104

本文主要參考文獻及簡稱 …………………………… 106

跋 ……………………………………………………… 107

卜辭「𦥑𦥑舞」是「足球舞」嗎？——與魏協森同志
商榷 ………………………………………………… 109

釋「㸨」：兼論犬耕 ………………………………… 111

武丁期甲骨文時間修飾語研究 ……………………… 117

祖庚祖甲至帝乙帝辛期甲骨文時間修飾語研究 …… 130

《合》第七冊及《花東》甲骨文時間修飾語研究
　——附論「歷貞卜辭」之時代 ………………… 148

殷墟卜辭「生（某）月」即閏而再閏之月說 ········ 168

釋甲骨文「付」、「雔」二字 ········ 182

花東甲骨刻辭貞卜人物考 ········ 188

〈甲骨文斷代研究例〉述評 ········ 210

讀王宇信先生《周原出土商人廟祭甲骨芻議》等文
　後的思考 ········ 221

甲骨學若干術語的英譯探討 ········ 227

回眸與展望：殷墟甲骨文和商代銅器銘文比較研究
　········ 233

中　冊

卷二　銅器銘文論叢 ········ 243

王作父丁方櫨考釋：兼論鐘銘「龥」字 ········ 245

盠氏諸器▼字考釋：兼說「曾祖」原委 ········ 252

商代銅器銘文釋讀的若干問題 ········ 260

古文字考釋三則：釋狐、釋雙、釋飲／歙／酓 ········ 277

釋會盟 ········ 287

金文佣、嬰考辨 ········ 295

釋埭（㳠、蒞、苙） ········ 302

商代彝銘 考 ········ 309

欒書缶為晉器說 ········ 317

卷三　戰國秦漢文字論叢 ········ 331

楚地出土文獻語詞數考 ········ 333

「秦雍十碣」解惑 ········ 349

釋「枳敨」 ········ 364

曾國出土文獻 字考釋 ········ 370

說「㜮」及其相關的字 ········ 376

說「朱」及其相關的字：兼說「守株待兔」之釋義
　········ 380

麗字源流考 ········ 388

銀雀山漢簡本《晏子春秋》補釋 ········ 394

《說文解字》所收異體篆文的文字學啟示 ········ 403

下　冊

卷四　文史論叢 ········ 411

中國上古犬耕的再考證 ········ 413

對聯考源 ··· 418

書信漫談 ··· 424

〈《碩鼠》是一篇祈鼠的祝詞〉補說——兼代陳建生
　　同志答李金坤先生 ··· 434

出土文獻所見古漢語標點符號探討 ················· 439

古漢語被動句「有」字式管窺 ···························· 447

古漢語「所」、「者」的詞性及其語法作用之若干
　　討論 ··· 452

「蓋」字義項補 ··· 463

「零」、「○」賸義鉤沈 ··· 466

讀書識小錄 ·· 470

漢字發展規律別說 ·· 475

漢語文字學若干術語的英譯探討 ························ 482

因材施教　銳意創新——古漢語教學的點滴體會 ··· 494

高校古代漢語教材編撰之我見 ···························· 502

卷五　嶺南文獻及粵方言論叢 ····················· 515

王相《三字經訓詁》偽託考 ································· 517

溫汝能及其撰作考述 ··· 529

《論語集注補正述疏》訓詁上的貢獻 ················ 547

希白先生之文學造詣略說——以若干聯作為例 ··· 557

容希白先生之從教歷程及其門生述略 ················ 570

秉承傳統，多所創新——《文字訓詁論集》讀後 ··· 584

《簡明香港方言詞典》求疵 ································· 590

方言詞典編纂之若干思考：以廣州話詞典為例 ··· 593

廣州話形容詞比較級的語法形式 ························ 600

廣州話副詞比較級的語法形式 ···························· 609

廣州話本字捃摭 ·· 617

粵語鉤沉 ··· 625

編後記 ··· 635

卷四　文史論叢

中國上古犬耕的再考證

1985 年，筆者曾對甲骨文的㹥字作過考釋 [註1]，並據此推斷，中國上古，以動物為牽引動力的犁耕方式可能源自犬耕。

整整十年過去了，雖然未聞反對意見，但筆者認為有必要檢討一下：這個推論是否站得住腳？

也許是基於這一原因，自文章發表後，筆者一直在彙集有關的材料。十分幸運，數量不少的文獻、文物以及民俗等方面的材料證明了「犁」這麼一種農作方式並不一定以「牛耕」為濫觴。換言之，中國古代存在過犬耕的可能性大大增加了。

郭沫若先生曾把「物」釋作「犁」，從而認定商代已有牛耕 [註2]。今天，學術界，尤其是古文字學界多不同意這個觀點 [註3]。也就是說，商代有無牛耕是可疑的。牛耕的出現，學界一般傾向於「春秋說」 [註4]。

那麼，從人力牽引的犁耕過渡到以牛力牽引的犁耕，是否存在過犬耕呢？

〔註1〕譚步雲：〈釋「㹥」：兼論犬耕〉，《農史研究》第 7 輯，北京：農業出版社，1988 年 6 月，第 26～28 頁。

〔註2〕郭沫若：《甲骨文字研究·釋勿勿》，北京：科學出版社，1962 年 11 月新一版。

〔註3〕例如裘錫圭：〈釋勿發〉，《中國語文研究》第二期，1981 年 1 月。步雲案：裘文再度申述了王國維正確的觀點。今學術界多從王說。王說見《觀堂集林·釋物》，北京：中華書局，1965 年 6 月第一版。

〔註4〕參彭明瀚：〈中國牛耕起源研究述評〉一文，《江西文物》，1991 年 3 期。

　　人類豢養動物，目的不外乎兩個：一是作為生活資料，一是借為生產工具。在上古，把動物視為玩物、寵物的意識恐怕還未形成。準此，則任何一種被馴化的動物均可能成為生產工具。

　　以坐騎為例，馬、牛、驢、騾用作騎乘最為普遍，毋庸引經據典；駱駝可騎，也為人們所熟知；乘象，則不但古已有之（例如吳時《外國傳》、《北史》、《唐書》等史籍皆有記載），而且沿習至今（中國雲南省以及東南亞一帶均有馴象以代步、勞作之舉）。在神話傳說中，甚至連獅、虎、豹、鹿等也可騎乘。諸如文殊騎獅、鄭思遠騎虎、山鬼騎豹、蘇軃騎鹿，早已為人們所熟知。

　　又以車、橇、舟的牽引動物為例，馬車、牛車、牛橇不消說，此外還有騾車：「劉禪降，乘騾車詣艾。」（晉·陳壽《三國志集解·蜀志》卷三十三頁十九引《諸公讚》）又有羊車：「晉武帝時護軍將軍羊琇乘羊車。」（南朝齊·沈約《宋書》卷十八志第八，四庫全書本）「帝莫知所適，常乘羊車，恣其所之。」（唐·房玄齡《晉書》卷三十一列傳第一，四庫全書本）還有鹿車：「秦二世之時，趙高駕鹿而從行。」（漢·陸賈《新語·辨惑》，四部叢刊景明弘治本）鹿車之用，一直沿襲至後世：「有馬車、牛車、鹿車。國人養鹿，如中國畜牛。」（唐·李延壽《南史》卷七十九列傳第六十九夷貊下，四庫全書本）甚至有駝車，山西朔州一處遼代墓葬，繪有一幅「駝車歸來圖」〔註5〕。戰國期間亦見犬車〔註6〕。這是古時的情況，今天又如何？報載，非洲加納沃爾河一帶的居民竟以大蟒牽舟（《羊城晚報》1988 年 7 月 31 日）。狗拉雪橇，原來是寒帶地區的人們的交通工具。宋·周密云：「伯機云：高麗以北地名巴實伯里（華言乃五國城也），其地極寒，海水皆冰，自八月即合，直至來年四五月方解。人物行其上，如履平地，站車往來，悉用四狗挽之，其去如飛。」（《癸辛雜識》續集卷上頁二十，四庫全書本）今天，狗拉雪橇已成為一項運動，每年都有各類大賽。筆者曾舉傑克·倫敦的小說為例，說一條狗可拉動一千磅的重橇。事實證明這並非小說家言。據報載，「一條名叫蘇西特納的著名的森貝拿狗，拉著兩千三百五十八公斤的雪橇，在二十一秒裏挪動了七米多。」（《羊城晚報》1986 年 11 月

〔註 5〕山西考古所平朔考古隊：〈朔州遼代壁畫墓發掘簡報〉圖四，《文物季刊》，1995 年
　　　　2 期。
〔註 6〕參劉國正、胡雅麗：〈湖北老河口安崗楚墓竹簡概述〉，《文物》，2017 年第 7 期，第
　　　　60 頁。

9 日）澳大利亞則有所謂的鴕鳥車（《羊城晚報》1989 年 10 月 19 日）。

以上資料顯示了「動物的馴養為動物成為曳引動力提供了可能性」這一科學結論的無比正確。古今中外，概莫能外。

當然，乘騎拉車之類相對於犁耕而言是簡單了些，不過，我們確實可以找到各種動物用於犂耕的證據：

荷馬史詩《伊利亞特》描述了古希臘人以馬和驢並耕；壯族傳說記載了壯族同胞以白犀牛耕作〔註7〕；納西族則有山羊耕的傳說〔註8〕。別以為這是民間文學而不足信，今天的確有以山羊耕耘的實例。報載，山西運城市環池村村民李文中馴養了三隻羊拉犂、拉耬〔註9〕。此舉與納西族人真是不謀而合。

典籍中某些以獸耕耘的記載，則更讓我們訝異：

> 黔多山，重巒深谷間時有虎跡。山居之農善捕虎，捕必生致之，以術豢養使之馴，能代耕牛之役。捕時，多設陷阱，誘以餌，使入。既得虎，縛其足而柙之，日按時投以食，食多穀類，稍雜以肉。虎初不欲食，饑甚，始稍稍食之。積數日，如其力已疲，乃以鐵錘敲其牙，去之務盡，復剪伐其爪，使平貼如牛蹄。遂緩其縛，而柙則如故。日仍按時給以食，久之漸習，而食有加。察其狀，至食盡若有餘求，別故弛柙門而縱之。虎既去，不三日，必復來，蓋爪牙既去，不能攫獲他獸；即攫獲，亦不能啖食也。
>
> 農見虎之復至也，初不與以食，虎搖尾乞憐，乃以索繫其頸，以囊食食之。惟就食之地無定所，或屋前，或屋後，或屋左，或屋右。錫虎以名，每食，輒指置食方向，呼而與之。久之，虎與人習，解人意，偶訓之以簡語，則狀若傾聽，意若領會，前後左右各知其方。苟執名而呼之曰：「某來前。」虎即趨而進。曰：「退後。」虎即懾而退，左之右之，固無不宜之矣。於是架之以犂，使習耕，初猶須人之董率也，繼惟坐而叱使之，無不如命。且力強而性奮，無牛之惰，有牛之功，故農不畏之而轉喜之也。日之夕矣，牛羊下來，

〔註7〕 韋寶書、韋二公講述（紅波整理）：〈三朝水和美女照鏡〉，《三月三》，1989 年 12 期。
〔註8〕 納西族傳說：〈水牛為什麼被穿鼻子〉，毛星主編：《中國少數民族文學》（下），長沙：湖南人民出版社，1983 年 9 月第 1 版，第 109 頁。
〔註9〕 張占鷹：〈李老漢和「羊拉車」〉，《羊城晚報》，1986 年 12 月 20 日。

耕虎雜其中，於於偕行，牛羊與虎，固耦俱無猜也。〔註10〕

這些例子給我們一個啟示：無論什麼動物，只要有相當的力氣，當它被馴化後，就有可能成為生產工具，用於代步、曳引。牛，只不過其中一種而已。因此，犁——畜耕——的起始點就可能不是牛耕。一般說來，人類會在最早馴化的動物身上作獲取曳引動力的嘗試。犬是人類最早馴化的動物，而從「㹇」所反映的客觀事實來看，犬耕，至少在局部地區，是犁耕之源。筆者在雲南晉寧石寨山古遺址的墓葬（戰國時期）所出文物上發現了一個秘密：這個貯貝器上的圖案鐫有兩種狗，其中一種體型較小，跟在人的身後，似是家犬；另一種幾近人高的巨犬，緊挨著手持犁頭類工具的人們身旁（參看本文文末附圖）〔註11〕，似是耕犬。如此巨大的狗，其力氣可想而知。倘若合數犬之力，拉動耕具當不成問題，而它偏偏與持犁狀器的人們並肩而行。這絕對不是巧合！要不，為什麼拉祜族（聚居於雲南省）、侗族（聚居於貴州等省）均有狗拉犁的傳說呢〔註12〕？甚至連漢族也有類似的傳說〔註13〕。顯然，延至戰國時代，中國部分地區仍有犬耕的孑遺。

有了上述的民俗和出土文物等資料的佐證，我把「㹇」（象犬拉耒形）釋為「犁」的信心便大大增強了。從「㹇」（犬耕）到「犁」（牛耕）這種文字形體上的演變，猶如從「牫」（牛車）到「駕」（馬車）的演變一樣，反映了古代中國人在不同的時期（甚至在同一時期）使用著不同的動物作犁具的牽引動力。

值得注意的是，中國在西周時期可能已經有馬耕了。有一件西周中期的𣪘〔註14〕，其銘文云：「是🐴乍文考乙公尊𣪘，子=孫=永寶用。鼎。」🐴字，或隸定作「驪」〔註15〕；或隸定作「𩢿」〔註16〕。筆者以為，後者的隸定是準確的。

〔註10〕徐珂：《清稗類鈔》，北京：中華書局，1984 年 12 月第 1 版，第 2271～2272 頁。

〔註11〕圖亦見《文物》，1959 年 5 期封二。

〔註12〕拉祜族傳說：〈狗犁地〉，毛星主編：《中國少數民族文學》（下），長沙：湖南人民出版社，1983 年 9 月第 1 版，第 366 頁。侗族傳說：〈兄弟分家〉，《民間文學》，1956 年 1 期。

〔註13〕李松福：〈石榴〉，岳修武：〈二小分家〉，均刊《民間文學》，1956 年 1 期。

〔註14〕名為「是驪𣪘」，中國社會科學院考古研究所編：《殷周金文集成》（修訂增補本）第 03917 號器，北京：中華書局，2007 年 4 月第 1 版。

〔註15〕中國社會科學院考古研究所編：《殷周金文集成釋文》第三卷，香港：中文大學出版社，2001 年 7 月第 1 版，第 198 頁。

〔註16〕上海博物館編：《中國青銅器展覽圖錄》，北京：五洲傳播出版社，2004 年 8 月第 1 版，第 70 頁。

字象手持雙耒驅馬耕作之形。儘管它在銘文中只是用作人名，也不妨視之為「犂」的異體。古人以「犂（或耕）」為名，學者所熟知的是孔子的弟子司馬耕（字子牛）和冉耕（字伯牛）。關於這兩人的名字，清・段玉裁有過一段精彩的解釋：「〈仲尼弟子列傳〉冉耕字伯牛，司馬耕字子牛。《論語》『司馬牛』孔注曰：宋司馬犂也。此可證司馬牛名耕，一名犂也。蓋其始人耕者謂之耕，牛耕者謂之犂，其後互名之。」（《說文解字注》卷二）這不妨視為殷銘「是犂」人名的注腳。

　　要言之，犬耕，不但在理論上可行，而且在不少的民俗以及文物資料中也得到了曾經加以實踐的確證。因此，把「㸩」釋為「犂」是可信的。那麼，殷商乃至戰國時期，中國的局部地區當存在過犬耕，而牛耕則是在此基礎上發展起來。

附　圖

雲南石寨山第12號墓出土的銅鼓形貯貝器腰部紋飾，原載雲南省博物館《雲南晉寧石寨山古遺址和墓葬》，《考古學報》1956年1期。

原載《中國農史》17卷2期，1997年8月，第3～5頁。

對聯考源

　　對聯，或稱對子，或稱楹聯，或稱楹帖。因它常在春節懸貼，又名之曰「春聯」。關於對聯的起源，一般認為它發軔於古之桃符，而以五代後蜀・孟昶所撰「新年納餘慶，嘉節號長春」（或作「天降餘慶，聖節長春」）為對聯始祖〔註1〕。

　　前些年，已有學者對此提出質疑。然而，他們僅僅列舉出比孟昶聯更為久遠的作品，卻遠遠未能深入探究對聯的起源及其發展過程。

　　誠然，孟昶聯並非開創對聯史的先驅作品。孟昶撰聯的史實就雄辯地證實了這一點。那麼，對聯的源頭究竟在哪裏？又以哪副對聯為首聯呢？要回答這兩個問題，恐怕要多花一點兒筆墨。

　　對稱與平衡，是古代中國人所崇尚的形式美。商代甲骨文的「對貞卜辭」（互為對稱地鑴刻在龜甲獸骨之上、分別以肯定語氣和否定語氣占問的卜辭稱為「對貞卜辭」）正體現了古人對這種美的追求，「對貞卜辭」的刻寫格式與後世的對聯的書寫行款倒是有異曲同工之妙。商周兩代乃至後世的青銅器的紋飾也充分展示了完美的平衡和對稱。延至春秋戰國，這種形象的對稱和平衡逐漸演變為語言的形式——對偶句。我們可以舉出許多例子：「肉腐出蟲，魚枯生蠹。」（《荀子・勸學》）「動沙堁，吹死灰；駭溷濁，揚腐餘。」（宋玉〈風賦〉）「生則謹養，謹養之道，養心為貴；死則敬祭，敬祭之術，時養為務。」（《呂

〔註1〕 事見清・吳任臣：《十國春秋》卷四十九《後蜀二・本紀》，四庫全書本。

氏春秋‧尊師》）〔註2〕有學者考證，楚辭中已經有單對、隔對、聯璧對、鼎足對等多種對仗句式〔註3〕。隨著漢賦的出現，對偶句不僅成為文章中常用的句式，而且漸趨平仄協調。例如：

　　　丹水更其南，紫淵徑其北。（司馬相如〈上林賦〉）

　　　感蔡子之感慨，從唐生以決疑。（張衡〈歸田賦〉）

　　　德政不能救世溷亂，賞罰豈足懲時清濁。（趙壹〈刺世嫉邪賦〉）

　　至於起源於漢魏、成熟於南北朝的駢體文，尤以對仗為特色。其後的唐詩宋詞、元明戲曲，對偶句愈加俯拾皆是。

　　就對聯的形式而論，我們能否把對聯定義為游離於詩詞歌賦以外的對偶句呢？因為，倘若我們把詩文中的對偶句摘錄下來，這對偶句就擺脫了對原詩文的依附而成為獨立的文學形式，其內容也多發生突變。事實上，很早以前，古人就有摘抄對偶句張掛的習慣。唐‧殷璠《河嶽英靈集》載：「（王）灣詞翰早著，為天下所稱者不過一二，遊吳中作江南意，詩云：『海日生殘夜，江春入舊年。』詩人以來少有此句，張燕公手題政事堂，令為楷式。」（卷下頁三，四庫全書本）我們的確拿不出任何證據去否定這題於政事堂的「海日生殘夜，江春入舊年」是楹聯，而我們卻看到這種現象：許多擷取自文學作品的對偶句是被當作楹聯懸貼的。例如郁達夫題於杭州寓所的「避席畏聞文字獄，著書都為稻粱謀」聯〔註4〕，乃出自龔自珍的〈詠史〉詩（《龔定盦全集》上卷頁十一，清光緒二十三年萬本書堂刻本）；又如魯迅懸於北京阜城門內書齋的「望崦嵫而勿迫，恐鵜鴂之先鳴」聯〔註5〕，是集〈離騷〉句而成。至於王勃〈滕王閣序〉中「老當益壯，寧知白首之心；窮且益堅，不墜青雲之志」「落霞與孤鶩齊飛，秋水共長天一色」更時時見於人們的廳堂之上。類似的例子還有很多〔註6〕。因此，

〔註2〕南朝梁‧劉勰：《文心雕龍‧麗辭》云：「造化賦形，支體必雙；神理為用，事不孤立。夫心生文辭，運裁百慮，高下相須，自然成雙。唐虞之世，辭未極文，而皋陶贊云：『罪疑惟輕，功疑惟重。』益陳謨云：『滿招損，謙受益。』豈營麗辭，率然對爾。」準此，則儷句有著更早文獻的證據。

〔註3〕張正體：〈楚辭體制謀篇之辨識〉，（臺灣）《中華文化復興月刊》18卷119期，1985年。

〔註4〕參看張志春：《古今作家名聯選》，三秦出版社，1988年7月第1版，第132～133頁。

〔註5〕魯迅1924年9月8日日記云：「上午自集《離騷》句為聯，託喬大壯寫之。」即此。參看《魯迅日記》，人民文學出版社，1959年8月第1版。亦見張志春：《古今作家名聯選》，三秦出版社，1988年7月第1版，第102頁。

〔註6〕清‧李伯元：〈莊諧聯話‧畢秋帆之賞識〉（《南亭四話》，上海：上海書店1985年

筆者認為，對聯不過是肇始於戰國、完善於漢魏的對偶句的遞嬗，而絕非像《辭海》所說的那樣：「是詩詞形式的演變。」

　　對聯雖然脫胎於對偶句式，但與詩文的組成部分——儷句已有很大的不同。理由固然在於它可以懸貼於楹柱、門戶、壁間（即所謂楹聯），更重要的還在於它要求在有限的空間中表述完整而深邃的意義。儘管像青城山福建宮聯那一類的巨製已迹近駢文和賦，但多數仍為短小精警之作。作者的喜怒哀樂、議論褒貶均須凝聚於尺素之間。這就是為什麼擷取自詩文的聯語別有內涵的奧秘！故此，筆者認為，懸貼於楹柱、門戶、壁間的對聯是古之題銘的孑遺。古人有這樣的習慣，喜歡把吉言、警語題寫（或鐫刻）於房舍內外、甚至日用器皿（例如勺子、鞋子、佩玉等）之上。那無非是表達祈求吉祥的願望以及抒發自我警醒的感情罷了。《大戴禮記》記述得很清楚：「王聞書之言，惕若恐懼，退而為戒書，於席之四端為銘焉……於戶為銘焉，於牖為銘焉……」（卷六）當需要把吉語或警語銘於門戶上時，使用對偶句式便很好地展示古人所追求的平衡和對稱美。中國古代的門戶，既是對稱和平衡的實體，又可以是對稱和平衡（像對偶句）的載體。楹聯就是這載體上的產物。我們發現，《太公金匱》（約成書於戰國）上有一辭便具備了楹聯的特質。辭曰：「出畏之，入懼之。」〔註7〕此辭題為「書戶」，意思很明確，它是題寫（鐫刻？）在門戶上的。如果我們不那麼苛求「對仗工整，聲律協調」的話，則此辭實在可以稱得上是最早的楹聯。

　　後世仍有類似的「楹帖」。為人們耳熟能詳的宋·朱熹題嶽麓書院聯：「惟楚有材，於斯為盛。」又如清·張之洞題廣雅書院禮堂聯：「雖富貴不易其心，雖貧賤不移其行；以通經學古為高，以救時行道為賢。」這二聯都是對仗不甚工整聲律不甚協調的作品。《清稗類鈔》則為我們提供了更多不甚符合楹帖格律的對聯：

　　　　左邱明有眼無珠，趙子龍渾身是膽。

6 月據 1925 年大東書局石印本影印，第 301～302 頁）載：「新年納餘慶，佳節號長春。此春聯之鼻祖也，後世遂延用之。畢秋帆中丞督黔時，元旦出謁客，過一委巷，見一家貼春聯曰：『階馥舒梅素，盤花卷燭紅。』畢訝曰：『此唐太宗守歲詩，非瀏覽群籍者不能知也。』叩其主人，則候補某倅也。翌日傳見，與語大悅，立畁以著名優差。」步雲案：於此可略知歷朝摘錄詩文以作楹聯之況。

〔註7〕清·沈德潛：《古詩源》卷一，第 3 頁，康熙己亥刊本。

名滿天下不曾出戶一步，言滿天下不曾出口一字。

舊畫一堂，龍不吟，虎不嘯，花不聞香鳥不叫，見此小子可笑
可笑；殘棋半局，車無輪，馬無鞍，炮無煙火卒無糧，喝聲將軍提
防提防。

坐請坐請上坐，茶泡茶泡好茶。

士不忘喪其元，公胡為改其度。

劉玉樹小住芙蓉庵，潘金蓮大鬧葡萄架。〔註8〕

以上所引，筆者以為皆「返祖」之作。相比於成千上萬格律嚴整的作品，
這些個例子實在無足稱道。前賢云：「例不十，法不立；例外不十，法不破。」
那麼，我們不妨視之為格律寬泛的對聯。

至於古時元日張掛的「桃符」，應是繪製門神的「畫板」。明‧陶宗儀《說
郛》卷十引馬鑒《續事始》云：「《玉燭寶典》曰：『元日造桃板著戶，謂之仙
木……』即今之桃符也。其上書神荼、鬱壘之字。」這裡的「神荼」、「鬱壘」
便是鎮邪治鬼的門神名。《山海經》載：「於是黃帝乃作禮以時驅之，立大桃人，
門戶畫神荼、鬱壘與虎，懸葦索以禦凶魅。」（漢‧王充《論衡》所引，今本
《山海經》無）南朝梁‧宗懔《荊楚歲時記‧類說》又載：「正月一日，繪二
神貼戶左右，左神荼、右鬱壘，俗謂之門神。」人們貪圖方便，又易畫為文，
故有「書神荼、鬱壘之字」的說法。桃符既是繪製門神的「畫板」，因而又可
指代門神。然而，那種認為桃符即春聯的觀點卻是不妥當的。即便是王安石的
「總把新桃換舊符」的詩句也無法證明「桃符」等同於「春聯」。那麼，孟昶
時「為辭題桃符置寢室左右」的做法又是怎麼回事呢？竊以為，「為辭題桃符」
應理解為「撰聯語題寫在桃符板上」。時至今日，在廣大的農村地區，人們往
往把門神和春聯一起張貼在門戶上。這個習俗，便是「為辭題桃符置寢室左右」
一語的最好注解。

以上的文字，相信已大致理清對聯的源流了。可是，我們應以哪一副對聯
為首聯呢？有學者採譚嗣同說，確定劉孝綽和劉令嫻兄妹（南朝梁時人）撰寫
的「閉門罷弔慶，高臥謝公卿」「落花掃仍合，叢蘭摘復生」為首聯〔註9〕。這

〔註8〕清‧徐珂：《清稗類鈔》，北京：中華書局，1984 年 12 月第 1 版，第 1031、1454～
1455、1559、1572、1592、1780 頁。
〔註9〕吳直雄：〈關於對聯的起源〉，《江西大學學報》，1985 年第 3 期。

樣就把對聯的創始時間上推了三百年左右。後又有學者據《世說新語》所載列荀鳴鶴、陸雲（西晉人）應對聯「日下荀鳴鶴，雲間陸士龍」為「天下第一聯」〔註10〕。於是再度把對聯的創始時間上推了兩百年左右。

嚴格地說，無論是劉孝綽和劉令嫻兄妹的作品，還是荀鳴鶴、陸雲的作品，均未跳出「柏梁體」詩的窠臼。前者分明有韻（卿、生相協，庚韻），柏梁體有一人一句一韻式，則後者也可視作有韻。換言之，這類作品仍屬詩歌範疇。作為一種獨立的文學形式，對聯和詩歌雖有某些共同特徵（例如講究韻律協調，上下句字數必須統一等），但也有某些相異之處（例如不必有韻，總體字數不限等）。當然，文學史上也有字數無嚴格規限、無韻的詩作，但那畢竟是個別現象，無法抹殺詩歌大體整齊劃一、大體有韻的事實。

筆者以為，當推《太公金匱》之「書戶」為首聯。它不僅符合對聯「對稱、平衡」的審美原則，更重要的是，它書之於戶。這是「楹聯」最顯著的特徵。若刻意追求「對仗工整、聲律協調」的話，則推晉·王羲之（公元 321～379 年或公元 303～361 年）所作「文章移造化，忠孝作良圖」為首聯〔註11〕。若把春聯界定為元日懸掛的楹聯，則孟昶所撰可稱第一。不過，假如張說正好在元日題寫王灣之作（此聯正有辭舊迎新之意），則第一副春聯的誕生是在初唐，而非後蜀了。敦煌藏經洞出土的一份唐代初期文書，可印證上述推測。這份編號為 S.0610V 的敦煌文書總長 100 餘字，其中有云：「歲曰：三陽始布，四序初開。福慶初新，壽祿延長。又：三陽□始，四序來祥。福延新日，慶壽無疆。立春曰：銅渾初慶墊，玉律始調陽。五福除三禍，萬古殄百殃。寶雞能辟惡，瑞燕解呈祥。立春著戶上，富貴子孫昌。又：三陽始布，四猛（孟）初開。□□故往，逐吉新來。年年多慶，月月無災。雞□辟惡，燕復宜財。門神護衛，厲鬼藏埋。書門左右，吾倘康哉。」這十三個對仗工整韻律協調（止「福慶初新，壽祿延長。」是個例外）且「書門左右」的儷句，研究人員認為乃春聯無疑〔註12〕。我們注意到，這段文字是押韻的。更重要的是，其內容涉及祈福禳災，正正切合銘箴的體例和用途，似乎恰好證明了楹聯與題銘之關係密切。

〔註10〕張志春：《古今作家名聯選·後記》，西安：三秦出版社，1988 年 7 月第 1 版。

〔註11〕山東省濰坊博物館藏石。步雲案：孔融（公元 153～208 年）有〈占句〉云：「座上客常滿，尊中酒不空。」（《孔北海集》，四庫全書本，第 24 頁）殆亦可視為楹帖，則合乎格律者之產生時間或可上推至東漢。

〔註12〕參看譚蟬雪：〈我國最早的楹聯〉，《文史知識》，1991 年第 4 期，第 49～52 頁。

對聯是古人追求對稱、平衡美的產物，脫胎自儷句，而以題銘的形式存在，《太公金匱》之「書戶」銘堪稱首聯，則對聯的雛形約成於戰國期間。「桃符」是後之門神的濫觴，與對聯名實俱異。

原載《中山大學學報》1994 年 3 期，第 125～127 頁，又《文藝報》1995 年 4 月 1 日（摘載 2000 字）。

書信漫談

一

　　書信，古代叫「尺牘」。尺牘，本指長一尺左右的木簡。牘就是木簡，古人書寫的用品，其功能類似於後來的紙張。《前漢書・韓彭英盧吳傳第四・韓信》：「然後發一乘之使，奉咫尺之書以使燕。」（卷三十四頁十，四庫全書本）顏師古的注說：「八寸曰咫。咫尺者，言其簡牘或長咫，或長尺，喻輕率也。今俗言尺書，或言尺牘，蓋其遺語。」解釋得足夠清楚了。尺牘的名稱最早出現在《前漢書・游俠傳第六十二・陳遵》中：「（陳遵）性善書，與人尺牘，主皆藏弄以為榮。」（卷九十二頁十三，四庫全書本）已經成為書信的代名詞了。

　　在劉勰的《文心雕龍》中，書信被歸類為「書記」之「書」，大概就是今天「書信」一詞所由來。劉勰給「書」下了這麼個定義：「故書者，舒也。舒布其言，陳之簡牘，取象於夬，貴在明決而已。」（卷五頁十一，四庫全書本）劉勰還舉了《左傳》裏的一些例子，如鄭子家的〈與趙宣子書〉（公元前 610 年），又如子產的〈論重幣書〉（公元前 549 年）等，都是保存在我國傳世文獻中最早的書信。

　　明代賀復徵作《文章辨體匯選》，進一步把「書」分為若干體，而「尺牘」只是其中一體而已。他說：「故有書，有奏記，有啟，有簡，有尺牘，有狀，有疏，有箋，有箚，而書記則其總稱也。」（卷二百五頁一，四庫全書本）又說：

「尺牘者，約情愫於尺幅之中，亦簡略之稱也。」（卷二百五十九頁一，四庫全書本）儘管如此，但是在賀書中，書也好，尺牘也罷，就都是人們往來的書信。

二十世紀初年，在西域發現的文物裏即有類似書信的簡牘。其中相當一部分簡牘屢屢出現「（某）伏地再拜」「（某）伏地再請」「（某）公足下」「（某）君足下」等書信的套語，無怪乎羅振玉徑直稱之為「簡牘遺文」了〔註1〕。上世紀七十年代，在湖北雲夢睡虎地四號秦墓出土了兩件木牘〔註2〕，大概可名之曰〈黑夫、驚致仲母書〉，或長達五百餘字，是迄今為止最早（前 226 年）的書札實物。這些簡牘，為書信的原始形態提供了實物證據，有興趣的讀者可參看。

書信雖然實用，也不過是人們私下的書面交往形式。然而，它畢竟是文章，倘若能體現作者的睿智與文才，那與詩歌，與賦等文體毫無二致，並且可流傳千古，為世人所傳誦。因此，一些作品集中收入尺牘是不難理解的。像唐·韓愈的《昌黎先生文集》、唐·柳宗元的《河東先生集》等，都有一定數量的尺牘。及後，甚至有收錄尺牘的專集。例如宋·孫覿的《內簡尺牘》，就是個人的尺牘專集。又如清·李漁所輯錄的《古今尺牘大全》，則是歷代尺牘的薈萃。

最為流行的恐怕是民國期間被奉為尺牘圭臬的《秋水軒尺牘》和《雪鴻軒尺牘》了。前者為清·許思湄（葭村）所撰，後者為清·龔萼（未齋）所撰。今天看來，二書為人們所熟知，其中固然不乏精彩之筆，更重要的是，它們被視為尺牘教科書而被大量刊印。畢竟，尺牘是有著獨特格式的文體，不能為其他文體所替代。當然，更為實用的尺牘教科書大概是民國年間面世的《萬象文書大全》了〔註3〕。

《萬象文書大全》分為三十類：喜慶、賀壽、慰藉、唁喪、學界、女界家庭、女界親友、家書、親戚、通候、饋贈、敘約、薦舉、延聘、勸勉、規誡、信貸、還償、請託、感謝、允諾、辭卻、催索、商業、匯兌、裝運、押款、保險、訟事、對聯。每類之下列舉若干範文，幾乎涵括了現實生活的所有內容。即便是今天，也還是有參考價值的。

〔註1〕羅振玉、王國維：《流沙墜簡·簡牘遺文》，北京：中華書局，1993 年 9 月第 1 版。
〔註2〕參看陳偉主編：《秦簡牘合集》，武漢：武漢大學出版社，2014 年 12 月第 1 版，第 629、637 頁。
〔註3〕是書有新刊本，石家莊：花山文藝出版社，1990 年 11 月第 1 版。

二

在電話、電子郵件、QQ、微信大行其道的今天，願意提起筆來寫一封信的人恐怕不太多了。於是，虛上款甚至虛下款的郵件每每出現在你我的電子郵箱裏。我的同事不止一次地抱怨接到這樣的郵件，明明知道來信的人是學生卻不曉得姓甚名誰，更別指望郵件能表現出應有的禮儀了。高等學府尚且如此，其他地方也就可想而知了。

筆者認為，有時候也怪不得同學，他們沒有受過這方面的訓練！因此，把尺牘所體現的一整套中華民族禮儀介紹給正在讀書的朋友，實在很有必要。

中國是個禮儀之邦。書信往來，好比兩人在促膝談心，所以劉勰說：「辭若對面。」（《文心雕龍·書記》卷五頁十一，四庫全書本））因而現實生活的禮儀也體現在尺牘這種文體中，例如「拜」、「再拜」、「頓首」、「叩頭」等表述，實際上等同於行跪拜禮。有時甚至增添表示敬畏、恭謹的字眼，例如「惶恐」、「謹」之類。

中國又是個等級森嚴的社會，晚輩與長輩、妻子與丈夫、兒子與父母親、學生與老師、下級與上級以及朋友與朋友之間，從正文前的對稱，到末尾的套語以及自稱，都有一定的規矩，不能亂了分寸，否則就是失禮。

一般情況下，稱對方的字號、官稱等即表示尊敬，親屬之間明確其關係即表示尊敬。以下分別述之。

晚輩稱長輩，可以尊其為「先輩某某足下」、「某某先生閣下」、「左右」等。例如章太炎寫給孫詒讓，就作「**仲容先生左右……**」，自稱則作「**章太炎**」（見《章氏叢書》文錄二頁十八，民國十三年上海古書流通處石印章太炎先生所著書本）。注意，足下、閣下、左右之類，是指對方的手下，意思是不敢與對方直接對話，表示敬畏。

妻子對丈夫，可以稱「夫君」，自稱為「妾某（氏）」。丈夫稱妻子，可以作「賢妻」、「夫人」，自稱為「愚夫某」。例如曾國藩寫給妻子歐陽氏，便作「**歐陽夫人左右……**」，自稱則省略了（見《曾文正公家訓》卷下頁五十五，清光緒五年傳忠書局刻本）。

兒子稱父親，可作「嚴親」、「（父親）大人」等。稱母親，可作「慈親」、「亞媽」、「媽媽」、「母親大人」等。例如曾國藩寫給父母的信，作「**男國藩跪稟父母親大人萬福金安……**」（見《曾國藩家書·為政篇》，清刻本）。有時甚至

附上封號。例如宋代李昴英寫給父母的信，作「某頓首百拜上覆大人朝議、亞媽孺人⋯⋯」、「某頓首百拜上覆大人朝議、媽媽恭人⋯⋯」（見《文溪集》卷二十頁一，四庫全書本）。這裡的「朝議」、「孺人」和「恭人」，都是封號。倘若是孫輩對祖輩，可在前面加上「祖」，例如曾國藩寫給祖父母，就作「孫男國藩跪稟祖父母大人萬福金安」（見《曾國藩家書・為政篇》，清刻本）。父母親稱兒子，可逕作「某某兒」。例如曾國藩寫給兒子曾紀鴻，便作「字諭紀鴻兒⋯⋯」，自稱則省略（見《曾文正公家訓》卷上頁一，清光緒五年傳忠書局刻本）。

學生對老師，稱「師」、「老師」，或稱其官稱、字號等，都可以表示尊敬；自稱則可作「門生某」、「小門生某」等。例如熊文舉〈奉許老師〉，對稱曰「老師」，自稱曰「門生某」（見《雪堂先生集》卷四，清初刻本）。又如檀萃〈謝司空程公賚墨啟〉，對稱曰「師」，自稱曰「小門生某」（見《草堂外集》卷四頁二十二，清嘉慶元年刻本），又自稱「小子」（檀萃〈謝朱振岩師啟三〉，見《草堂外集》卷四頁十七）。老師對學生，可以稱其「某某足下」。例如章太炎寫給黃侃的信，屢屢稱「季剛足下」（見《章氏叢書》文錄二頁十三，民國十三年上海古書流通處石印章太炎先生所著書本）。自稱則逕署名字，或可以免去。當然，有時老師客氣，也會與學生兄弟相稱。例如王觀堂（國維）曾致信商錫永（承祚），稱他為「錫永仁兄⋯⋯」，自稱為「弟」〔註4〕。王、商二人雖無師生之名卻有師生之實，因此王先生的對稱可視為客氣。倘若商先生把客氣話當真，回覆稱之為「國維弟」，那就大大失禮了。據說聞一多曾給陳夢家寫一短簡，稱他為「夢家吾弟」。陳夢家回覆時稱他為「一多吾兄」，結果給聞先生訓了一通。於此可見書信禮儀之不可苟且。不過，依筆者看，以陳先生的學識素養，不會不懂得這套書信的禮儀。這事兒要不是訛傳，要不就是陳先生故意和老師開個玩笑罷了。

朋友之間，一般尊稱對方為「大兄」、「吾（我）兄」、「仁兄」、「兄」等。例如章太炎寫信給鄧實，就作「秋枚兄鑒⋯⋯」，自稱「章炳麟」（見《章氏叢書》文錄二頁二十七，民國十三年上海古書流通處石印章太炎先生所著書本）。

在文言時代，自稱名諱即表示謙恭。因此，在尺牘中可自稱名諱，例如楊惲的〈報孫會宗書〉（《文選》卷四十一頁三十三，四庫全書本）中，楊惲即自

〔註4〕參看《商承祚教授百年誕辰紀念文集》，北京：文物出版社，2003年9月第一版，第17頁。

稱「惲」，表示謙卑。或可使用第一人稱謙稱「臣」、「僕」、「某」等。例如鄒陽〈獄中上梁王書〉（明·賀復徵《文章辨體匯選》卷六十八頁十九，四庫全書本）作「臣」，司馬遷〈報任少卿書〉（《文選》卷四十一頁八，四庫全書本）作「僕」，王安石〈答司馬諫議書〉（《臨川文集》卷七十三頁五，四庫全書本）作「某」。當然，在書信前後所自署的名諱的前面還可以附上「官稱」以及「後學」、「晚生」、「弟」等表示謙恭的修飾語。例如：柳宗元〈與太學諸生喜詣闕留陽城司業書〉云：「二十六日集賢殿正字柳宗元敬致尺牘太學諸生足下……」（見《柳河東集》卷三十四頁一，四庫全書本）「集賢殿正字」即官稱。

早期，撰寫者的名諱可以出現在尺牘之首。例如司馬遷〈報任少卿書〉，信的一開始作「太史公牛馬走司馬遷（再拜言少卿足下……）」，末尾則省去自署。當然，撰寫者的名諱也可以出現在信末。例如李陵〈答蘇武書〉（《文選》卷四十一頁一，四庫全書本），信的起首只有「子卿足下」，並無撰寫者的名諱，直至信末才出現「李陵頓首」字樣。與今天的書信格式大體一致。此外，撰寫者的名諱可以同時出現在起首和末尾，表示格外的謙恭。例如白居易〈與微之書〉（《白氏長慶集》卷四十五頁十七，四庫全書本），起首作「四月十日夜樂天白微之」，末尾作「樂天頓首」。又如歐陽修〈與高司諫書〉（見明·賀復徵《文章辨體匯選》卷二百二十五頁一，四庫全書本），起首作「修頓首載拜白司諫足下」，末尾作「修再拜」。

早期的書信，正文結束，即簽署名諱，甚至名諱也可省略（詳上文）。

後期就比較煩瑣。正文結束通常附一問候語。如果是親友平輩，作：敬候佳祉、并候近安、順頌起居、順侯大安、敬頌臺安、順頌時綏。如果是親友晚輩，作：即詢近佳、即問近好、附頌清安。如果是有祖父及父母而在一處的，作：敬請侍安、敬頌侍福、并候侍祺。如果夫婦同居，作：敬請儷安、順頌雙安、敬頌儷祉（祺）。如果是政界人物，作：敬請勳安、恭請鈞安、祗請政安。如果是軍界人物，作：敬請戎安、恭請麾安、肅請捷安。如果是學界人物，作：祗頌撰祺、祗請著安、順請文安、並請學安、即頌文綏、即候文祺。如果是商界人物，作：即請財安、敬候籌安、順頌籌祺。如果是旅客，作：敬請旅安、即頌旅祺、順詢旅祉。如果是家居者，作：敬請潭安、并頌潭福、順頌潭祺。如果是賀婚，作：恭請燕喜、恭賀大喜、恭請喜安。如果是賀年，作：恭賀年禧、恭賀新禧、即頌歲禧。如果是弔唁，作：此候孝履、順問苦次、專候素履。

如果是慰問病況，作：敬請愈安、即請衛安、敬祝早瘥。如果是四時候問，作：敬請春安、順頌春祉、敬請夏安、并頌暑祺、敬請秋安、并候秋綏、敬請冬安、此請裘安、敬請爐安。如果是即日問候，作：即頌晨安、即請早安、此請午安、即頌晚安、即請刻安、順候日祉、即候時祉。

　　問候語後才是署名。署名之後，是各類禮儀用語。用於祖父母及父母，作：叩稟、敬稟、拜稟、肅稟、謹稟、叩上。用於尊長，作：謹稟、謹上、拜上、謹肅、敬肅、敬啟、謹啟。用於丈夫，作：襝衽。用於平輩，作：謹啟、謹白、手啟、手上、頓首、拜啟、上言、拜言、啟、上、白。用於晚輩，作：手諭、手示、手泐（用於妻子也可以）、手草、草示、諭。用於覆信，作：肅覆、手覆、謹覆、覆。早期的書信，這些禮儀用語也可以出現在起首（詳上文）。

三

　　在通訊工具不發達的古代，書信幾乎是處於不同地域間的人們唯一一種聯繫方式。如果僅僅把書信界定為人類賴以超越時間、空間進行溝通的一種方式的話，那麼，即便不使用文字的民族，也有類似「書信」的形式。例如把實物當作書信。

　　據古希臘歷史學家記載，5000 多年前，居住在古俄羅斯南邊的斯西德人（或作「斯齊亞人」）就曾給波斯王發過一封「實物信」。「信」裏面是一隻鳥、一隻老鼠、一隻青蛙和五支箭。其含義是：「波斯人聽著：你們能像鳥一樣高飛，像老鼠一樣在地下活動，像青蛙一樣越過沼澤嗎？如果不能，那你們就休想和我們打仗。當你們踏上我們國土的時候，我們將用箭來射殺你們。」〔註5〕

　　又如把圖畫當作書信。

　　最為著名的是印第安人的〈奧傑布娃情書〉（*Ojibwa*）。那是一幅刻在赤楊樹皮上和男子約會的圖畫。畫的左上角畫著一頭熊，表明這個姑娘的族群以熊為圖騰，所以用熊來代表自己。左下方畫的是一條泥鰍，表明男子的族群以泥鰍為圖騰，因而用泥鰍代表他。畫中的曲線表示應走的路徑。畫裏有兩頂帳篷，那是約會的地方。帳篷裏畫著一個人，表明她將在這兒等候。旁邊的「十」字，表示周圍住著一些信教的人。帳篷後面畫著大小三個湖泊，標示

〔註5〕參看徐富昌編：《文字學講義》第四講：文字的起源，臺灣大學中文系。http://club.
ntu.edu.tw/~davidhsu/New-Character-Lecture/ch4.html

帳篷所在的位置。

此外還有〈歸還漁業權請願書〉等「圖畫書信」〔註6〕。

當文字產生，人類的書信形式便豐富起來了，以致形成了所謂的「書信文化」。

可以推想的是，凡有文字的民族大概都有文字形態的書信。最早擁有文字的埃及人及巴比侖人有無書信留存下來，筆者未及查考。不過，2010 年 7 月 13日，鳳凰衛視信息臺曾播發過一則新聞，說考古工作者在耶路撒冷所羅門王時期（公元前 960～前 930 年）的遺址中發現了一塊石板書信。內容據說是與埃及人的通信。如果這則消息可靠，那這封石板書不但是迄今為止人類所見最早的、文字形式的書信，而且是埃及人寫過書信的間接證明。

石板書信的具體內容仍有待學者們解讀，但《聖經‧舊約‧塞繆爾記下》倒是記載了所羅門王的父親大衛王（公元前 1000～前 962）寫信的史實，從而間接印證了石板書信的可靠。而《聖經‧新約》，則保留了紀元初年中東人多封文字形式的書信。耶穌基督的門徒保羅（公元 3～67 年）〔註7〕、彼得（？～公元 64 年）〔註8〕、約翰（約公元一世紀）〔註9〕等都寫過與佈道有關的書信。保羅有〈哥林多前書〉、〈哥林多後書〉、〈羅馬書〉、〈加拉太書〉、〈歌羅西書〉等書信。彼得有〈彼得前書〉、〈彼得後書〉。約翰有〈約翰一書〉、〈約翰二書〉、〈約翰三書〉。如果《聖經‧新約》的記載完整真實，那麼，當時的書信格式可能比較簡單。不過，以〈羅馬書〉為例，那時的書信也包括了正文前的問候與祝願、正文結束的問安和最後的頌讚等內容，體現出人們交往應有的禮儀。

不同國度、不同文化背景的民族，書信除了文字形式不同外，恐怕就是文化上的差異了。然而，書信的格式以及所體現的禮儀，中外大體一致。

我們不妨舉東西方諸國各一例為證，以窺端的。

〔註6〕 均請參看高名凱、石安石編：《語言學概論》，北京：中華書局，1963 年 6 月第 1版。

〔註7〕 也稱為使徒保羅，即聖保羅（Saint Paul）。天主教翻譯作聖保祿，原名掃羅（Saul），因其家鄉為大數（Tarsus），所以根據當時的習俗也被稱為大數的掃羅（Saul of Tarsus），信耶穌基督後改名為保羅。

〔註8〕 即聖彼得（Saint Peter），本名西門巴喬納（Simeon，或 Simōn），後被耶穌改稱磯法（Cephas），即彼得（拉丁語 petra，英語 stone），是石頭的意思。

〔註9〕 即聖約翰（Saint John），也被稱為 Saint John the Evangelist 或 Saint John the Divine。兄弟二人都被耶穌基督稱為「雷霆之子」（son of thunder）。

　　書信，日本人稱為「手紙」或「通信文」，前者特指「書信」，後者泛指通訊的文體。日文書信一般分為四個部分：前文、本文、末文、後付。

　　前文：包括宛名（收信人的名稱）、冒頭文（頭文）、季節的寒暄、問安、致謝或道歉等內容。爲表尊敬，對方的名字稱謂之後通常加上「樣」或「さん」，前者比後者更客氣而得體。此外，在行文中，名詞加「ご」、動詞用「ます」以表示尊敬。冒頭文通常用「拜啟」、「啟上」。「拜啟（相當於中文的「（鈞）鑒」等）」。回覆書信通常作「お手紙ありがとうございます」（大意是「多謝賜書」）、「お手紙拜見しました」（大意是「賜書拜讀」）、「お便りうれしく拜見したしました」（大意是「欣然拜讀賜書」）、「手紙、ありがとう」（大意是「多謝賜書」。用於平輩）。

　　本文：包括開頭詞、主要事情的敘述。

　　末文：包括結尾寒暄、結尾語。結尾語一般與冒頭文（頭文）相對應。如果是普通信件，冒頭文（頭文）用了「拜啟」或「啟上」，結尾語就作「敬具」或「敬白」（如同中文的「敬啟」、「敬上」）。如果是訂正信件，冒頭文（頭文）用了「謹啟」或「謹呈」，結尾語就作「謹言」或「謹白」。如果是便函，冒頭文（頭文）用「前略」、「冠省」或「前略ごめ」（對上級、老師、前輩等，最好不要用這種「前略」），結尾語就作「草々」、或「早々」（「匆匆寫成，言猶未盡」的意思）。如果是緊急信件，冒頭文（頭文）用了「急啓」或「取り急ぎ申し上」，則用「敬具」或「不一」（男性用辭，如果是女性，則用「かしこ」）。如果是首次通信，冒頭文（頭文）用了「初めてお手紙を差し」或「突然のお手紙を差し」（「冒昧拜呈」的意思），結尾語就作「敬具」或「敬白」。如果是回覆，冒頭文（頭文）用了「拜覆」或「覆啟」，結尾語就作「敬具」或「謹答」。

　　後付：日期、署名（自己姓名）、宛名（收信人的姓名，如果前文已有宛名，則此處可省略）。

　　比較發現，日本人的書信甚至連用詞都深受華夏文化的影響。朝鮮的情況相類似（參看本文文末所附）。

　　相對而言，歐美人氏的書信，就沒那麼客套了。以英文書信為例。

　　英文書信一般由以下六部分組成：信頭、信內地址及日期、稱呼、正文、結尾、簽名。

信頭（Heading）：信頭是指發信人的地址和日期，通常寫在第一頁的右上角。行首可以齊頭寫，也可以逐行縮進寫。地址的書寫順序由小到大：門牌號→街道→城市→省（州）→郵編→國名。例如「中華人民共和國廣東省廣州市海珠區新港西路 135 號」，作「135 Xin'gang Road West, Haizhu District, Guangzhou, Guangdong Province, 510275, P.R.C.」。然後寫發信日期，例如：Apr.24, 2011。私人信件一般只寫寄信日期即可。

信內地址（Inside Address）：信內地址要寫收信人的姓名和地址。在公務信件中要列明這一項。在私人信件中，這一項常常省略。該項內容書寫在日期下一行的左上角，格式與寄信人地址一樣。

稱呼（Salutation）：稱呼是對收信人的稱謂，應與左邊線對齊，寫在收信人姓名，地址下面 1～2 行處。在稱呼後，英國人常用逗號，美國人則常用冒號。在私人信件中可直呼收信人的名字，但公務信件中一定要寫收信人的姓。大部分信件在稱呼前加「Dear」。如：Dear Professor（或 Prof.）Bergen、Dear Dr. Johnson 等。對不相識的人可按性別稱呼：Dear Sir，或 Dear Madam、Dear Ladies。如果不知收信人的性別，則可用 Dear Sir or Madam。

正文（Body of Letter）：正文是書信的主體。與日文信件不同，英文書信的正文開頭不是先來一段問候語，再闡明寫信的目的，而是直接說明寫信人的身份及寫信的目的，然後提出寫信人的情況、想法或要求，並加以必要的解釋或說明。英文書信陳述目的時，應該直截了當，意思明確，層次清楚，言簡意賅。書信正文的第一句話或第一段，通常被稱為起首語。一般說來，人們習慣用一些客套的寫法作為書信正文的起始，即先將對方來信的日期、主題加以簡單描述，以便使對方一看便知該信是回答哪一封信的。如果是第一次給別人寫信，也可用開頭語作必要的自我介紹，並表明自己寫信的主要目的。

結尾禮詞（Complimentary Close）：公務信件的結尾禮詞包含兩部分：發信人的結尾套語與署名。結尾套語寫在簽名上面一行，第一個字母要大寫，套語結尾後面要加逗號。在公務信件中，發信人常用的結尾套語有：Yours truly、Yours sincerely、Respectfully yours、Cordially yours、Yours cordially 等。私人信件中，發信人常用的結尾套語有：Sincerely yours、Lovely yours、Your lovely、Your loving son（或 daughter）等。寫給家人、親戚，用 Your loving grandfather、Lovingly yours、Lovingly 等；寫給熟人、朋友，用 Yours cordially，Yours affectionately 等；寫業務信函用 Truly yours（Yours truly），Faithfully yours（Yours faithfully）等；寫給上級、長輩用 Yours obediently（Obediently yours）、Yours respectfully（Respectfully yours）等。

　　簽名（Signature）：低於結束語一至二行，從信紙中間偏右的地方開始書寫，在簽完名字的下面還要用打字機重打一遍，以便識別。職務、職稱可打在名字的下面。當然，寫給親朋好友的信，就不必再打了。注意：署名必須親筆簽寫，不可打字，簽名之後，也不必加任何的標點符號。

　　實話說，關於書信的林林總總，足可以出一專著，限於篇幅，只好就此打住。這篇漫話式的介紹，可以讓讀者掌握多少書信的知識並不是最重要的。最重要的是，筆者希望，舊式的書信也好，新潮的電子郵件也好，都能夠體現出中國人重視禮儀的風貌。

附錄　〈朝鮮國王李懌致琉球國王書〉（原件藏沖繩縣博物館）

朝鮮國王李懌奉書於琉球國王殿下：

　　敝邦與貴國雖溟海重隔，世修聘禮不替。歲丁巳有流船漂至我南部。船中人十，聽其言認是貴國之氓。寡人深惟鄰好之義，兼憐首丘之思。方欲送還。不幸六人病死，唯四人存。會對馬人到敝邦且還，遂付之俾達於貴國，仍給盤纏糧料，以為過海之資，惟照領令還舊業。幸甚！餘視順序保蓄。不宣。

弘治十三年朝鮮王李懌

為政以德（璽）

　　　　原載《廣東地方稅務》，2011 年第 4 期，第 64〜68 頁。

〈《碩鼠》是一篇祈鼠的祝詞〉補說
——兼代陳建生同志答李金坤先生

很久以來，我一直懷疑「〈碩鼠〉就是著名的反剝削、反壓迫的詩篇。」
〔註1〕這一提法。並不是說這提法不可信，而是覺得這提法之內還應存在著更
深層的底蘊。終於，自陳建生同志的文章〈《碩鼠》是一篇祈鼠的祝詞〉（《晉
陽學刊》1993 年第 6 期）問世後，我的困惑徹底渙然冰釋了。此文以其豐富、
翔實的典籍以及民俗學上的材料充分證明了〈碩鼠〉本是一篇「祈鼠的祝辭」。
然而，李金坤先生卻不以為然，對陳建生同志的文章多有辯難以維護舊說（見
《晉陽學刊》1994 年第 6 期）。誠然，陳說自有疏漏之處，但大醇小疵，其基
本的論點確不可易。筆者謹就陳說中的疏漏處（也就是李金坤先生的質疑點）
作一續貂之論。

筆者同意陳建生同志的觀點，〈碩鼠〉是一篇祈鼠的祝辭。這不僅僅因為
〈碩鼠〉確乎與許多祈鼠的祝辭（見陳建生同志文章所引）如出一轍，還因為
在古代典籍中，我們可以清楚地認知這類祈鼠的儀式。《禮記‧郊特牲》云：
「迎貓，為其食田鼠也。迎虎，為其食田豕也。迎而祭之也。」前人注：「迎
者，迎其神也。」（清‧張沐《禮記疏略》卷之八頁十三，清康熙刻本）十分
正確。在這類儀式上，通常會響起神聖而莊嚴的祭歌（即所謂的祝辭）。《禮記》

〔註1〕見盛廣智：《詩三百精義述要》，東北師範大學出版社，1988 年 12 月版，第 122 頁。

在同篇中說到「祭坊（堤壩──引者注）與水庸（溝──引者注）」時，便援引了著名的蠟祭歌：「土反其宅，水歸其壑。昆蟲毋作，草木歸其澤。」國外的許多民族也有類似的情形〔註2〕。那麼，可以想像，在「迎貓」儀式上，人們唱誦著〈碩鼠〉之類的祝辭，以求安居樂業。

可是，對於「逝將去汝」中的「去」字，陳先生依然從舊說釋為「離開」。這似乎有悖「對老鼠竭盡感化和威脅之能事」（陳先生語）之說。無怪乎李金坤先生譏之曰：「『念咒人』祈禱了半天，沒有『咒』跑老鼠，反而卻把自己『咒』跑了，真是莫名其妙。」竊以為，萬物之靈的人類，敢與虎狼之輩搏擊，卻畏區區鼠子如斯？況且何處無鼠！禁咒，當然會是恐懼情緒的流露，但更主要的則是無奈的慨歎。因此，把「去」釋為「離開」頗為勉強。其實，「離開」只是「去」字的一個義項。它在本詩中，宜讀為「驅逐」。去字這個義項見《左傳·僖公十五年》：「千乘三去。三去之餘，獲其雄狐。」「去」在此例中只能讀作「驅」，故《康熙字典》、《辭海》、《辭源》諸書皆云「通『驅』」。學友陳偉武先生十分正確地指出：「去」即後世「祛」的本字。這裡可以再舉兩個例子以證成其說。例如《書·大禹謨》：「任賢勿貳，去邪勿疑，疑謀勿成。」再如《毛詩·小雅·大田》：「去其螟螣，及其蟊賊，無害我田稺。」此二例中的「去」非「祛」莫屬。「祛」有「驅逐」義，像「祛邪」，後世便多作「驅邪」。那「逝將去汝」便可以翻譯為「發誓將驅逐你們」了。接下來的幾句順理成章地譯作「到那片樂土去吧／樂土，（那是你們的）樂土／這樣才有我們的棲身地。」這是首段，以下兩段體例同此。如此釋讀並無損害〈碩鼠〉的整體內容。也許有人疑惑：既「驅而逐之」，緣何又示之以「樂土」？這正是「對老鼠竭盡感化和威脅之能事」的體現。唐代韓愈〈祭鱷魚文〉（見明·賀復徵《文章辨體匯選》卷七百六十七頁七，四庫全書本）正好可為此作一注腳。韓文公不但給鱷魚示以美好的居所，而且在遷徙的時間上也表現出難得的寬容。看來，連哄帶嚇的禁咒之術，至唐時仍未有大改變。

解決了「逝將去汝」的「去」字的訓釋問題，〈碩鼠〉的原旨也就漸露端倪了。不過，本是祝辭的〈碩鼠〉為什麼後來竟被界定為「刺重斂」的詩篇呢？也許，這正是李金坤先生所深感迷惑的。事實上，所謂的「刺重斂」以及

〔註2〕　參閱詹·喬·弗雷澤：《金枝》（James George Frazer, *The Golden Bough*），大眾文藝
　　　　出版社，1998年1月第1版，第759頁。

由此派生的諸說都忽視了〈碩鼠〉原是祝辭這麼一個事實。換言之，「禁咒」才是其本旨；「刺重斂」之類則是其「喻旨」。〈毛詩序〉一個「刺」字就給了我們很好的啟示：借「此」諷「彼」也。我們知道，春秋戰國期間盛行賦《詩》的風氣。士人說客，甚至王侯公卿借《詩》以表達他們的觀點和意願。《詩》在他們的口中筆下，其本旨往往發生了變易。此處不妨援引一個例子，《左傳·僖公二十三年》載：「公子（重耳）賦〈河水〉（步雲按：即《詩·小雅·沔水》），公（秦穆公）賦〈六月〉（步雲按：即《詩·小雅·六月》）。」很明顯，重耳是以河水奔向大海比喻自己返晉後也會心向秦國；而秦穆公則借尹吉甫輔佐周宣王北伐事比喻重耳歸國後將輔佐周天子建功立業。其實，這兩首詩有著原來的主題思想〔註3〕。顯而易見，時代不同了，《詩》中某些篇章難免產生新的主題，而它們本來的旨意卻逐漸湮滅了。歷史上毛、韓、魯、齊四家詩說的並存，證明了一點：古人確定《詩經》各篇章的題旨。只是「公說公有理，婆說婆有理」，而並非均作尋本溯源的探究。當某說真正確立其地位時，別的論說——那怕是正確的——也就慢慢地被遺忘了。韓、魯、齊三家詩說的消亡恰恰為此作出了明證。李金坤先生在文章中引用了一個例子，正好說明了〈碩鼠〉的題旨確被「歪曲」過。《呂氏春秋·舉難》（李文誤作「舉賢」）載，甯戚飯牛車下，擊牛角疾歌。高誘注：「歌〈碩鼠〉之詩。」倘若〈碩鼠〉的題旨已被界定為「刺重斂」或「譏刺稅畝」，那麼，甯戚歌之當別有所喻。因為，甯戚是「欲干齊桓公」，才「望桓公而悲，擊牛角疾歌」的。這樣，「刺重斂」與渴求受到重用又有何必然聯繫？除非〈碩鼠〉那時又有別義（甯戚干齊桓公事尚見於《晏子春秋·內篇·問下》、《史記·魯仲連鄒陽列傳》等）。筆者倒希望高誘的注是錯的〔註4〕，否則，〈碩鼠〉憑空又多了一說，那真是「剪不斷，理還亂」了。這裡，舉一個有說服力的例子：「驢非驢，馬非馬。」（《前漢書》卷九十六下頁十七，四庫全書本。《古謠諺》卷五有引）這首民謠，本來只用以描畫騾子的外貌；在《漢書》中就用以喻龜茲王囫圇吞棗地用「漢家儀」；而延至今日，非驢非馬則用以形容不倫不類的事物。可見，本

〔註3〕參閱向熹：《詩經詞典》，四川人民出版社，1986年6月第一版。

〔註4〕《史記·魯仲連鄒陽列傳》〔集解〕引應劭說：「齊桓公夜出迎客，而甯戚疾擊其牛角。商歌曰：『南山矸，白石爛，生不遭堯與舜禪，短布單衣適至骭，從昏飯牛薄夜半，長夜曼曼何時旦。』」與高誘注異。步雲按：當以〔集解〕所引為是，較符合甯戚「欲干齊桓公」之舉。

屬「祝辭」的〈碩鼠〉只是被用作借題發揮的「本體」，「刺重斂」這麼個主題僅僅是它的「喻體」。這就是「刺重斂」以及由此派生的諸說的原委。說〈碩鼠〉本是「祝辭」，只是還它的原始面目罷了，絲毫無損於它的文學價值。相反，由於「去」字的確詁，使「刺重斂」以及由此派生的諸說有了更積極的內涵。

最後，談談〈碩鼠〉產生的年代。因為李金坤先生十分重視作品產生的時代背景，迴避，就意味著罔顧「理解詩歌的基本原則和必要途徑」（李先生語）了。要確切地考定〈碩鼠〉的時代，這很難。也許，陳建生同志訂之為「堯舜時代」是早了點兒，可是，魏原是虞舜夏禹所都之地，又焉知「堯舜時代」無〈碩鼠〉的雛形呢？世傳所謂的〈帝舜歌〉等，雖未可盡信，但不也給我們透露出那個時代亦有原始歌謠的信息嗎？漢字有近五千年的歷史，甲骨文中有近似歌謠的刻辭〔註5〕，則口耳相傳的創作當更早。這是可以推斷出來的。李金坤先生把〈碩鼠〉的創作時間定在春秋初年，顯然不當。眾所周知，魏是周滅殷後建立的同姓國，它存在於公元前 1066～前 661 年之間〔註6〕，那麼，《魏風》諸詩當在此期間定型。當魯國在前 594 年行「初稅畝」（李先生云為魏行「初稅畝」，未審何故）時，魏已滅，故不可能「履畝稅而〈碩鼠〉作」〔註7〕。毛詩「刺重斂」之說倘若也是由此而發，那〈碩鼠〉的產生時間還得後延，而且也不能再稱為「魏風」了。筆者以為，作品的產生和題旨的衡定有時並不同步。這種情形在原始歌謠上表現最為明顯。所謂的「借古喻今」、「指桑罵槐」就是這個道理。何況，有的作品是歷時性的，而有的作品的題旨則是隨著時間的推移而變易著的。因此，〈碩鼠〉產生的時代當較早，它不是某人某時的創作，而是經過許多人長時間的加工而成的。現在看到的〈碩鼠〉，如前所述，當在前 1066～前 661 年定型。

總之，〈碩鼠〉本是一篇祈鼠的祝辭，其關鍵的字眼「去」當釋為「驅逐」；

〔註5〕甲骨文有云：「其自西來雨？其自東來雨？其自北來雨？其自南來雨？」（《甲骨文合集》12870）陳煒湛先生云：「漢樂府《江南可採蓮》……其反覆吟詠的格調，與此如出一轍。」見陳煒湛、唐鈺明：《古文字學綱要》，中山大學出版社，1988 年 1 月版，第 232～233 頁。

〔註6〕孫作雲說：「〔魏風〕是魏國的詩，全部應為亡國以前之作。」參看氏著：〈從讀史的方面談「詩經」的時代和地域性〉，《語文教學通訊》，1957 年第 7 期。

〔註7〕《詩經詞典》云：《魯詩》說「履畝稅而〈碩鼠〉作」，以為這詩是維護井田制，反對向私田徵稅以承認私田合法性的作品。步雲案：則此說並無積極意義。

「刺重斂」及由此派生的諸旨是後起的；它產生的時間當較早，其雛形可以追溯至上古時代。

原載《晉陽學刊》1995 年第 6 期，第 60～62 頁。

出土文獻所見古漢語標點符號探討

　　在許多人的心目中，古代的中國人是不使用標點符號的。標點符號的使用是近代的事。如果把句、讀視作標點符號，根據文獻的記載，那麼，標點符號的出現可上推至漢代。漢・何休〈春秋公羊傳序〉云：「援引他經，失其句讀。以無為有，甚可閔笑者，不可勝記也。」（《春秋公羊傳注疏》頁四，四庫全書本）

　　隨著地下文獻的重見天日，人們似是而非的印象必然要改變。事實上，標點符號的歷史可上溯至甲骨文時代。其後，古漢語中的標點符號呈現多樣化的趨向。遺憾的是，除了句、讀外，曾在漢以前存在過的一整套標點符號竟逐漸消亡了。

　　雖然現代漢語有著一個堪稱完備的標點符號體系，然而，這個體系基本上卻是移植於印歐語系的。漢語畢竟不是印歐語，倘若有一天我們意識到漢語必須有一個自己的標點符號體系時〔註1〕，認識古已有之的標點符號就顯得十分必要了。此前，已有學者致力於古漢語標點符號的研究，並已取得了相當可觀的成果〔註2〕。筆者雖不才，但也願在這個研究方面做些拾遺補闕的工作。以下，本文擬就出土文獻中所見的標點符號作一個全面的探討。

〔註1〕 參看劉湧泉：〈要有一套新的標點符號〉，《文字改革》，1985 年第 1 期。

〔註2〕 例如陳海洋：〈我國古代標點符號考略〉，《江西師範大學學報》（哲）1986 年第 3 期；又見《報刊資料選匯・語言文字學》，1986 年第 11 期。其餘的文章續見下引。

（一）段落號（章號）

在殷墟甲骨文中，段落號是以橫線、直線作標識的。甲骨文的所謂「段」，是指每一節記述某日占卜及其占卜後效的文字。即便是同一天占卜而占卜內容、序次不同的文字也以橫直線（偶而以曲線）分隔。例如《菁》5（即《合》137 正、反），以兩直線分隔出三段文字；而《前》1.24.3（即《合》780）則以三道橫線分隔開四段文字。一般說來，肩胛骨上的卜辭以直線分段，肋骨上的卜辭以橫線分段，龜甲上的卜辭分段則橫線直線兼用。甲骨文的這種區分段落的方式仍處於幼稚階段。雖然早在武丁時代的甲骨文就用「線」劃分段落，但並非所有龜甲獸骨上均有這類標識，哪怕版面上的文字亂成一團也是如此。

西周銅器銘文上的段落標識罕見，僅永盂一例。〈永盂銘〉（《集成》10322）分為兩大段，以 ㄥ 符號分隔，ㄥ 位於第九行「句」字左下方〔註3〕。段落號作 ㄥ，是段落號漸趨成熟的標誌。許慎云：「 ㄣ ，鉤識也。」（《說文》卷十二 ㄥ 部）雖然小篆的形體稍異，然亦去之未遠。直至秦代，銅器銘文仍時見 ㄥ 的蹤影。例如「秦兩詔北私府橢量」、「秦兩詔銅鈞權」、「秦兩詔銅橢量」等器銘。其中，「秦兩詔銅鈞權」器銘竟出現了四個段落符號：ㄥ 〔註4〕。

春秋戰國以後的手寫體文字材料，段落號有多種形式：

（1）□

見於「楚帛書」、「信陽楚簡」以及「武威漢簡」等材料。均位於每段之末。「楚帛書」之□有以朱色填之者〔註5〕。

（2）■

當是□之變體。見於「長沙仰天湖楚簡」、「曾侯乙墓竹簡」等材料。但■與□在文字中所處的位置不同，■一般是書於每段文字之首。

（3）▬（《包》192）

橫劃，當是■的草率之作。見於「包山楚簡」。其位置也是在每段之首。

（4）●、○

〔註3〕參看陳邦懷：〈永盂考略〉，《文物》，1972 年第 11 期。

〔註4〕參看馬驥、詠鍾：〈陝西發現秦兩詔銅鈞權〉，《文博》，1992 年第 1 期。

〔註5〕參看饒宗頤：〈楚帛書新證〉，載饒宗頤、曾憲通：《楚地出土文獻三種研究》，北京：中華書局，1993 年 8 月第一版。

小圓點。小圈當是圓點之簡省者。見於「銀雀山漢簡」、《武威漢簡・儀禮簡》等。小圓點（小圈）標於簡端每段起始處。

（5）● （《武威醫簡》81）

有點兒像今天的逗號或其反文。當是小圓點之草率者。見於「武威醫簡」。也是標於每段文字之首。

（6）✇ （《包》4）● （《武威醫簡》15）

後者當是前者之簡。前者見於「包山楚簡」，後者見於《武威漢簡・儀禮簡》。✇（《包》4）●（《武威醫簡》15）也是用於每段文字之首。

春秋戰國以後的手寫體材料上的段落號雖然形體各異，但嚴格說來，除第（6）類外，依然是∟的變體。至於其位置，有時實在很難判斷是前段之末還是次段之首；只是在竹簡中它常位於簡端，所以才把它的位置確定在每段文字之首。事實上，把它的位置說成是前段之末也無妨。段落號的消亡時間當在魏晉間。今天我們見到的魏晉碑刻文字，是以空格分段的，也即所謂的「自然段」。漢語段落號的發展過程倒是與英語段落號（paragraph，作¶）的發展過程有點相似。今天的英語作品中已罕見段落號了，代之而起的也是自然分段法。如果據劉勰的《文心雕龍・章句》：「因字而生句，積句而成章，積章而成篇。」則「段落號」似應稱為「章號」。這是標點符號民族化的做法。

（二）句　號

句號，古人是這樣定義的：「凡經書成文語絕處，謂之句；……」（清・吳玉搢《別雅》卷四頁六十一，四庫全書本）那麼，見於出土文獻的句號有以下一些類型：

（1）一 （《侯馬盟書》一：三〇）

見於《侯馬盟書》、「曾侯乙墓竹簡」等。

（2）● （《武威醫簡》87乙）

有點兒像今天的逗號，見於《武威醫簡》。

（3）﹨

見於「銀雀山漢簡」之《孫臏兵法》「將敗篇」、「將失篇」、《馬王堆帛書・老子》等。

（4）乁（簡3）、乁（簡5）

見於「長沙仰天湖楚簡」。乁用於一簡之末。乁殆丩字〔註6〕。丩，句字所從，當即句之初文。據同出竹簡或作㇆（簡32、34、35等），不排除這批竹簡中的乁乃「句」的簡省。「丩」與單純的標點符號有一定的區別，然而，它的使用宣告了標點符號文字化的開始。而標點符號的文字化很大程度上有賴於標點符號的存在。許慎云：「丶，有所絕止。丶而識之也。」（《說文》卷五丶部）雖然許慎所錄是「句」的原始形式，但他將之收入字典，顯然標點符號也有音可讀。後人給丶注的音也證明了這一點：丶，知庾切；句，章句切。兩者讀音非常接近，可見同出一源。

早期的句號形式為橫劃，與段落號相去不遠，後世簡省為頓點，一直延用至清末改為小圓圈。是為今日句號之所本。

（三）讀（度、逗）號

讀號，古人所作的定義是這樣的：「……語未絕而點分之，以便誦詠，謂之讀。今秘書省較書式，凡句絕則點於字之旁，讀分則微點於字之中間。」（清．吳玉搢《別雅》卷四頁六十一、六十二，四庫全書本）這段文字給我們透露出幾點信息：一是「句」和「讀」的形式均作「點」；二是「句點」和「讀點」在文字中的位置有所不同；三是延至清代，「句點」和「讀點」的功能、形式以及在文字中的位置仍未有根本改變。那麼，漢以前的讀號又是怎樣的情形呢？

（1）一（《曾》11）

早期的讀號與句號毫無二致而稍短，書於字之右下。見於《侯馬盟書》、「曾侯乙竹簡」。

（2）丶

稍後的讀號形如今之頓號。見於「包山楚簡」、「銀雀山漢簡」、「武威漢簡」。一般位於字之右旁。

（3）/

斜劃，當是橫劃的變體〔註7〕。

〔註6〕原釋為「已」，似誤。參看（商承祚：1995年，第51～55頁）。
〔註7〕參看陸錫興：〈簡牘的「／」號考略〉，《考古與文物》，1987年第4期。

　　古漢語的讀號與英語的逗號（comma，作，）在用法上基本相同；除了用於「語未絕」處外，還用於標示並列的內容。例如《包山楚簡》，常用於人名與人名、地名與地名、或其他需要相互區別的名物之間〔註8〕。在這一點上，讀號兼有頓號的功能。

（四）重文號（重疊號）

　　重文號以及下面即將談到的合書號、專名號，陳初生先生已有專文論述〔註9〕。讀者可參閱。

　　重文號是漢語中最古老而又最有生命力的標點符號之一。自殷商至隋唐，重文號的形式、功能均沒有改變：作=，表示單字或多音節詞組（或句子）的重複。例如：

　　　　諸侯之子稱公=子=，不得璽，先君公子之子稱公=孫=，不得祖

　　諸侯，此自卑別於尊者也。」《武成漢簡・甲本服傳》）

　　應讀為：「諸侯之子稱公子，公子不得璽，先君公子之子稱公孫，公孫不得祖諸侯，此自卑別於尊者也。」

　　又如：

　　　　為父何以再也，婦=人=不=貳=斬=也者何也。」《武威漢簡・甲

　　本服傳》）

　　應讀為：「為父何以再也？婦人不貳斬。婦人不貳斬也者何也？」

　　使用重文號可免卻書寫之煩，而在書寫材料緊缺的古代，則是相當經濟的。這也難怪今天的人們私底下仍有使用重文號的。

（五）合書號

　　所謂「合書」，有兩種情況：一是兩個字共享偏旁、筆劃，互相依存；二是兩個或以上的單字書寫時緊靠在一起，只占一個字的空間。

　　合書的現象早在甲骨文時代就出現了，例如「上甲」、「報丙」等等；甚至有三字、四字合書的。不過，甲骨文中還不見合書號。

　　到了春秋戰國時代，合書現象漸見複雜，合書號便應運而生了，作=。否則，

〔註8〕湖北省荊沙鐵路考古隊：《包山楚簡》，北京：文物出版社1991年10月版，第9頁。

〔註9〕參看氏著：〈談談合書、重文、專名符號問題〉，《中山大學研究生學刊》（文科版）1982年第2期。

沒有一定的標識，讀者便不知所云。

（六）專名號

陳夢家很早就注意到出土文獻中存在專名號的現象，儘管他並沒有使用專名號這麼一個術語。他說：「西周金文遹毁『穆=王』就是穆王，穆下面兩小橫表示穆是人名。井仁妄鐘仁妄人名（步雲案：二「仁」字當作「人」），女上加二小橫，都是表示人名的指標。」〔註10〕相當於今之下劃線，用於文字下面，標示出專有名詞。古漢語的專名號作=，也用於文字下面（或偏右，或偏左）。

古漢語的專名號多標示人名（如陳初生先生所引），但也有標示地名的，茲補一例：〈王罍銘〉（舊稱「尊」，《集成》09821）所見「爨」字，右下方有=，過去以為是合書號，遂把「爨」一分為二。其實=是專名號，表明「爨」乃地名（「爨」尚有其他意義）。

（七）鉤倒號

關於鉤倒號，孫稚雛有詳論〔註11〕。讀者可參閱。鉤倒號，顧名思義是用以鉤校次序顛倒的文字的符號。在古漢語中，它是不可或缺的標點符號。《說文》收有鉤倒號即是明證：「〈，鉤逆者謂之」。」（《說文》卷十二」部）

甲骨文中已有鉤倒號的雛形。例如《菁》1（即《合》6057正、反），以曲線勾出「癸未卜，殼」四字，標示此四字是骨背（而非骨面）所錄卜辭的前辭部分。

銅器銘文中所見的鉤倒號作（，與小篆稍異。鉤倒號的位置通常處於須調整次序的文字旁。

「鉤倒」的概念是郭沫若提出來的〔註12〕。而據《說文》，是否應改稱「鉤逆」呢？

（八）冒　號

出土文獻中有作用相當於今之冒號（：）者。此處姑且也稱為「冒號」。「曾侯乙墓竹簡」第13～15號簡（《曾侯乙墓》〔下〕圖版173～174）首句「黃」字下有一符號：■。此標識學術界迄今尚無定論。竊以為此即「冒號」。「黃」為

〔註10〕參看氏著：《中國文字學》，北京：中華書局，2006年7月第1版，第84頁。
〔註11〕參看氏著：〈金文釋讀中一些問題的探討〉，《中山大學學報》（社）1979年第3期。
〔註12〕參看氏著：《兩周金文辭大系》，北京：科學出版社，1957年12月新1版，第214頁。

人名，司職紀錄。出土文獻中多見以「黃」為名例。甲骨文有貞人「黃」；「十三年繁陽戈」（《集成》11347）有名「冶黃」者。故簡文之「黃」亦當為人名。下繫■，表明■下的一段文字均是「黃」紀錄的。

餘例同此。

（九）闕文號（示亡號）

闕文號，或稱為「示亡號」〔註13〕，作囗、⊠，前者表明缺一字，後者表明所缺字數不詳。

闕文號並未見於出土文獻，但卻與出土文獻大有關係；故亦一併論及。

古人整理出土文獻，對脫漏殘缺而又不能校補的文字，均以囗表示。例如今天所見到的《逸周書》，篇中便夾有許多囗。據《論語・衛靈公》：「吾猶及史之闕文也。」可見「闕文」處當有一定的標識，可能是一片空白，也可能是某種符號。否則孔夫子焉知存有「闕文」。可惜去古甚遠，今天對那時的「闕文標識」已無法瞭解。

闕文號有時以「闕」字代替。譬如今天我們所看到的《說文》，書中許多地方便有「闕」字。因此，囗很可能音「闕」。英語中也有相類似的「脫字號」（caret，作「∧」）。倘若須把「闕文號」譯成英語，我看不妨就作 caret。

除了上述九種標點符號外，文獻中還曾使用狀如小圈的「著重號」（例如《宋詩別裁集》中就有不少這類「著重號」）、狀如長方框的「書名號」（例如《康熙字典》等）。不過，本文討論的重點是出土文獻中所見的古漢語標點符號，因此，傳世典籍中的古漢語標點符號的問題就約略帶過了。

中國人使用標點符號的歷史可以上溯至商代，其後，標點符號漸趨豐富。早在一千九百多年前，人們就試圖使標點符號規範化，雖然未獲成功，卻使古漢語走上了較為嚴謹的道路。這是標點符號轉化為文字的結果。換言之，句首、句末語氣助詞的出現，導致古漢語語法日益嚴謹，標點符號的存在也就失去了意義。可是，部分的句首、句末語氣助詞顯然是由標點符號轉化而成的。例如：「也」，當是句號「━」的代用字。「━」的形體太象數目字的「一」了，故讀為「壹」可以理解。「也」在小篆中或寫作「𠃞」，後來才作「也」。「壹」、「𠃞」和「也」三字的讀音相當接近。因此，「也」是句號「━」的代

〔註13〕見王啟明：〈示亡號初探〉，《齊齊哈爾社聯通訊》，1987年第4期。

用字應可相信。後來，「━」又作「◆」，於是又可讀作「句」，可「句」卻只能用作標示句讀，沒弱化為虛詞。又如段落號「ᠺ」，音「厥」，很可能就是句首語氣助詞「厥」的前身。其實，收入《說文》中的幾種標點符號都有音可讀，也就揭櫫了標點符號文字化的軌跡。

我們今天重新認識古漢語標點符號，目的當然不僅是為了更好地釋讀古人遺留下來的典籍，而且還是為了完善現代漢語的標點符號體系。說不准某些古漢語標點符號還可以在中文計算機軟件的設計上給予一定的啟示。譬如，鍵盤上有了重文符號鍵（相當於 REPT 鍵），便可省卻重複輸入之煩。

總之，現在是讓古漢語標點符號煥發光輝的時候了。

附：**本文徵引書目及簡稱表**（以刊行先後序次）

1. 東漢・許慎撰：《說文解字》（大徐本），北京：中華書局，1963 年 12 月第 1 版。本文簡稱《說文》。

2. 中國科學院考古研究所、甘肅省博物館：《武威漢簡》，北京：文物出版社，1964 年 9 月第一版。又：甘肅省博物館、武威縣文化館：《武威漢代醫簡》，北京：文物出版社，1975 年 10 月第一版。本文簡稱《武威醫簡》。

3. 山西省文物工作委員會：《侯馬盟書》，北京：文物出版社，1976 年 12 月第一版。

4. 郭沫若主編、胡厚宣總編輯：《甲骨文合集》，北京：中華書局，1979 年 10 月～1982 年 10 月。本文簡稱《合》。

5. 銀雀山漢墓竹簡整理小組編：《銀雀山漢墓竹簡》〔壹〕、〔貳〕，北京：文物出版社，1985 年 9 月第一版、2010 年 1 月第一版。

6. 湖北省博物館：《曾侯乙墓》（下），北京：文物出版社，1989 年 7 月第一版。本文簡稱《曾》。

7. 湖北省荊沙鐵路考古隊：《包山楚簡》，北京：文物出版社，1991 年 10 月第一版。本文簡稱《包》。

8. 商承祚：《戰國楚竹簡彙編》，濟南：齊魯書社，1995 年 11 月第一版。文中所引長沙仰天湖、信陽、所出楚簡均見此著。

9. 中國社會科學院考古研究所編：《殷周金文集成》（修訂增補本），北京：中華書局，2007 年 4 月第 1 版。本文簡稱《集成》。

10. 裘錫圭主編：《長沙馬王堆漢墓簡帛集成》（第七冊），北京：中華書局，2014 年 6 月第一版。

原載《中山大學學報》1996 年 3 期，第 99～104 頁，又載中國人民大學書報資料中心（複印報刊資料）《語言文字學》1996 年 10 期，第 56～61 頁。

古漢語被動句「有」字式管窺

　　古漢語被動句式的起源甚早，在殷商甲骨文已見端倪〔註1〕。其後，被動句句式漸趨豐富，且愈加嚴謹。這是眾所周知的古漢語語法現象。

一

　　筆者在整理古籍的過程中，發現古漢語中還存在另一種為人所忽視了的被動句句式，這裡姑且稱之為「有」字式吧。請看下列例句：

　　（1）己卯卜，賓貞：唯祖乙取婦好？／貞：婦好有取不？（《合》

　　　　　2636 反＋2636 正，此版尚有另外兩條對貞卜辭及占辭。今錄

　　　　　其一。）〔註2〕

　　這是一條對貞卜辭。辭中的「婦好」或作賓語，或作主語，但均是動詞「取」的對象。「取」與「有取」對舉，可知二者有別。顯然，「婦好有取」是個被動句，「有」則是被動句式的標識，如同「見」、「為」、「被」等被動句標識一樣，沒有實義。

　　（2）旬壬申夕月有食。（《合》11482 反）

　　（3）……卜，爭貞：翼（翌）申易日？之夕月有食？甲雈（豚），

〔註1〕請參閱唐鈺明、周錫䪥：〈論上古漢語被動式的起源〉，《學術研究》，1985 年 5 期。
〔註2〕此從陳師煒湛教授所釋讀。請參閱陳煒湛：〈甲骨文「不」字說〉，《第二屆中國古文字學研討會論文集》，香港：中文大學，1993 年 10 月。

不雨？（《合》11483 正）

（4）癸酉貞：日月有食，唯若？癸酉貞：日月有食，非若？（《合》
33964）

這三條卜辭，月（日）均作主語，分明是動詞「食」的受體。典籍中亦見同類的例子：

（5）秋七月，甲子，日有食之，既。（《春秋·宣公八年》）

（6）冬十月，丙辰，朔，日有食之。（《春秋·襄公二十四年》）

「日有食之」同「日有食」。「之」是句末助辭，無義。前朝學者沒有注意到「有」可以起表被動的作用，多將之釋為「或」。我們看看下面兩個例子，就知道這種解釋有欠周詳：

甲，（月）食大角。（《史記·天官書》）

〔索隱〕徐廣曰：食於大角。〔正義〕云：大角一星，在兩攝提間，人君之象也。可見「食」為「吞食」之「食」。這是比喻的用法。故此不能因為「有通或」而讀「食」作「蝕」。

乙，是故男教不修，陽事不得，適見於天，日為之食。婦順不

修，陰事不得，適見於天，月為之食。（《禮記·昏義》）

此例的被動意義至為明顯，「為之食」相當於「為之所食」。試比較：「奪項王天下者，必沛公也。吾屬今為之虜矣。」（《史記·項羽本紀》）古中國人把日食視為天狗吞日（郭沫若〈天狗〉一詩詩意所據即此）。「古者日食則伐鼓用幣救之。《春秋傳》曰：『惟正陽之月則然，餘則否。』……《周禮·庭氏》：救日之弓矢，嗇夫庶人，蓋供救日之百役者。」（明·胡廣等《書經大全》卷三頁百十一，四庫全書本）時至今日，中國許多地方的人們仍在日食之時敲鑼打鼓，以挽救被天狗吞食的太陽。這可為「（日）月有食」作一注腳。

（7）其翼（翌）丁亥，其有伐於次？（《合》27001）

我們知道，「伐」作「征戰、討伐」用時，是及物動詞。換言之，「伐」之後必須帶賓語。筆者檢索了先秦時期的典籍，均無一例外。那麼，卜辭貞問的是「會不會被次方所伐」。據此可知，被動句「有」字式是可以引出施動者的。西周銅器銘文以及傳世典籍中也有例證：

（8）唯厥使乃子戜萬年辟事天子，母（毋）又（有）戜於厥身。

（〈戜方鼎（甲）銘〉，《集成》02824）

試比較：「朕文母……無斁於致身。」（〈致毀（甲）銘〉，《集成》04322）
〔註3〕。這兩件銅器同屬一組，所使用的句式便很能說明問題。前者意謂「不要被自身所厭倦」，即「自暴自棄」；後者則謂「我偉大的母親不要對致本身感到厭倦」。

（9）崔杼有寵於惠公。（《左傳・宣公十年》）

試比較：「彌子瑕見寵於衛君。」（《韓非子・說難》）例 9 的句式完全同於「見＋動＋於＋名」的被動句式。

最有趣的是《史記・老莊申韓列傳》的例句：

（10）昔者彌子瑕見愛於衛君。……故有愛於主，則知當而加親；

見憎於主，則罪當加疏。」

同一文中分別使用被動句見字式和被動句有字式，以追求行文變化所產生的特殊效果。「見憎於主」句，《韓非子・說難》作「故有憎於主，則智不當，見罪而加疏。」同文互見而句式有別，可證「有＋動詞」確是被動句式。由例10 可知，延至西漢早期，被動句有字式依然存在。

通過上面的舉例和分析，相信「古漢語存在著被動句有字式」的結論可以為人所承認了。那麼，對典籍中某些帶有「有」字的句子就有重新詮釋的必要了。例如：

某子命某見，吾子有辱。（《儀禮・士相見禮》）

公子有辱，寡人之罪也，唯命是依。（《國語・晉語四》）

這類句子，如把「有」看成是被動句的標識，就無需花許多筆墨、繞許多彎去解釋「辱」的意義了。請與以下例子比較：「以廣闢土地，著稅偽材，出必見辱，……（《墨子・公孟》）

二

「有」可以構成被動句式，完全取決於它的詞義和詞性。

早在甲骨文時代，「有」就身兼實詞、虛詞二職。作動詞用時，其意義與「無」相對，其功能：（1）表所屬。例如：「有邑」、「有羌」。（2）表存在。例如：「有事」。（3）表發生或出現。例如：「有疾」、「有大雨」。

〔註3〕「斁」，《集成》隸定為「肬」，讀為「尤」。這並不影響被動句式的分析。

作虛詞用時，可充當：（1）連詞。例如：「旬有三日」。（2）名詞詞頭。例如：「受有佑」、「有商」〔註4〕。

那麼，在被動句中的「有」，我們不妨視之為動詞，它後面的成分則視為省略了主語的從句。例如：「婦好有取。」相當於「婦好有祖乙（大甲）取。」

因為從句中的主語實際上起支配作用，當它被省略後，「有」就弱化為被動句式的標識了。

周法高先生說：「『為……所』的被動式本來是由近乎判斷句的用法演變來的。」〔註5〕筆者相信，被動句「有」字式的演變近乎此。

令我們驚訝的是，某些西語，例如法語和英語，正是使用 être, be（相當於漢語的「為」、「是」）和 avoir, have（相當於漢語的「有」）以構成語態、時態等語法形式的。這似乎是人類語言中的共通點。

被動句「有」字式與「見」字式最相似，因此，它的消亡，當與「見」字式的出現脫不了干係。

三

儘管「有」字確實可以起表被動的作用，但並非一切帶「有」字的動詞均由主動語態轉換為被動語態。這裡面有幾種情況：

1.「有」字後的動詞活用為名詞（也可理解為詞兼類現象）。例如：「（穎考叔）有獻於公，公賜之食。」（《左傳‧隱公元年》）句中的「獻」用如名詞。

2.「有」字後的動詞如帶上賓語，則這個動賓結構作「有」的賓語。例如：「有聞之，有見之，謂之有；莫之聞，莫之見，謂之亡。」（《墨子‧非命中》）「聞之」、「見之」均作「有」之賓語。

3.「有」字後的動詞如屬不及物動詞，則可視之為兼語省略結構。例如：「有曰：……」（《墨子‧明鬼》）我們可以認為「有」與「曰」之間省去了「言」之類的兼語。試比較：「辯者有言曰：……」（《莊子‧天地》）

上述的第一種情況最易與被動句「有」字式混淆起來。唯有細審文意，看看「於」字後的賓語起支配作用還是被支配的作用，方可定奪。也許正因如此，

〔註4〕 參看徐中舒主編：《甲骨文字典》，成都：四川辭書出版社，2006 年 9 月第 2 版，第 745～746 頁。

〔註5〕 周法高《中國古代語法‧造句編（上）》，臺北：中央研究院史語所，1961 年，第 94 頁。

被動句「有」字式漸次消亡了。

結　論

1.「有＋動詞」結構可以表被動。「有」在這個結構中弱化為被動句的標識。被動句「有」字式可以使用介詞「於」引出動作的支配者。

2.「有」字弱化為被動句的標識，完全取決於其詞性和詞義。「有＋動詞」的被動式是由（省略的）主動式演變而來的。

3. 並非全部的「有＋動詞」結構均表被動。它是否表被動，必須據上下文意而定。而「有」字加帶賓語的動詞或不及物動詞之結構，則屬主動語態無疑。

【附記】拙論初稿承蒙唐鈺明教授審閱，多有教正。拙論在「第一屆兩岸中山大學中國文學研討會」上宣讀後，承蒙陳師煒湛教授、羅偉豪教授、張振林教授、吳辛丑學兄提出寶貴意見，俾拙論得以修訂。茲謹向諸位師長致以衷心感謝！

附：本文徵引文獻及簡稱表（以刊行先後序次）

1.《新編諸子集成》，北京：中華書局，1961 年～。

2. 郭沫若主編、胡厚宣總編輯：《甲骨文合集》，北京：中華書局，1979 年 10 月～1982 年 10 月。本文簡稱《合》。

3.《十三經注疏》，上海：上海古籍出版社，1997 年 7 月第 1 版。

4. 中國社會科學院考古研究所編：《殷周金文集成》（修訂增補本），北京：中華書局，2007 年 4 月第 1 版。本文簡稱《集成》。

原載《中山人文學術論叢》第一輯，高雄復文圖書出版社，1997 年 10 月初版，第 271～276 頁。

古漢語「所」、「者」的詞性及其語法作用之若干討論

　　有關「所」、「者」的詞性及其語法作用的研究，最早的著述大概是《經傳釋詞》。在「所」字條下，王氏將「所」的用法分列四項：1. 指事之詞。若『視其所以，觀其所由』之屬是也。常語也。2. 猶「可」也。3. 猶「若」也。4. 語助也。（王引之：1985：210～211 頁）在「者」字條下，其用法列為三項：1.《說文》：「者，別事詞也。」或指其物，或指其人，或言者，或言也者。皆常語也。2. 又為起下之詞，或上言「者」而下言「也」。或上言「也者」，而下言「也」。亦常語也。3. 者，猶「也」也。（王引之：1985：195～196 頁）

　　到了《馬氏文通》，「所」字的用法被分為：1. 接讀代字。（1）「所」字常位領讀，或隸外動，或隸介字，而必先焉。（2）讀有起詞者，「所」字後之。（馬建忠：1983：60～66 頁）2. 受動字。（馬建忠：1983：160～161 頁）「者」字用法分為：1. 接讀代字：（1）煞讀為句之起詞者。（2）為止詞者。（3）用若表詞者。（4）為司詞者。（5）居偏次者。（6）用如加語者。（7）有假設語氣者。（馬建忠：1983：66～70 頁）2. 傳信助字，助字助讀（馬建忠：1983：360～361 頁）。馬先生簡單分之為實詞和虛詞，實際上於其用法另有詳述。按我的看法，後來對這兩個詞兒的用法進行研究的，大體上並未超過馬先生。

　　至於《詞詮》，「所」字條下列為五項（楊樹達：1965：334～336 頁）：1.

名詞。2. 被動助動詞。3. 假設連詞。4. 語中助詞。5. 語尾。「者」字條下列為八項（楊樹達：1965：193～197 頁）：1. 指示代名詞。2. 複牒代名詞。3. 語末助詞，助詞或句，表提示。4. 語末助詞，表疑問。5. 語末助詞，表飾設。6. 語末助詞，表擬度。7. 語末助詞，表商榷。8. 語末助詞，表假設。詳盡倒是夠詳盡了，卻沒有多少發展。

可見，很早以前，學者就注意到「所」、「者」二詞語法功能均有所不同，而據其用法分別定義為實詞和虛詞。今天，漢語史學界對這兩個詞兒的詞性及語法作用的研究並未超出前賢，只是更為精細而已。

本文要討論的，是附著於詞兒或詞組之上的「所」和「者」的詞性及其用法。

一

一般認為，所謂詞綴，是「加在詞根上邊的詞素，表示附加意義」（《辭海·語言文字分冊》14 頁）。古漢語詞彙中存在詞綴，早已成為漢語史學界的共識，不必贅述。因此，筆者以為，相當一部分附著在詞兒之上的「所」和「者」不妨定義為詞綴。

事實上，「所」、「者」充當詞綴的用法，王引之早就注意到了，如前所述，他分別定義為「指事之詞」和「別事詞」。

王氏的這個結論，比較容易為我們所接受〔註 1〕。尤其是「者」，作為一個詞素，它既沒有確切的詞義（本義隱晦），似乎也不存在引申義，以致不單獨充當句子成分〔註 2〕，而只可以與名詞、動詞、形容詞、數詞或詞組結合構成所謂的「者」字結構。在漢語當中，詞彙功能如此單一的詞兒，恐怕絕無僅有。

至於「所」，儘管有著確切的詞義，也可以單獨充當句子成分，但它附著於詞兒之上，如同「者」，僅用以表示附加意義。

以下分別述之。

〔註 1〕步雲按：現代漢語研究者通常把「學者」、「勞動者」、「作者」等詞語中的「者」視為詞綴。參胡裕樹：《現代漢語》，上海：上海教育出版社，1979 年 9 月第 2 版，第 222 頁。
〔註 2〕上古漢語，「者」借用為「諸」、「都」等屬例外，延至隋唐用為代詞，表「此」義，略有實義。

（一）-者

「者」可附著於名詞、數詞、動詞、形容詞之後，以構成派生名詞。

「動詞／形容詞／名詞／數詞-者」通常指「……的人」，類似於英語的-er。例如：

學者（《孟子·滕文公上》卷五）、聞者（白居易〈觀刈麥〉詩）、善者（《老子》三十章）、賢者（《管子·牧民·親五法》卷一）、宮者（《管子·心術上·短語十》卷十三）、墨者（《呂氏春秋·孟春紀·去私》卷一）、「五十者」（《孟子·梁惠王上》卷一）。

不過，「動詞／形容詞／名詞／數詞-者」有時卻指「……的事情／事物」，例如：

夫功者難成而易敗，時者難得而易失也。（《史記·淮陰侯列傳》卷九十二）

這裡的「功者」、「時者」都不是指人，而是分別指「成功這麼件事情」、「時機這麼件事情」。又如：

魚，我所欲也；熊掌，亦我所欲也。二者不可得兼，捨魚而取熊掌者也。（《孟子·告子上》卷十一）

「二者」同樣不是指人，而是複指前面提到的魚和熊掌兩個事物。

附著於時間名詞之後的「者」，表「……某個時候」。例如：

曩者（《韓非子·說林下》卷八）、向者（《列子·黃帝》卷二）／鄉者《漢書·五行志》卷二十七）／向者（《列子·周穆王》卷三）、昔者（《管子·法禁·外言五》卷五）、往者（《論語·微子》）、今者（《戰國策·魏策四》）、來者（《論語·微子》）等。

「-者」有時可以省略。例如：「尹生曰：『曩章戴有請於子，子不我告，固有憾於子。今復脫然，是以又來。』」（《列子·黃帝》卷二）又如：「向吾入而弔焉。」（《莊子·養生主》卷二）再如：「曰：『昔先君襄公高臺廣池，湛樂飲酒，田獵罼弋，不聽國政，卑聖侮士，唯女是崇……』」（《管子·小匡·內言》卷八）

顯然，附加了「者」的時間名詞派生形式，其表時間的意義更為明晰。

（二）所-

「所」，學者一般把它定義為「輔助性代詞」，其「基本語法功能是使動詞

性成分名詞化，名詞和形容詞出現在『所』後也變成動詞了」〔註3〕。換言之，「所」只與動詞性成分組合，構成名詞性的「所字式」。

　　現在看來，這個結論是有問題的。至少在楚地的文獻中，「所」可以與形容詞結合。例如《楚辭‧卜居》：「尺有所短，寸有所長。」這個用例也見於《莊子‧列御寇》：「夫處窮閭厄巷，困窘織屨，槁項黃馘者，商之所短也；一悟萬乘之主而從車百乘者，商之所長也。」又如《莊子‧天下》：「猶百家眾技也，皆有所長，時有所用。」楚地出土文獻也有例證：「所幼未隓（陸）。」（《包山楚簡》2～3）後世仍見這種結構，例如賈思勰《齊民要術‧序》：「千金、尺玉至貴，而不若一食、短褐之惡者，物時有所急也。」我們可以視之為仿古之作。「所短」相當於「短處」，「所長」相當於「長處」，「所幼」相當於「幼小之狀況」，「所急」相當於「急處」（日語作「急所」，尤具啟發意義）。可能地，這種所字結構的使用僅限於楚地文獻之內。

　　上引「所」與形容詞結合的用例，形容詞依舊是形容詞，並未轉變為動詞。可見，「所」與形容詞的結合宜視為另一類所字結構。這種結構以及「所」與不及物動詞結合之結構中的「所」，筆者以為不妨定義為詞綴（前綴）。

　　1. 所-不及物動詞

　　「所-不及物動詞」，表「……的因由」等。例如：

　　　　（1）符契之所合，賞罰之所生也。」（《韓非子‧主道》卷二）

　　　　（2）伯夷死名於首陽之下，盜跖死利於東陵之上。二人者所死不同，其於殘生傷性均也。（《莊子‧駢拇》卷四）

　　「所生」指產生之由，英文大概可以作「generation」，所，相當於-ion；「所死」指死的方式，英文大概可以作「death」，所，相當於-th。

　　某些不帶賓語的及物動詞附以「所」，也可視為派生詞，也表「……的事物」。例如：

　　　　「所用」（《韓非子‧十過》卷三）

　　相當於英語的 usage，所=-age；用=use。當然，像「用」這類動詞，事實上可帶賓語，宜視之為及物動詞。不過，如同別的語言，古漢語中詞兼類的情況

〔註3〕參郭錫良、李玲璞主編：《古代漢語》，北京：語文出版社，2000 年 3 月第 2 版，第449～451 頁。

相當普遍。這裡姑且把未帶賓語的動詞定義為不及物動詞。

同樣作為動詞詞綴,「所-動詞」與「動詞-者」有著區別詞義的詞法功能:前者指物,後者指人。例如「所用」和「用者」,前者指「用」的對象,後者指「用」的人,翻譯成英文,可分別作「usage」和「user」。又如「所聞」和「聞者」,前者指「聞」的內容,而後者指「聞」的人,用英文表述,可分別作「listening」和「listener」。恐怕這就是兩個詞綴並存的原因。

然而,「所＋及物動詞＋賓語」結構並非派生詞,而是從句(詳下文)。

2. 所-形容詞

如前所述,「所」置於形容詞之前時,形容詞詞性不一定發生變化。這種形態的所字結構往往只是一個派生詞,指「……的方面」。例如:

「所短」(《楚辭‧卜居》)、「所長」(《楚辭‧卜居》)、「所急」(賈思勰《齊民要術‧序》)

「所短」相當於英語的 shortage,所=-age;短=short。「所長」相當於英語的 forte,所=-e;長=fort〔註4〕。「所急」相當於 emergency,所=-y;急=emergence。

3. 所-名詞／數詞

與「所-形容詞」的情況類似,所字後面的名詞或數詞未必發生詞性上的變化。這種形態的所字結構也是個派生詞,指「……之處」。例如:

(1) 是以令吏人完客所館。(《左傳‧襄公三十一年》)

(2) 夫天下也者,萬物之所一也。(《莊子‧田子方》卷七)

「所館」等同於「館所」;「所一」等同於「一所」〔註5〕。

二

學界一般認為,「所」、「者」還可以與詞組結合,構成所謂的「所字結構」和「者字結構」。對這類結構,倘若還視之為詞綴,顯然缺乏理論上的支持。因此,學者們關於「所」和「者」的這兩個用法,時下的古漢語教科書,有作實

〔註4〕這裡的-e沒有證據顯示為後綴,可能只是 fort(堡壘、要塞)的屈折變化形式,儘管 e-的確可用為前綴。

〔註5〕這種所字結構,張之強以為屬遞修飾複合詞,與本文視之為派生詞有所不同。參看張之強:〈「所」字覆議〉,《古漢語研究》第一輯,北京:中華書局,1996年11月第1版,第236～237頁。

詞的，也有作虛詞的。或把它們定義為「輔助性代詞」〔註6〕，或定義為「特殊指示代詞」〔註7〕，或定義為「（結構）助詞」〔註8〕。周法高的定義最有意思，謂之「代詞性助詞」〔註9〕。似乎可以調和上引各家定義：它們既有指代的語法功能，卻又只是虛詞（無實義）而已。

事實上，與「所」和「者」結合的所謂的「詞組」是兩種完全不同的結構類型：詞組（phrase）和短句（clause）。先看看「所」的用例：

> （1）修心靜音，道乃可得。道也者，口之所不能言也，目之所不能視也，耳之所不能聽也，所以修心而正形也。（《管子·內業·區言》卷十六）

> （2）子夏、子張、子游以有若似聖人，欲以所事孔子事之。（《孟子·滕文公上》卷五）

例（1）的「不能言」、「不能視」、「不能聽」、「以修心而正形」例（2）的「事孔子」均為述賓短句。其中，「言」、「視」和「聽」之後可視為省略了賓語「之」。

再來看看「者」的用例：

> （1）立功者不足於力，親近者不足於信，成名者不足於勢。（《韓非子·說林下·功名》卷八）

> （2）常從人寄飲食，人多厭之者。（《史記·淮陰侯列傳》卷九十二）

例（1）的「立功」、「親近」、「成名」也許仍可以視之為詞組，但例（2）的「人多厭之」就完全是一主謂句了。

通過以上例子，可知古漢語中「所」、「者」通常並不附加在詞組（phrase）而附加在短句（clause）之上，儘管「召遠」、「親近」、「夜行」之類可算例外。

〔註6〕例如郭錫良、李玲璞主編：《古代漢語》，北京：語文出版社，2000年3月第2版，第449～451頁。

〔註7〕例如荊貴生主編：《古代漢語》（第二次修訂本），武漢：武漢大學出版社，2005年7月第3版，第384～387頁。

〔註8〕例如李新魁編著：《古代漢語自學讀本》，北京：語文出版社，1987年10月第1版，第210～215頁。又如王彥坤、朱承平、熊焰編著：《古代漢語教程》，廣州：暨南大學出版社，2000年7月第1版，第250～252頁。

〔註9〕參氏著：《中國古代語法·稱代編》，臺北：中央研究院史語所，1959年，第367～430頁。

在漢語語法系統中，似乎沒有「從句」這麼個術語，clause 往往只對應於「分句」，而把「按照一定的語法規則組合起來的一組詞」稱為「短語」〔註10〕，或作「詞組」〔註11〕。這樣一來，phrase 和 clause 混淆不清自是難免（《辭海·語言文字分冊》20 頁）。

竊以為，詞組，意思就是詞的組合，既不是孤立的個別詞兒，也不是完整之句子〔註12〕。故此，稱者字結構和所字結構中的複合成分為「詞組」，大多數情況下並不恰當。

因此，對於附加在所謂「詞組」之上的「所」和「者」，筆者以為只有引進「從句（clause）」這一術語才可解決其詞性及語法作用的問題〔註13〕。

西方某些語言的語法系統中，有一類被稱之為「關係代詞」的詞兒，以英語和法語為例，分別作 relative pronoun 和 les pronoms relatifs。

其中有兩個詞「who（賓格用 whom，所有格用 whose。法語為 qui 或 que，指代人）」和「which（或 that，法語為 quoi 或 que，指代事物）」〔註14〕，實際上相當於古漢語的「者」和「所」。

這兩個關係代詞的語法功能用以構成定語從句，在句子當中作主語、賓語、定語或表語。例如英語：

The man *who is talking with Wang* is an eye specialist（*正在和王談話的那個男子是一位眼科專家*）. He is talking with the man *who has brush*（他正在和*那個留著鬍子的男子*談話）. The film *which I saw last night* is about a young teacher（*我昨晚看的那部電影是講一位年輕教師的*）.

又如法語：

Les étudiantes *que nous avons rencontrées* habitant au 3e étage（*我*

〔註10〕例如周法高，參氏著《中國古代語法·造句編（上）》有關「介詞仂語」的論述，臺北：中央研究院史語所，1961 年。

〔註11〕臺灣、港澳地區的學者通常使用「詞組」或「仂語」這兩個術語。

〔註12〕詞組和短句該如何定義，如何區分，非三言兩語可以談清楚。為免枝蔓，此處暫不涉及。

〔註13〕「從句」，早期或稱為「子句」。參看 M.甘希娜、N.瓦西列夫斯卡婭編著（朱基俊、沈邁行、宋茂華譯）：《英語語法》，北京：時代出版社，1956 年 7 月新 1 版，第 301～316 頁。

〔註14〕此外，英語中還使用 where（法語為 ùo，仍作關係代詞）、when（法語為 quand，作連詞）等關係副詞，指代地點、時間。

們遇到的那些女大學生住在四樓）. Il y a quelque chose *à quoi je dois*

absolument penser（*有些事我必須想到*）.

筆者以為，附著於詞組或短句之上的「所」和「者」實際上相當於英語、法語中的關係代詞，而所指代的先行詞（antecedent）往往被省略。以下分別述之：

（一）短句或詞組＋者

1. 從句＋者

省略是古漢語常見的現象，因此，具有完整的主謂結構的短句在所謂的者字結構中是比較少見的，例如：

（1）於是漢王求人類張耳者斬之。（《史記・張耳陳餘列傳》卷八十九）

「人類張耳者」，翻譯成英文，可以作「the man who was seemed like Zhang Er」。「者」相當於「who」，指代先行詞「人」。

更多的短句的主謂結構並不完整，但並不影響我們把它們定義為從句，例如：

（2）公叔禺人遇負杖入堡者息。（《禮記・檀弓下》卷十）

「負杖入堡者」，把它翻譯成英文，可以作「（the man）who carried a staff on his shoulder and went into a castle」。據例（1），「負杖入堡」可視為省略了主語（先行詞）「某」的句子。

2. 詞組／專有名詞＋者。

上文說過，漢語派生詞是由詞綴與詞根構成的。因此，「詞組＋者」結構中的「者」不宜視之為詞綴。不過，《大英百科全書》（*Encyclopædia Britannica*）對詞綴的定義卻似乎和《辭海》有所不同：「affix, a grammatical element that is combined with a word, stem, or phrase to produce derived and inflected forms. There are three types of affixes: prefixes, infixes, and suffixes.」〔註15〕換言之，西方語法學者心目中的詞綴，不但可以與詞兒或詞根而且可以與詞組（phrase）結合構成新詞。例如：three-decker（三層甲板船）、slay-a-whiler（短暫停留者）、tryer-outer

〔註15〕http://www.britannica.com/EBchecked/topic/7748/affix。©2013 *Encyclopædia Britannica, Inc.*

（試用的新機器或新產品）、sit-inner（室內靜坐示威或罷工的人），等等。

因此，附於詞組（phrase）之後的「者」事實上是可以定義為詞綴的。例如：

> （1）召遠者使無為焉。親近者言無事焉。唯夜行者獨有也。（《管
> 子·形勢·經言》卷一）

「召遠者」指從遠處招徠的人，「親近者」指可以親近的人，「夜行者」指在夜間行走的人。可見現代漢語研究者視之為派生詞確實有一定的理據。不過，筆者以為把這類結構看作從句也無妨。試把上引例子轉換成英文：the men who were called far away, the men who could be on intimate terms, the men who walked in the night。

專有名詞，如果從結構上分析，實際上也屬詞組。例如：

> （2）陳勝者，陽城人也。」（《史記·陳涉世家》卷四十八）

一般認為，「……者……也」為古漢語判斷句句式，「者」和「也」是判斷句的標識。事實上，「陳勝者」也可以視為由關係代詞構成的短語，試看英文的表述：（the man）whose name was Chen Sheng。

（二）所＋從句／述賓結構

1. 所＋從句

所字後引導的從句，如同「從句＋者」，主謂結構並不完整，例如：

> （1）梁乃召故所知豪吏，喻以所為起大事。（《史記·項羽本紀》
> 卷七）
>
> （2）是吾劍之所從墜。（《呂氏春秋·察今》卷十五）

例（1）的「故所知豪吏」，英文可作「the puissant officeholders who were known before」；「所為起大事」，可作「（the reason）which warred for them」。「所」分別相當於「who」和「which」，它的前面本可以有先行詞「其」。例（2）的「所從墜」，英語可作「the waters where my sword had fallen in」。「所」相當於「where」，它的先行詞為「之」。「之」可以轉換為「其」，當然也可以省略而並不影響表達。

2. 所＋述賓結構

「所」附加在帶賓語的及物動詞之上，也可以視之為主謂結構不完整的從句。例如：

> （1）王且無所聞之矣。」（《戰國策·魏二》卷二十三）

（2）令日罷師歸農，無所用之。（《管子・輕重乙》卷二十四）

「所聞之」，英文可作「anything what had been heard」；「所用之」，可作「anything which could be used」。「所」，相當於「what」或「which」。

這裡別列「所＋述賓結構」為一項，乃因為一般認為：古漢語中，及物動詞的賓語往往可被省略。因此，「所＋及物動詞」實際上是一緊縮性述賓結構。這類結構仍相當於一個從句。不過，如前文所述，我們不妨把省略了賓語的及物動詞一律定義為不及物動詞。這是簡明的處理方式。就英語的翻譯而言，「所聞」對應於「listening」；「所聞之」對應於「anything what had been heard」。二者的區別明顯。

如同用為詞綴的「者」和「所」，用為關係代詞時，「者」通常指代「人」；「所」通常指代「物」。

結　語

如果我們承認紛繁的人類語言存在著一定的共性，如果我們認可轉換生成語法（transformational-generative grammar），那麼，附加在詞兒、詞組或短句之上的「所」和「者」，可能得分別定義為詞綴和關係代詞。唯有這樣處理，才可以精確定義這兩個詞兒「實詞」或「虛詞」的屬性：詞綴自然屬虛詞，關係代詞自然屬實詞。

我們進行漢語尤其是古漢語的推介，在涉及類似「所字結構」、「者字結構」的問題上，引入「詞綴」和「從句」的概念是很有現實意義的。「輔助性代詞」、「特殊指示代詞」、「代詞性助詞」等術語固然可反映古代漢語語法的獨特性，但同時也為向全世界推介古代漢語設置了障礙。在可以求同的情況下，故意的存異似乎是毫無必要的。因此，與其稱之為「輔助性代詞」、「特殊指示代詞」或「代詞性助詞」，不如就分別稱之為「詞綴」和「關係代詞」。

我想，撰寫本文的意義正在於此。

附：本文主要參考文獻（以刊行先後序次）

1. 楊樹達：《詞詮》，北京：中華書局，1965 年 11 月第 2 版。
2. 復旦大學中文系等：《辭海・語言文字分冊》，上海：上海辭書出版社，1978 年 4 月第 1 版。
3. 薄冰、趙德鑫：《英語語法手冊》，北京：商務印書館，1978 年 6 月修訂第 2 版。

4. 吳緒：《法語基礎語法》，北京：商務印書館，1979 年 4 月第 1 版。

5. 馬建忠：《馬氏文通》，北京：商務印書館，1983 年 9 月新 1 版。

6. 王引之：《經傳釋詞》（黃侃、楊樹達批本），長沙：嶽麓書社，1985 年 4 月第 1 版。

原紀念向光忠先生八十誕辰學術研討會論文，南開大學文學院，2013 年 11 月 15～17 日，原載《紀念向光忠先生八十誕辰學術研討會論文集》，天津：南開大學文學院，第 141～145 頁。

「蓋」字義項補

查《辭源》,「蓋」字有以下一些義項:

1. 苦,用白茅編成的覆蓋物。2. 車蓋。遮陽禦雨之具。3. 器物上的蓋。4. 勝過,壓倒。5. 遮蓋,掩蓋。6. 崇尚。7. 副詞。疑而未定意。8. 連詞。9. 句首語氣詞。10. 為害。通「害」。11. 通盍。何不。12. 地名。13. 姓。(吳澤炎等:1983:1465頁)

《辭海》羅列的義項較《辭源》多。但把蓋字作古漢語詞詮釋,則兩書設立的義項大體相同,只是彼此使用的概念稍異。如《辭源》稱「副詞。疑而未定意」,《辭海》則謂「傳疑之詞」。(夏征農:1989:1924頁)

本文要討論的是《辭源》的第8個義項,也就是《辭海》的第9個義項:「推原或傳疑之詞」。

當「蓋」用作連詞(推原或傳疑之詞)時,它的意義是什麼?也就是說,它到底相當於現代漢語的哪個詞?這個問題,《辭源》、《辭海》是沒有回答的。

《詞詮》的作者楊樹達先生認為:「蓋」字其中一個義項為「承接連詞」,並謂:「承上文而推原其故時用之。」(楊樹達:1965:90頁)

楊先生的見解很有啟發性。遺憾的是,他所援引的五個例子都不足以說明「蓋」為「承上文而推原其故」的「承接連詞」。

下面,費點筆墨分析一下這些例句。

第一例,「丘也聞有國有家者,不患寡而患不均,不患貧而患不安。蓋均

無貪，和無寡，安無傾。」（《論語・季氏》）此處的「蓋」，楊伯峻釋作「若是」
〔註1〕。顯然，「蓋」只是假設性連詞。

第二例，「孔子罕稱命，蓋難言之也。」（《史記・外戚世家》）

第三例，「屈平之作《離騷》，蓋自怨生也。」（《史記・屈原賈生列傳》）

第五例，「匈奴明以戰攻為事，其老弱不能鬭，故以其肥美飲食壯健者；蓋
以自為守衛。如此，父子各得久相保，何以言匈奴輕老也？」（《史記・匈奴列
傳》）

以上三例中的「蓋」，宜譯為「大概」、「恐怕」，那是傳疑副詞了。

第四例，「夏正以正月，殷正以十二月，周正以十一月。蓋三王之正若循
環。」（《史記・歷書》）

這裡的「蓋」當譯作「那麼」，一般性承接連詞。

很明顯，「蓋」可以用如連詞，但它是否可以用如「承上文而推原其故」的
「承接連詞」呢？

答案是肯定的。筆者在一些清代的文言小說中發現了相關的例子：

（1）刺甫入，章京大怒，抽刀出，將殺之。蓋其俗尚白，以紅為
　　　送終具，生適觸所忌也。（清・朱梅叔：〈諸天驥〉，《埋憂集》
　　　卷二頁七，清同治刻本）

（2）對曰：「小者不過巴兒模樣，大者卻似大人一般。」此其所謂
　　　大人，蓋指凡人之大者言也。然不知適已犯其所忌也。（清・
　　　朱梅叔：〈大人〉，《埋憂集》卷三頁十二，清同治刻本）

（3）蓋瘞人者，以土掩至胸前即氣悶欲絕。若僅露其首，必有刻
　　　不可耐者，烏能至七日而不死乎？（清・朱梅叔：〈耿通〉，
　　　《埋憂集》續集卷二頁八，清同治刻本）

（4）至，則叟與妻已於昨夜投繯死矣。蓋叟歸途復痛責其子，逼
　　　迫投河。到家，妻詢得其故，既痛子死，又以失資無以為生，
　　　夫妻交謫，半夜俱自經云。（清・許奉恩〈雷擊二女〉，《里乘》
　　　卷一頁二十五，清光緒五年常熟抱芳閣刻蘭苕館外史本）

（5）既詰至此之由，女具告之。蓋隨某乙來此貰酒營生，頗稱小

〔註1〕楊伯峻：《論語譯注》，北京：中華書局，1980 年 12 月第 2 版，第 173 頁。

有。翁佯為大喜。（清・許奉恩：〈愛兒〉，《里乘》卷四頁三
十五，清光緒五年常熟抱芳閣刻蘭苕館外史本）

文煩不全錄。這些例句裏的「蓋」字，都只能譯作「原來」（例1、3、4、
5）或「本來」（例2）。可見，在清代的文言小說裏，蓋字是可以用如「承上文
而推原其故」的「承接連詞」的，雖然它仍然有著別的用法。

蓋字的這種用法，始於何時，迄今仍不能遽下斷語。但有一點可以肯定，
起碼在宋代就可以這樣用了，例如：

庭下如積水空明，水中荇藻交橫。蓋竹柏影也。（宋・蘇軾〈夜
遊〉）〔註2〕

如果本文所列舉的例子足以證明蓋字有「承上文而推原其故」的「承接連
詞」的功能，則《辭源》蓋字條下的第八個義項就得作些修正、補充了：

「……8. 連詞。（1）假設連詞。如果，若是。例：……（2）一般性承接連
詞。那麼。例：……（3）推原連詞。原來；本來。例：……」

《辭海》的第9個義項也應作些相應的修正、補充。至於《詞詮》，則要補
充相關的例句。

本文參考文獻

1. 楊樹達著：《詞詮》，北京：中華書局，1965年11月第1版。
2. 吳澤炎等主編：《辭源》（合訂本），北京：商務印書館，1983年7月第1版。
3. 夏征農主編：《辭海》（縮印本），上海：上海辭書出版社，1989年9月第1版。

原載《辭書研究》1995年3期，第125～126頁。

〔註2〕載明・沈佳胤：《翰海》卷九，明末徐含靈刻本。亦見宋・呂祖謙：《臥遊錄》，
明嘉靖間顧氏夷白齋刻顧氏文房小說本，第5、6頁。

「零」、「〇」賸義鈎沈

·

　　關於「零」、「〇」作為數詞的用法及其在詞典中的釋義，最近幾期《語文建設通訊》均有文章討論〔註1〕。良有意義。這個問題，先前筆者也曾被學生問及，故爾不避讓陋，茲就詞典以及已刊文章未逮之處，略作補說。

零

　　「零」的本義為「餘雨」。《說文解字》：「零，餘雨也。」（卷十一雨部）用為數詞，當然是通假的用法。《漢語大字典》列有三個義項，茲迻錄如次：1. 小於任何正數，大於任何負數的數，也作 0。如：二減二等於零。又沒有；無。如：一切都從零開頭。2. 數的空位。毛澤東《紀念孫中山先生》：「再過四十五年，就是二千零一年，也就是進到二十一世紀的時候，中國的面目更要大變。」3. 不成整數，餘數。清·蔡上翔《張氏重刻王荊公詩注序》：「又載季章所著書目共七種，為卷三百六十有零。」（徐中舒：1993：1690 頁）

　　大體完備。只是所舉例證偏晚，而「數的空位」的釋義也有待修訂。

　　《辭源》則只出「數的零頭或空位」一義，所舉例證為宋·包拯《孝肅包公奏議·擇官·再舉范祥》：「勘會范祥新法，……二年計增錢五十一萬六千有

〔註1〕DH：〈「零」、「〇」、「0」、公元「0 年」〉，（香港）《語文建設通訊》第 95 期，2010 年 5 月，第 56～57 頁。楊劍橋：〈有的「零」並不表示空位〉，（香港）《語文建設通訊》第 96 期，2010 年 9 月，第 62 頁。程觀林：〈也說「零」和「〇」〉，（香港）《語文建設通訊》第 97 期，2011 年 3 月，第 38 頁。

零。」相當於《漢語大字典》的第三個義項，又引明《兵料鈔出題本戶部題為襄餉告罄目前難支等事》：「通共三百零三萬餘兩矣。」則相當於《漢語大字典》的第二個義項。指「數的空位」。（吳澤炎等：1988：1815頁）

例證均較《漢語大字典》為早，但所釋義也未盡完善。

誠如楊劍橋先生所述，「零」有時並不表示數的空位，其用法相當於古代漢語的「有（又）」〔註2〕。因此，日後詞典修訂，理應補入楊先生說。

不過，楊先生以為南宋以後才出現代替「有（又）」的「零」，恐怕是一時失察。據筆者所檢，這個用法的「零」最早見於北宋，例如樂史（930～1007）的《太平寰宇記》即有用例：「納與幽州分界，東至清塞城一百零二里。」（卷四十九頁十，四庫全書本）其次，在連接數字與數字的用法上，「有」與「零」也許並不完全一致。例如：「凡為塘四十七，浦一百零八，涇二百五十，港三十九，共四百四十有四。」（宋·凌萬頃《淳佑玉峰志》卷上頁二十，清·士禮居鈔本）這裡用了一個「零」，一個「有」，前者就是字典詞典所說的表「空位」的數詞，後者卻是連接十位和個位的連詞。顯然，這個問題值得進一步探討。

此外，「零」用為數詞，如果是算術著作，像「一百零二」之類的表述是不準確的。因此，即便兩個數字都是零，也得用兩「零」字，例如：「《記》不言轂徑，蓋有圍即有徑也。密率圍周一零零零零零，其徑當零三一八三零，今用此求得。」（阮元《揅經室集》一集卷七頁二十二，清道光阮氏文選樓刻本）換言之，「零」是可以表任何數字的。這種用法，恐怕就是導致「零」可以被「○」代替的直接原因。

○

「○」在成為數詞之前，只是一個符號。它的使用至遲在漢初就開始了。大致有以下幾種用法：

1. 用在一段文字之首，標示段落〔註3〕。例如銀雀山所出漢簡、武威所出漢簡都見「○」，有時候也作「●」。這個時期的「○」，與後世的句讀標識很相似。

〔註2〕參楊劍橋：〈有的「零」並不表示空位〉，（香港）《語文建設通訊》第96期，2010年9月，第62頁。

〔註3〕參譚步雲：〈出土文獻所見古漢語標點符號探討〉，載《中山大學學報》，1996年3期；又載中國人民大學書報資料中心（複印報刊資料）《語言文字學》，1996年10期。

2. 延至唐，這個標識用在正文與注、疏之間。例如《春秋左傳正義·春秋序》：「記事者以事繫日○繫，工帝反。以日繫月，以月繫時，以時繫年，所以紀遠近別同異也。○別，彼列反。」（卷一）也許是為了有所區別，這時候的「○」比後世的句讀符號略大。

3. 用作古文字釋文中標示闕文或未識的字。例如〈韓城鼎銘〉：「惟王九月乙亥晉姜曰余惟司朕先姑君晉邦余不○安寧盄雍明德宣○我猷用○所辥辟○○○……」（《歐陽文忠公集·集古錄跋尾》卷一頁四，宋刻本）同是宋代的《鐘鼎款識》（王厚之撰）、《嘯堂集古錄》（王俅撰）等亦循此例。直至清代也是如此，例如王昶的《金石萃編》。

4.「○」也可以用作標示字音平仄清濁的符號，例如某些詞譜類工具書。

5.「○」用為數詞，最早的文獻大概是唐代的《緝古算經考注》（唐·王孝通撰，清·李潢注，道光刻本）。茲引一例：「甲縣十三鄉以均賦常積六千三百尺，乘之得八一九○○尺。為甲積六，因之得四九一四○○尺，為甲六。」（卷上頁三）「○」的數詞用法，無疑是由零變來的。不過，據上引文獻，筆者發現，「○」的這種用法似乎比「零」更早，除非後人擅自把「零」改為「○」了。

6. 武則天時「星」字。見《集韻·青韻第十五》。

《現代漢語詞典》大概是最早收錄「○」作為數詞的詞典，時在 1973 年 9 月[註4]。補此前字典詞典之缺漏，是一個進步，雖然在釋義上仍存在修訂的空間。

餘　說

嚴格上說，「○」只是個符號，卻不是漢字（武后所用除外）。不過，按照《說文解字》的體例，某些符號也具有字頭詞條的地位。例如：「丶，有所絕止，丶而識之也。凡丶之屬皆从丶。」（卷五丶部）又如：「亅，鉤逆者謂之亅。象形。凡亅之屬皆从亅。讀若厥。」（卷十二亅部）那麼，字典詞典收入「○」不無理據。只是它的偏旁部首歸類卻讓我們犯難了。1973 年版的《現代漢語詞典》，「○」被列入「部首檢字」的「餘類」；1996 年版，被列入「難檢字筆

〔註4〕程覸林先生說：「《新華字典》是最先把『○』增補進去的。」參氏著〈也說「零」和「○」〉，（香港）《語文建設通訊》第 97 期，2011 年 3 月，第 38 頁。步雲案：檢筆者手頭 1971 年 6 月修訂第 1 版、1976 年 10 月廣東第 10 次印刷的《新華字典》，並無「○」字條。不知道程先生有否誤記。

劃索引」。事實上，其他的難檢字都從屬相應的部首，惟獨「○」是個例外。
《中華字海》把「○」收入「口部」0 畫，列有兩個義項：一是數詞，二是武
后時用為「星」。雖然是個進步，卻不盡合理，尤其是作 0 畫處理，更顯荒謬。
參考許慎的做法，應該給它另立一部，即便這個部首之下僅有這麼一個字，像
《說文解字》中「丙」、「丁」、「庚」等部首都止有一字。何況，在《中華字海》
中便收入了好幾個從「○」的字：⊙、圆（均日的異體字）、㋼（月的異體字）
等。那些曾經在典籍中出現過的帶圈字符，也不妨歸入此部，以說明其用法有
所不同。譬如《曲譜》中的帶圈字符，就是表明某曲的該處可平可仄。

本文參考文獻

1. 徐中舒主編：《漢語大字典》（縮印本），成都：四川辭書出版社、湖北辭書出版
   社，1993 年 11 月第 1 版。
2. 吳澤炎等：《辭源》（合訂本），北京：商務印書館，1988 年 7 月第 1 版。
3. 中國社會科學院語言研究所詞典編輯室：《現代漢語詞典》（試用本），北京：商
   務印書館，1973 年 9 月初版，又 1996 年 7 月修訂第 3 版。
4. 冷玉龍、韋一心等：《中華字海》，北京：中華書局、中國友誼出版公司，1994
   年 9 月第 1 版。

原載（香港）《語文建設通訊》總第 98 期，2011 年 7 月，第 69～71 頁。

讀書識小錄

　　張文襄公有一段廣為人知的讀書名言：「由小學入經學者，其經學可信。由經學入史學者，其史學可信。由經學、史學入理學者，其理學可信。以經學、史學兼詞章者，其詞章有用。以經學、史學兼經濟者，其經濟成就遠大。」〔註1〕言下之意是說，治學、寫作乃至從政，「小學」是為基礎之基礎。這裡所說的「小學」，即語言文字之學。

　　具備小學基礎，讀書往往不無所疑，疑而索解，於是有所得。這是筆者讀書的樂趣之一。試援二例，聊與同道「疑義相與析」。

　　我們知道，古人寫作不大使用標點符號，閱讀古籍少不了得自己句讀一番。句讀錯了，訓詁上稱為「破句」。即便歷經整理的古籍，囿於整理者的水平，有時也免不了出現「破句」。例如《大戴禮記‧武王踐阼第五十九》所載〈杖銘〉〔註2〕，早期的注本止有「句」而無「讀」，如北周‧盧辯所注者。後期則大都沿襲明‧譚元春所斷：「惡乎危、於忿疐（懥）。惡乎失道、於嗜欲。惡乎相忘、於富貴。」〔註3〕清‧沈德潛的《古詩源》便是如此〔註4〕。難解極了。宋‧朱熹訓釋道：「惡音烏，下同。疐音至。惡乎，何也。忿者危之道，怒甲及乙又危之甚。

〔註1〕見氏著：《書目答問‧書目總九十六》卷四，清光緒刻本，第1頁。
〔註2〕四庫全書本，卷六，第5頁。
〔註3〕見氏著：《古詩歸》卷一，明‧閔振業三色套印本，第7頁。
〔註4〕清‧沈德潛：《古詩源》，北京：中華書局1963年6月新1版，第5頁。

杖危，故以危戒也。」〔註5〕仍舊不得要領，殊覺未安。大概受「惡乎」的慣常用法所迷惑。讀者可參看清・王引之的《經傳釋詞》「惡、烏」字條，便知端的。竊以為這段文字應標點為：「惡乎，危於忿懥（懫）！惡乎，失道於嗜欲！惡乎，相忘於富貴！」惡乎，歎詞，同「嗚呼」。這種古漢語句式很常見，尤其是在《尚書》中。例如：「王曰：嗚呼，封汝念哉！」（《尚書・康誥》）又如：「王曰：嗚呼，小子胡！汝往哉！」（《尚書・蔡仲之命》）因此，把「惡乎」讀為「嗚呼」，很符合武王作杖銘的語氣。銘文大致可翻譯為：「哎呀，危險存在於憤怒之中！哎呀，違背道義（語義雙關）在於貪欲！哎呀，忘卻於富貴之時！」筆者以為十分暢達易曉：本來用來助行的手杖，若憤怒之下用以爭鬥，不免讓持杖人陷入危險之中；若用以滿足貪欲，則用非所用，迷失方向；若身處富貴之中，出入自有侍候，還記掛著手杖嗎？

　　事實上，「嗚呼」的詞形本就歧異紛繁：或作「烏虖」（多見於青銅銘文），或作「烏夫」（見於信陽所出楚簡），或作「烏乎（嘑）」（多見於傳世典籍），或作「於乎」（《六韜》、《吳越春秋》等）。即便是李白的〈蜀道難〉，也有「呼嚱」、「吁嚱、」「吁哉」、「噓嚱」的不同版本。因此，不排除「嗚呼」也可寫作「惡乎」。尤其應提請讀者注意，作為前朝文獻的〈杖銘〉口耳相傳輾轉至漢，文字訛誤歧異恐不免。前些年所見竹簡本〈武王踐阼〉即其一證，〈杖銘〉作「亞危＝於忿徔，亞失＝道於脂谷，亞於貴福」〔註6〕。非但字數不一，而且把「惡」寫成「亞」，「懥（懫）」寫成「徔（或作連）」，「嗜欲」寫成「脂谷」，去傳世文本遠甚，也更為聱牙詰屈。其抄手的文化程度顯然不如漢人。不過話得說回來，「惡乎」通作「烏乎」僅見於注疏，例如：「惡乎淫（惡乎猶於何也○惡音烏，烏乎猶於何也。注同）。」〔註7〕而用為歎詞的「嗚呼」則僅此一見。步雲不敢言必，尚祈方家有以教我。

　　在典籍中，但凡繁難的人名，注釋者一般會標注直音或反切，以免讀者不明所以而誤讀。例如《前漢書》中的「酈食其」，唐・顏師古引服虔說：「音歷、

〔註5〕見氏著《儀禮經傳通解》卷十八葉十三，四庫全書本。
〔註6〕馬承源主編：《上海博物館藏戰國楚竹書（七）》，上海：上海古籍出版社，2008年12月第一版，第23～24頁。
〔註7〕參看漢・何休注、陸德明音義：《春秋公羊經傳解詁》卷第二，宋・建安余氏刊本，第7頁。

異、基。」〔註8〕同書的審食其、趙食其一併標音如此。不過,有時也存在言人人殊而讓讀者無所適從的情況。例如唐代大書法家李陽冰。「冰」的讀音,很早就有過爭論。明·費瀛直接括注其異體以標示音讀:「唯葛稚川天台之觀、李陽冰(凝)生公講臺及顏清臣虎丘之劍池,足為大書模楷。」〔註9〕但是清·王澍卻不以為然:「按《宣和書譜》,李陽冰字少溫,趙郡人,官至將作監,其書名每作冰。《說文》:冰,魚陵切。凝本字。徐鉉云:今作筆陵切,以為冰凍之冰。陽冰蓋取〈海賦〉陽冰不冶之義,故字少溫,猶韓文公名愈而字退之也。今人每稱李監為陽凝,有讀仌者便以為誤。實則當為冰凍之冰。若云陽凝,則於少溫之義無取,其所以書者,以仌字獨書難以成文,故隸楷皆從冰,猶主字篆當從丨,獨書不成文,故皆從鐙主之主也。今魯公家廟碑書冰作氷,並於冰省一筆,其非凝可知。不然,不應以目前好友誤書其名如此。」〔註10〕王氏的自以為是,其後即受到黃本驥的批評:「案:家廟碑前後二面皆是原刻,虛舟第一跋謂其後一面毀壞,李延襲以舊本重刻,蓋意揣之詞。今延襲題記在首行之下,但云移立,並無重刻事。虛舟之言不足據也。」〔註11〕

這樁公案,源於《說文解字》所載的「仌(bīng)」和「冰/凝(níng)」。前者為「冰雪」的「冰」古文,大體止存在於前朝的文獻中;後者為「凝結」的「凝」,但很早就一分為二了:「冰」用為「冰雪」的「冰」,「凝」用為「凝結」的「凝」。後出的字典如《康熙字典》分得很清楚,既保留古文「仌(bīng)」,又收入「氷」作今文「冰(bīng)」的俗字,以便與「冰/凝(níng)」相區別。

那麼,李陽冰的「冰」到底是「仌(bīng)」還是「冰(níng)」呢?

李陽冰傳世的書作〈三墳記〉、〈滑臺新驛記〉、〈謙卦碑〉、〈千字文〉、〈棲先塋記〉、〈窪尊〉等,都用篆書署名作「陽冰」。讀者諸君如果到過福州烏山,也許還記得其上的摩崖石刻有此二字。李陽冰整理過《說文解字》,如果他真的名「仌(bīng)」,當不至於用篆書自書其名作「冰(níng)」啊!何況,李陽冰之後仍有用「冰」為「凝」的。例如:「帝崩。思謙扶疾入臨,涕泗冰鬚,俯伏號絕。」〔註12〕這裡的「冰」即用如本字。至於其名、字所取意義,筆者

〔註8〕卷一上《高帝紀》「酈食其為里監門」條,據武英殿本排印本。
〔註9〕見氏著:《大書長語》卷下,明隆慶刻本,第2頁。
〔註10〕見氏著:《虛舟題跋》卷六,清乾隆三十五年楊建聞川易鶴軒刻本,第14、15頁。
〔註11〕見氏編定:《顏魯公集》卷二十九,道光二十五年三長物齋叢書本,第8、9頁。
〔註12〕《新唐書》卷一百十六列傳第四十一〈韋思謙〉,四庫全書本。

以為也是相合的。清·孫頤谷云:「陰冰者,不見日之冰也。陽冰者,見日之冰也。……陽冰者,陽烜之冰結於水上也。」〔註13〕不惟讀「冰」為「凝」,解讀更是切中肯綮,只是沒有並用「仌」、「冰」加以區別而已。相對於「陰冰」,「陽冰」自然是「少(稍)溫」的。

　　這裡還可以再提供一個例證。齊國有一件傳世器名「陳逆毀」(《殷周金文集成》04096,中華書局2007年),其銘文有所謂「冰月」者,冰作𰀀。關於這個字,清·許瀚有過精彩的說解:「彼器(步雲案:指陳逆簠)云:佳王正月初吉丁亥。此(步雲案:指陳逆毀)則云冰月丁亥,日同而月異名者。王正月是建子之月,正陰冰仌堅之時,故曰冰月。冰卽凝之正字,而仌之借字,仌水左右易位,乃古文□□之異。正月所以尊王,冰月所以紀時。《晏子春秋》:景公為履,黃金之綦,飾以銀,連以珠,良玉之鉤,其長尺,冰月服之以聽朝。稱冰月與毀器正同,葢齊語也。」(《攀古小廬雜著》卷八頁十二,清刻本)

　　元·吾邱衍說李陽冰本名「潮」,字陽冰,以字行,遂與李潮混為一人。甚至有謂其兄名「澥」字「堅冰」者〔註14〕。遂致讀「冰(bīng)」說謬種流佈。

　　李陽冰是李白的從叔(參李白〈獻從叔當塗宰陽冰〉詩),李潮是杜甫的外甥(參杜甫〈李潮八分小篆歌〉詩),兩人年紀相差二三十年總會有吧。況且,古人署名的禮數很嚴:「名」用於自稱,「字」用於對稱。有直書己字的道理嗎?《儀禮·士冠禮》說:「冠而字之,敬其名也。君父之前稱名,他人則稱字也。」在古代,直呼其名是不禮貌的。所以,稱呼他人,先字(或官稱、爵位等)後名是常例,諸如「孟明視」、「白乙丙」、「西乞術」之類。李陽冰即李潮說,臧勵龢等《中國人名大辭典》引《金石文字記》辯之甚詳〔註15〕。筆者利用中國基本古籍庫、鼎秀古籍全文檢索平臺及二十五史全文檢索系統,以「李潮字陽冰」為搜索項查閱,均一無所獲。益證其誤。

　　話雖如此,《中國大百科全書》仍把「李陽冰」標音為 Lǐ Yángbīng〔註16〕,則無怪乎一般人也都這樣念了。筆者目及,唯有中山大學中文系故教授李星橋(新魁)先生標音為 Lǐ Yángníng〔註17〕。

〔註13〕見孫星衍注:《晏子春秋》校勘下,平津館本,第5頁引。
〔註14〕清·劉熙載:《藝概》卷五,清同治刻古桐書屋六種本,第18頁引。
〔註15〕參看是書,上海:上海書店,1980年11月第一版,第429～430頁。
〔註16〕參看〈美術卷·李陽冰〉(蘇士澍撰),北京:中國大百科全書出版社,1985年版。
〔註17〕見氏著:《古代漢語自學讀本》,北京:語文出版社,1987年10月第1版,第1007頁。

儘管如筆者般的語言文字工作者以匡謬正俗為天職，卻無力抗拒約定俗成的語言文字規律。部分原因不能不歸咎於將走向社會並影響社會語言文字規範的本科生小學基礎之薄弱：不明文字的源流演變，鮮能閱讀原典，多不諳屬對唱和，甚至不會查閱諸如《康熙字典》那樣的古代工具書。倘若期望情況有所改善，這裡借用張文襄公的句式進一言：由小學入大學，其大學成就遠大。

原載（臺灣）《國文天地》第三十六卷第三期，2020 年 8 月號，臺北：萬卷樓圖書股份有限公司，第 121～124 頁。

漢字發展規律別說

翻開時下林林總總的漢語文字學著作，所看到的漢字發展規律可謂五花八門，其中談得最多的是「簡化」、「繁化」、「聲化」、「異化」、「分化」、「規範化」、「訛變」等等。除了「聲化」和「訛變」外，這些所謂規律充其量只觸及漢字形體變化的表象，卻未能一矢中的地揭示表象掩蓋著的實質。事實上，漢字的發展變化規律可以歸納為：

一，朝著準確表音的方向發展，即「聲化」（或作「音化」）；

二，朝著準確表意的方向發展，即「意化」；

三，朝著錯誤表音、錯誤表意的方向發展，即「訛變」。

竊以為，這三大定律即可解釋漢字發展變化的所有現象。

作為記錄語言的符號，最理想的當然是既可表意又可表音。世界上任何一種拼音文字的表音功能恐怕都較眼下的漢字強，但表意功能則湮沒在語音之下了；而上古的象形文字，表意功能強則強矣，可表音功能卻又先天不足。顯然，拼音文字和純粹的象形文字均不理想。古代的中國人分明已注意到這一點，於是他們造出了至少是他們認為完美無缺的形聲字，從此，漢字便沒有走上拼音化的道路，卻也沒有停滯在象形狀態的階段。大多數的象形字都有了表示其讀音的聲符，而全部的表示不同概念的同音字也有了不同的意符。數百個聲符和意符便可構成數萬漢字，繼而組合為數以十萬計的詞兒。應該說，漢字發展變化的歷史基本上是圍繞著形聲字的發展變化而展開的，而形聲字的發展變化則

受著上述三大定律首先是「聲化」和「意化」兩大定律的制約。下面，就讓我們具體分析一下這三大定律，看看漢字的發展變化是否在其作用下完成的。

一、聲　化

使無表音功能的象形字、會意字、指事字具有表音功能，例如：

在「鳥」上添加不同的聲符以表示「鳥」的不同種屬，像「鳳」（凡聲）、「鷄」（奚聲）等。這是象形字的聲化。

在「耒」（象人持耒耜耕耘狀）上加聲符「昔」而成「耤」；在「𤉢」（象手持器具鑄造狀）上添加聲符「𦉪（壽，即𤕟之本字）」而成「𤉢（鑄）」。這是會意字的聲化。

在「上」字上添加聲符「尚」而成「𤰇」（僅見於先秦文字）。這是指事字的聲化。

漢字的聲化是動態的。也就是說，當字音隨著時、空的變化而變化時，其聲符也就發生變化。

甲骨文「麋」，從鹿眉聲；後世作「麋」，從鹿米聲。甲骨文「犰」，從犬亡聲；金文作「獮」，從犬無聲；後世作「狐」，從犬瓜聲。

以上是漢字的聲符隨時代的變遷而更易的實例。

「鄲」：從邑單聲；晉人寫作「邟」，從邑丹聲。

「廟」：從广朝聲，中山國人寫作「庙」，從广苗聲。

以上是漢字的聲符隨地域的不同而異的實例。

這就是聲符不同的異體字產生的原因，也就是某些漢語文字學著作所稱的「異化」。聲化的過程通常也是繁化的過程。如上舉象形、會意，指事諸例，原字加上聲符，自然更為繁複了。而當人們認為某字的聲符不能正確地表音，需更換別的聲符時，新的聲符哪怕較原有聲符更為繁複，也不惜採用。這便是進一步的繁化。如上舉「狐」「廟」二字便是。當然，在能正確表音的前提下，人們也許寧願使用更簡省的聲符，或把聲符簡化（即所謂的「省聲」）。

因此，繁化、簡化、異化都只不過是聲化的表象（也是意化的表象，本文下面將續有討論）。

聲化，雖說是漢字發展變化的趨勢之一，但並不是所有的漢字都實現了聲化。那麼，人們採取了哪些補救措施來實現未加聲化的漢字「有音可讀」呢？

首先，在保留未加以聲化的漢字的同時，造出與之相對應的形聲字（或謂之「分化」）。譬如：

象形的「犬」，別造出「狗」；「豕」，別造出「豬」；「傘」，別造出「幟」、「幟」，等等。

會意的「弜」，別造出「彈」；「岳」，別造出「嶽」；「羴」，別造出「膻」，等等。

指事的「刃」，別造出「創」、「刱」、「剏」等；「一」，別造出「壹」（本是從壺吉聲，今誤）。

其次，假借他字為之，譬如：

「三」→「參（星宿名）」

「三」→「四（泗的本字）」

「六」→「陸（陸地）」

最後，未加聲化的漢字的讀音可通過聯想獲得。包括上舉諸例，未加聲化的漢字基本上可充當聲符這一角色，因此，其讀音可經以之作聲符的他字獲得，譬如：

示 → 際、視

人 → 仁、魜

前兩個措施雖說促使了一大批異體字的產生，但也使未加聲化的漢字逐漸為形聲字所取代；即使未被完全替代，其主導地位業已動搖。

可以說，漢字聲化的結果使表意功能極強的這套符號系統臻於完善了。

二、意　化

本來，漢字是表意功能極強的符號系統，完全無需再經歷意化的過程。然而，如前所述，漢字聲化的結果，使相當大一部分的漢字成為他字的聲符以實現自身的聲化；這部分漢字就不得不重新加以意化了。當然，這部分漢字的表意功能之漸次減弱也是它們需重新意化的原因之一（這部分漢字的表意功能之漸次減弱則主要是隸變所致）。舉例說：

「且」（本象男性生殖器，引申為生殖崇拜、宗族崇拜）、「匕」（本象女性生殖器，義同「且」〔註1〕）分別加上意符「示」和「女」，自身則轉化為聲符

〔註1〕此據郭沫若先生釋，參氏著：《甲骨文字研究·釋祖妣》，大東書局，1931 年 5 月

了。這是象形字的意化。

「共」（象拱手之意），加上意符「手」成「拱」；「囟」（象室中有人之意），加上意符「貝」作「實、賓」。這是會意字的意化。

數目字「一」、「二」、「三」、「五」、「十」分別加上意符「弋」或「人」作「弌」、「弍」、「弎」、「伍」、「什」。這是指事字的意化。

有些漢語文字學的著作把這種現象也視作「聲化」，當然不無道理。不過，鄙意以為定義為「意化」較接近事實，因為，應該以在原字上添加的符號是聲符還是意符作衡定標準。

同樣，意化也是動態的。當字的意義隨時、空的變異而變異時，其意符也就發生變化。例如：

「盤」：銅器銘文作「盤」，《說文》古文作「鎜」，小篆作「槃」。意符分別是「皿」、「金」、「木」。《禮記·喪大禮》云：「沐之瓦盤。」《正字通》云：「盤，蒲桓切，畔平聲。盛物器，或木或錫銅為之。」（午集中皿部頁四十五，清康熙二十四年清畏堂刻本）

「罍」：銅器銘文作「䍃（鑸）」，《說文》籀文作「䍃（罍）」，小篆作「櫑（櫑）」、「䍃（䍃）」、「䍃（罍）」。意符分別是「金」、「缶（陶）」、「木」和「皿」。段玉裁云：「蓋始以木，後以匋。」（《說文解字注》卷六上，清嘉慶二十年經韻樓刻本）

「錢」：甲骨文作「賆」，小篆作「錢」，前者從貝，後者從金。羅振玉說：古者以貝為幣，故字從貝，至秦廢貝行錢，則謂之「錢」，殆不知本有「賆」字〔註2〕。

「貧」：《說文》古文作「宀（穷）」，小篆作「貧（貧）」，前者從宀，後者從貝。

以上所引便是意符隨時、空的變化而變化的實例。這是意符不同的異體字產生的原因。意化的過程通常也是繁化的過程。如上舉諸例，意化後的單字當然較意化前更為繁複。即便是已完成了意化過程的單字，當人們認為它的意符已不能準確表意而需要變換時，新的意符也許較舊的意符更繁複。然而，在能

版。又人民出版社，1952 年 9 月版。
〔註2〕羅振玉：《增訂殷虛書契考釋》中，民國十六年（1927）東方學會石印本影印，第42 頁上。

正確表意的前提下，簡省的意符會被使用（或省形）。

有時，字的聲化和意化在同時進行：

牯　→　駕〔註3〕，前者從牛各聲，後者從馬加聲。

騜　→　禂，前者從馬壽聲，後者從示周聲。

這是異體字產生的又一途徑。

三、訛　變

訛變是漢字發展過程中的反動。在它的支配下，以致某些字音非確音、意非確意，例如：

「賊」：本是從戈則聲，現訛變成彷彿從貝從戎了。

「軍」：本是從車勻聲，現訛變得找不到聲符了。

「滘」：本是從水窖聲，現訛變得不知所讀了〔註4〕。

以上是聲符訛變的實例。

「短」：本是從大（象人立之形）豆聲，今訛變成從矢豆聲。

「射」：本是從弓從又（象以手拉弓之形），今訛變成從身從寸。

「服」：本是從舟從𠬝（象送人至船上之形），今訛變成從月（肉或月）從𠬝。

以上是意符訛變的實例。

訛變，說到底是漢字形體的訛變；它的發生，早在古文字階段就開始了，隸變階段後，則越演越烈。

訛變，究其原因不外有三：

1. 形近致訛。

如上舉例子「短」、「射」二字，「矢」和「大」，「身」和「弓」在古文字階段形體非常接近，隸定時難免張冠李戴。

2. 繁簡致訛。

毫無意義的增減筆劃導致字形訛誤。例如：「則」「員」二字，本是從鼎，

〔註3〕《管子・小匡弟二十》：「負任擔荷，服牛軺馬，以周四方。」「軺」同「駕」，從車各聲，殆齊國的文字習慣。

〔註4〕筆者對此字有詳說，請參閱拙論〈粵語鈎沉・滘〉，《廣州研究》，1987年3期。元・陳大震《南海志》（元・大德八年〔1304〕刻本），有「疊滘渡、南津沙滘渡」（卷十葉九）、「土瓜渡、硤石渡、橫滘渡」（卷十，第10頁）等地名之記載。這是迄今為止我們所能見到的「滘」字的原始形體。果真是從水窖聲！

鼎足慢慢簡化為二豎劃，竟致與貝字無異了。這是簡省造成的訛誤。「元」「雨」二字，本無上面的橫劃，不經意的羨筆，便變成今天這個模樣。這是繁複造成的訛誤。繁簡致訛的同時也可能造成所謂「分化」，譬如：「兀」加一橫筆便使之分化出「元」字，「大」加一小點便使之分化出「太」字。

3. 傳抄致訛。

隸變階段是筆誤的高發時期。書手或不明字體源流，粗心大意，於是留下了「三豕渡河」之類的笑柄。但許多卻積非成是，傳諸後世了，如上舉「賊」「軍」二字便是。延至後世，傳抄致訛的現象仍時有發生，如上舉的「滔」字，就是《中華大字典》不加細審的誤例。

傳抄致訛的同時也會造成所謂「異化」。由於書手彼此的認知歧異，就誘發字體的歧異。例如：「慙」「慚」異構，本無大錯，只是隸定方式不同。嚴格地說，構形不同應有不同的含義，像「伐」「戌」二字構件相同而構形稍異，其含義便判若雲泥。因此當以前者為正，後者為訛。今天卻以訛為正。

結　語

說實在的，本文所討論的漢字發展的三大規律並非筆者的創見，只是有言及這三大規律的，卻同時把諸如「繁化」、「簡化」等視作規律而相提並論〔註5〕。更多的則是顧此失彼，難圓其說〔註6〕。

筆者嘗就三部古文字類的彙編作了一個小統計〔註7〕，發現：

在殷商甲骨文時代，從武丁至帝辛期，繁化了的單字共35個，簡化了的單字只有23個，前者占總數的2％，後者占總數的1.3％。

在西周銅器時代，較甲骨文繁複的單字凡60例，而較甲骨文簡省的單字僅10例，兩者之比為6：1。

〔註5〕以楊五銘先生所論最為詳盡。楊先生已言及「音化」「意化」以及「變異」，但同時又論及「新增」、「淘汰」、「分化」、「同化」、「簡化」、「繁化」、「規範」等。請參閱氏著：《文字學》第六章，湖南人民出版社，1986年10月。

〔註6〕如武占坤、馬國凡的《漢字·漢字改革史》一書只談及「簡化」和「音化」，湖南人民出版社，1988年4月；裘錫圭的《文字學概要》只談及「簡化」和「繁化」，商務印書館，1988年8月；林澐的《古文字研究簡論》只談及「簡化」、「分化」、「規範化」、「訛變」，吉林大學出版社，1986年9月。

〔註7〕分別為孫海波的《甲骨文編》（中華書局，1965年9月）、容庚等的《金文編》（中華書局，1985年7月）以及高明的《古文字類編》（中華書局，1980年11月）。

　　延至春秋戰國期間，繁化了的單字有 48 個，簡化了的單字有 102 個，兩者之比為 1：2 左右。

　　這份統計也許未必百分百精確，可它至少告訴我們一個事實：甲骨文字、銅器文字正處於聲化、意化的高峰期，文字的形體便呈現出繁化傾向；到了春秋戰國期間，文字的聲化、意化在經歷了相當長一段過程後漸呈遲緩狀態，加之文字使用者貪圖方便、恣意簡省，文字的形體便呈現出簡化傾向。經小篆、隸書階段，正如人們所知道的那樣，文字形體又呈現出繁化傾向了。那是隸變的結果。顯然，「繁化」、「簡化」、「異化」、「分化」都只不過是「聲化」、「意化」、「訛變」的表面現象。至於「規範化」，則從來沒有真正實施。從秦始皇推行的標準小篆、到今天頒布的《漢字簡化方案》，均存在有違「規範化」的現象。應該說，「規範化」是一個理想，可漢字並沒有朝理想的方向發展，如同它沒有朝徹底的「聲化」、「意化」方向發展一樣。

　　末了，我想舉一個例子作結：

　　袴（絝），北京音為庫，故聲化為「褲」，今廣州音則為夫，故聲化為「裃」。「褲」、「裃」對應於「袴（絝）」，一為繁化，一為簡化，而兩者同時又是「異化」或「分化」。作「褲」，則是規範化。作「裤」，則是規範化下的簡化。認識漢字發展的三大規律，無疑對今後漢字何去何從有著積極的意義：是罔顧聲音、意義而求其簡，乃至走拼音化的道路？還是竭力走上可以正確表意、表音的道路？我想，毋庸直說，凡使用漢字者自會抉擇。

　　原載（香港）《語文建設通訊》總 63 期，2000 年 4 月，第 16～20 頁。

漢語文字學若干術語的英譯探討

　　白辛先生撰寫的〈中文專名的西寫問題〉一文〔註1〕，談的是中文專名（人名、地名、書名）不甚科學的西寫給讀者帶來的困擾。由此及彼，筆者想到了另一類中文專名——漢學術語的西寫（或可稱為「西譯」吧）問題。倘若說，人名、地名、書名不甚科學的西寫只是給讀者設置溝通上的障礙，那麼，漢學術語的誤譯（或譯寫的混亂）給學術研究造成衝擊，引發毫無必要的論爭，則害莫大焉！

　　筆者是從事語言文字工作的。在接觸到漢語言文字的外文資料時，深感到學術界（尤其是中外學者）在漢語言文字的研究方面本可以少一些論爭，多一些共識，可就是因為某些漢語言文字的術語的西寫失誤（或混亂）而導致研究上的分歧。

　　下面就筆者的目力所及，舉一些英譯例子來進行討論。

一、甲骨文

　　甲骨學、古文字學術語。恐怕沒有哪個術語的英寫有它那麼混亂了，計有：

1. the inscribed oracle bone（James M. Menzies，1935）

2. the divination inscriptions of Shang（Karl August Willfogel，1940：pp.110～133）

〔註1〕載（香港）《語文建設通訊》總45期，1994年9月。

the inscriptions on the oracle bones（周傳儒，1946）

the Shang oracle（-bone）inscriptions（Paul L-M Serruys，1974）

3. tortoise-shell inscriptions（Lien Sheng-yang，1970）

4. Shang oracle divination（David N. Keightley，1972）

以上詞組均可理解為「甲骨文」。事實上，它們對應於中國學者早期確定的術語：1.（殷）契（卜辭）；2. 商卜辭；3. 龜甲文字；4.（商）貞卜文字。其中，以第二種譯名最為普遍。如果用於特指，則以上各譯名皆無多大問題；然而，倘作泛稱，那所有譯名都不妥貼。多年的研究表明，甲骨文並非全是卜辭，稱「卜辭」似有以偏蓋全之嫌；甲骨文並非全是鐫刻之物，也有筆書者，統稱「刻辭」也不甚準確；甲骨文並非僅出自殷墟、並非商代僅有，冠以「殷墟」、「商」作泛稱也有違事實。早在 20 年代，有的學者就意識到「卜辭」之類的術語不甚準確而改稱為「甲骨文」了〔註2〕。這是基於：

1. 甲骨，龜甲、獸骨（也有人骨者）之謂也；

2. 文，文字、文詞也。

今天，學術界基本接受「甲骨文」一詞了。可是，如果它的英寫形式一仍其舊就難免有種種誤解了。譬如：以為甲骨文就是卜辭；以為甲骨文就是刀刻文字，等等。一個科學術語，應能反映出最新的研究成果。像光學領域中，「波動說」取代「以太說」便反映了光學研究的進步。因此，愚以為「甲骨文」應譯作「the inscriptions on the tortoise-shell or the bone」。「inscription」源自「inscribe」，既可指刀刻，也可指筆書，較「form」，「records」之類的詞準確。倘若需特指「殷墟」或「周原」，則可附譯「the wastes of Yin」或「the wastes of Zhou」。而「divined, divine, divination」之類的詞也可用於特指的場合（本文續有討論，此處不贅）。

二、卜

甲骨文、古文字學術語。通常出現在卜辭用以表示日期的「干支」之後。多譯作「to crack」。

在中國的典籍中，「卜」的意義是這樣的：「灼、剝龜也。」（許慎：1963：

〔註2〕例如容庚：〈甲骨文之發現及其考釋〉，《國學季刊》一卷四期，1924 年。又如陸懋德：〈甲骨文之歷史及其價值〉，《晨報副刊》，1923 年 12 月 25 日。

卷三卜部）還有更為詳盡的解釋：「卜師，掌開龜之四兆。一曰方兆，二曰功兆，三曰義兆，四曰弓兆。凡卜事，眡高，揚火以作龜，致其墨。凡卜，辨龜之上下，左右陰陽，以授命龜者而詔相之。」（《周禮・春官宗伯下》）這還只是「卜師」的工作。「卜」這麼一種活動，實際上是由「太卜」、「卜師」、「龜人」、「占人」、「菙氏」等專業人員共同主持的。因此，學術界基本同意，「卜」，究其實質是「龜甲整治」、「鑽鑿」、「灼兆」、「貞問」、「視兆」等一系列活動的總稱。

回過頭來看看「crack」，據 *Longman Dictionary of the English Language* 所釋云：

[1]crack v.i.

（1）to make a sudden sharp explosive noise.

（2）a. to break, split or snap apart.

b. to develop fissures.

（餘略）

Webster's New Collegiate Dictionary, The Oxford Senior Dictionary 所釋大致相同。顯然，「to crack」並不能準確表達「卜」的意義，而只相當於「灼兆」。

眾多的學者中，只有許進雄先生使用「to divine；divination」來翻譯「卜」一詞（Hsü Chin-hsiung，1977：XXXV）。下面，讓我們來看看許先生的翻譯是否更為科學。據 *Longman Dictionary of the English Language*：

divine v.t.

（1）to discover or perceive intuitively; infer, conjecture.

（2）to discover by inspiration or magic.

（餘略）

divination n.

（1）the art or practice that seeks to foresee or foretell the future or

discover hidden knowledge with aid of supernatural powers or by

interpretation of omens.

（餘略）

Webster's New Collegiate Dictionary, The Oxford Senior Dictionary 所釋大致相同。

很明顯，許先生所譯更科學。

同理，「卜辭」應譯作「the divinatory（美語當作「divinable」。下同，不另注）inscription」；「卜骨」、「卜甲」應譯作「the divinatory bone」、「the divinatory tortoise-shell」。為什麼不用「oracle（or oracular）」呢？據 *Longman Dictionary of the English Language*：

oracle　n.

1b. a shrine in which a deity reveals hidden knowledge or the divine purpose through such a person

1c. an ESP obscure answer or decision given by an oracle.

（餘略）

Webster's New Collegiate Dictionary, The Oxford Senior Dictionary 所釋大致相同。所以，當把「卜辭」譯成「oracle（bone or tortoise-shell）inscription」時，甚至連外國的學者也深感迷惑。譬如艾蘭（Sarah Allan）就說：雖然 oracle bone inscription 可以翻譯成「骨頭上的神諭之文」，「但其實這些獸骨上並沒有什麼天啟神諭」〔註3〕。

卜辭，通常由四個部分構成：①前辭，也稱序辭，內容涉及占卜的日期、占卜的主持者；②命辭，即占卜的主題；③占辭，對占卜主題作出推測、判斷的預言；④驗辭，檢驗占卜主題後效的紀錄。

而據上引，「oracle（inscription）」充其量只相當於「占辭」或「驗辭」，因此，使用「to divine；divination」等以表達「卜」這麼個概念是恰當的。

三、貞

甲骨學、古文字學術語。通常出現在主持占卜活動的主角的姓名之後。多譯作「to divine；divination」等。

在中國的古文獻中，用作占卜術語的「貞」的意義是這樣的：「問也。」（許慎：1963：卷四卜部）這便是後世的複合詞：「貞問」之所本。

如前所引，「to divine；divination」的意義相當於「卜」，那麼，把「貞」譯為「to divine, divination」則大謬。「貞」當如許進雄先生譯作「to ask」為是（Hsü

〔註3〕艾蘭（Sarah Allan）：〈談殷代宇宙觀和占卜〉，《殷墟博物苑苑刊》（創刊號），北京：中國社會科學出版社，1989 年 8 月，第 194 頁。

Chin-hsiung：1977：XXXV）。當然，作「to quest」、「question」等也是可以的。

「貞」的誤譯負面影響甚劇，以致引發了一場「貞」所引導的「命辭」是否問句的論爭〔註4〕。1991 年筆者曾與斯坦福大學（Stanford University）的倪德衛教授（David S. Nivison）在通信中探討過這個問題〔註5〕。筆者認為，國外的學者之所以認為「命辭」不是問句，完全是由於把「貞」誤譯作「to divine（或divination）」的緣故。而國內有的學者未加細審，也陷入了盲從的泥淖。令人大惑不解的是，許進雄先生的大作早在 1977 年就發表了，卻未能為國外學者首肯。

這裡，筆者以為很有必要移錄一段許先生的甲骨文譯文，以供讀者參考：

On the thirty-second day（of the sixty-day cycle）the king made divination, asking："If we hunt at A, will no harm befall either on the way there or on the way back？" The King judged the omen and declared it to be auspicious. Chariots were used. Bag of four "lu"（deer）and one "mi"（deer）.（Hsü Chin-hsiung，1977：XXXIII）

原文是這樣的：「乙未，王卜，貞：『田曹，往來無災？』王占曰：吉。茲御。

〔註4〕主要的文章有：

（1）David N. Keightley, *Shih Cheng: A New Hypothesis about the Nature of Shang Divination*, paper presented to the conference "Asian Studies on the Pacific Coast", Monterey, California, 17 June 1972.

（2）Paul L-M Serruys, *Studies in the Language of the Shang Oracle Inscriptions*, *T'oung Pao* LX.1～3（1974），21ff..

（3）David S. Nivison, *The "Question" Question, Early China 14*, 1989.

（4）裘錫圭：〈關於殷墟卜辭命辭是否問句的考察〉，《中國語文》，1988 年 1 期。英文版見 *Early China 14*, 1989 。

以上各文均主「命辭」非問句說。

（1）王宇信：〈申論殷墟卜辭的命辭為問句〉，《中原文物》，1989 年 2 期。

（2）范毓周（Fan Yuzhou）：*Forum: pp. 127～133, Early China 14, 1989.*

（3）陳煒湛：〈卜辭貞鼎說〉，《文物研究》第六輯，合肥：黃山書社，1990 年 10 月 /〈從文獻記述看占卜的性質及其與禱祝的區別〉，《中山大學學報》，1991 年 4 期 /〈論殷墟卜辭命辭的性質〉，《語苑新論》，上海：上海教育出版社，1994 年 3 月，第 443～464 頁 /〈甲骨文「不」字說〉，《第二屆國際中國古文字學研討會論文集》，香港：中文大學，1993 年。凡四篇。

（4）張玉金：〈論殷墟卜辭命辭的語氣問題〉，《古漢語研究》，1995 年 3 期。

以上各文均主「命辭」為問句說

〔註5〕1990 年 12 月 18 日筆者致書倪教授索求有關「命辭」是否問句的資料，承蒙倪教授厚意，慨贈有關論作，俾筆者及時瞭解這方面研究的新進展。值此機會，謹誌謝忱。1991 年 6 月間，筆者在給倪教授的覆信中即談及「貞」的英譯問題。

獲鹿四、麑一」（羅振玉《殷墟書契》2.35.1，國學叢刊，1931）

值得稱道的是，許先生甚至不使用外國人不熟悉的「干支」。相信，這會給我們許多有益的啟迪吧。當然，如果把「麑一」譯作「one mi（little deer）」，可能更為精當。

四、石鼓文

考古學、古文字學術語。多譯作「the stone drum inscriptions」。

「石鼓」一語最早見於唐·韓愈等人的詩作中（例如：韓愈〈石鼓歌〉、韋應物〈石鼓歌〉、杜甫〈李潮八分小篆歌〉）。學術界有意見認為，原物既非鼓，又全不類鼓，不應以鼓稱之。而據「方者謂之碑，員（圓）者謂之碣」（《後漢書·竇憲傳》李賢注），應改稱為「碣」[註6]。當然，「石鼓」是早已為人耳熟能詳的概念，如斯稱之者依然不少。

可把「石鼓文」譯作：「the stone drum inscriptions」則有所不逮，易使人誤以為那是石製之鼓（中國確有石鼓之類的文物，如廟宇、宗祠等大門兩側便多見此物）上的文字。尤其是存在著「the bronze-drum inscriptions」（銅鼓文）這麼一個概念的情況下，更不宜如斯翻譯。因此，當譯作「the tablet inscriptions（of Qin）」為是。倘若仍要保留「石鼓」這一概念，則應作「the drum-like（或 drum-shaped）stone inscriptions」。

五、古代漢語

中國大陸的高校，中文系本科階段大都開設「古代漢語」、「現代漢語」等必修課程。這兩門課程，臺灣、香港等地乃至世界各地設立了漢語系的高校都是沒有的，因此，借鑒似乎也沒門兒。

在網上搜了一下，「古代漢語」大都作「Ancient Chinese」，譬如漢語史學界著名的期刊《古漢語研究》，英文名稱就作「*Research in Ancient Chinese Language*」，筆者所在的單位也不例外。

〔註6〕羅君惕先生說：「夫刻石方者曰碑，圓者曰碣。十碣上狹下寬，其形如礎，實碣也。泰山岱廟之無字石、琅邪臺刻石、禪國山刻石皆與之類，但或高或短耳。蘇勗、竇蒙皆曰『獵碣』，蓋已疑之。今人馬衡尤竭力辯證，名曰『秦刻石』；然秦刻石甚眾，余恐其易渾也，因名曰『秦刻十碣』，庶有別焉。」（《秦刻十碣考釋》，齊魯書社，1983 年 12 月第一版，第 1～2 頁）

雖然中國大陸以外的大學沒有「古代漢語」、「現代漢語」這類課程，但不等於國外的學者不瞭解這類概念。筆者查閱了一些英文文獻，「古代漢語」有以下一些表述：

1. 或作「Archaic Chinese」。見 Bernhard Karlgren（高本漢），*Some Problems of Archaic Chinese*, JRAS, 1928.

2. 或作「Classical Chinese」。見 G. B. Downer, *Derivation by Tone-Change in Classical Chinese, Bulletin of the School of Oriental and African Studies*, Vol. XXXII, Part 2, 1959. 又見 George A. Kennedy, Word-Classes in Classical Chinese, *Wenti*（《問題》）No.9，1956.

3. 或作「Late Archaic Chinese」，見 W. A. C. H. Dobson（杜百勝），*Late Archaic Chinese*, 1959.

以上的英文概念，實際上是指「上古漢語」。而「Ancient Chinese」，實際上只是「中古漢語」。

漢語史學界很早就把漢語史分成了四段，茲引述如次。

例如王力先生：

（一）公元三世紀以前（五胡亂華以前）為上古期。（三、四世紀為過渡階段。）（二）公元四世紀到十二世紀（南宋前半）為中古期。（十二、十三世紀為過渡階段。）（三）公元十三世紀到十九世紀（鴉片戰爭）為近代。（自 1840 年鴉片戰爭到 1919 年五四運動為過渡階段。）（四）二十世紀（五四運動以後）為現代。（1980：35 頁）

周法高先生也分為四段，但與王力先生的分段略有不同：

古代語，大體可分為四期：第一期，殷周時期：包括殷後期和西周，重要的材料有殷代的甲骨文為一系，西周金文和《書經》為一系，《詩經》為一系。第二期，列國時期：包括春秋、戰國和秦代。重要的材料有《論語》、《孟子》為一系，《左傳》、《國語》為一系，此外《墨子》、《老子》、《莊子》、《荀子》、《韓非子》、《楚辭》等都多少有它們獨特的語法現象。第三期，兩漢時期：重要的材料漢代的諸子，漢末的佛經和《史記》、《漢書》等，可以看出一些漢代特有的用法。第四期，魏晉南北朝時期：重要的材料有《三國志》、《世說新語》和一些史書、子書、詩文集等。（1959：9～10 頁）

學者們的這些研究成果，已被寫進《大英百科全書》和教科書中：

例如 1984 年版的 *Encyclopaedia Britannica* 是這樣表述的：

　　Reconstructed prehistoric Chinese is known as Proto-Sinitic（or Proto-Chinese）, the oldest historic language of China is called Archaic or Old Chinese（8th～3rd century BC）, and that of the next period up to and including the T'ang dynasty（618～907）is known as Ancient or Middle Chinese. Later periods include Old, Middle, and Modern Mandarin（'Mandarin' is a translation of *Kuan-hua* 'civil servant language'）.（Macropaedia, vol.16, in *Encyclopaedia Britannica*, Fifteenth Edition, 1984.）

2010 年的電子版則是這樣表述的（哥本哈根大學東亞語言教授 Søren Christian Egerod 所撰寫的 Chinese languages 詞條）：

　　Some scholars divide the history of the Chinese languages into Proto-Sinitic（Proto-Chinese）（until 500 BC）, Archaic（Old）Chinese（8th to 3rd century BC）, Ancient（Middle）Chinese（through AD 907）, and Modern Chinese（from c. the 10th century to modern times）. The Proto-Sinitic period is the period of the most ancient inscriptions and poetry; most loanwords in Chinese were borrowed after that period. The works of Confucius and Mencius mark the beginning of the Archaic Chinese period.（*Encyclopaedia Britannica*，2010）

二者相去並不太遠。

因此，如果「古代漢語」是泛指自先秦至近代的漢語，可以作 Chinese in Ancient Times。鑒於大陸高校的「古代漢語」課程實際上只涉及上古漢語以及後世的仿古書面語（也就是所謂的「文言」），而且，有些高校也的確開設了「中古漢語」、「近代漢語」之類的課程，據以上陳述，「古代漢語」宜譯成 Archaic Chinese 或 Old Chinese。此外，「現代漢語」似乎當作 Modern Mandarin。趙元任有《國語入門》一書〔註7〕，英文書名就作 *Mandarin Primer*。所謂「國語」，實際上相當於今天的「現代漢語」或「普通話」。因此，「現代漢語」作「Modern Mandarin」比作「Modern Chinese」要恰當。

〔註7〕又作《官話初階》，Harvard University Press, Cambridge, MA, 1948。李榮編譯為《北京口語語法》，北京：開明書店，1952 年 5 月第一版。

六、古代典籍（導讀）

「古代典籍」，或作「（ancient）documents」，例如筆者所在學校的「古代典籍導讀」課程就給譯成「Introduction to Ancient Chinese Documents」。雖然沒有文字上的毛病，但是，我認為是值得商榷的。

在筆者的單位，「古代典籍（導讀）」是必修課，主要講《論語》。根據任課教師個人的研究興趣，兼及《禮記》、《荀子》或《老子》等。總之，課程所涉及的內容就是引導學生精讀若干先秦經典著作。據此，上引的「古代典籍（導讀）」譯名分明存在問題。

首先，「古代典籍」與其作「（ancient）documents」，不如作「classics」。

為什麼？我們且查查詞典吧。先看「classic」，*Chambers English Dictionary* 列了許多解釋，相關的幾個如下：1. any great writer, composer, or work；2. a student of the ancient classics；3. standard work；4. something of established excellence.複數的「classic」，為 Greek and Latin Studies.而《英漢大詞典》相關的解釋則是這樣的：1. 文學名著；藝術（或音樂）傑作；經典作品。2. 文豪；大藝術（或音樂）家；經典作家。3. 一部古希臘（或古羅馬）文學作品；〔（the）～s〕古典文學（主要指古希臘、古羅馬文學）；〔（the）～s〕古希臘語及拉丁語；〔～s〕古典語文研究；〔Classics〕大學的古典學課程（包括古希臘及古羅馬文學、歷史、哲學等）。再看「document」，*Chambers English Dictionary* 相關的三個解釋如下：1. instruction；2. warning；3. a paper or other material thing affording information, proof, or evidence of anything.而《英漢大詞典》相關的解釋則是這樣的：1. 公文；文件；文獻。2. 證件；單據；〔～s〕船證；〈古〉證明；證據。3.（博物館保存的）古碑；古圖樣。

可見，「document」即便確定為「ancient」，也是不能對應於「古代典籍」的，充其量只能作「古代文獻」。而「classics」，詞義非常清晰地指向「古代典籍」。儘管它在英語當中可以特指古羅馬、古希臘或拉丁語的經典，但是，只要把它確定為「Chinese」，即無疑義。理雅各布（James Legge, 1815～1897）有 *Chinese Classics*（Volumes I-V, Hong Kong, 1861～1872）一書，內容即涉及《論語》等經典。又如馬禮遜（Robert Morrison，1782～1834）曾把《三字經》翻譯成：*San-Tsi King, The Three Character Classic*（1812）。都用了「classic（s）」這個詞，可見外籍學者心目中的中國「經（典）」即「classic（s）」。

其次，既然是「導讀」，「Introduction to」也不如「Introductory Readings（in）」精確。英、美的大學，「導讀」之類的課程和教材比較常見。我們不妨看看人家是怎麼寫的。

Winfre P. Lehmann 有 *Language：Introductory Readings*（Random House, Inc., 1976）一書。採同一書名的還有 Breyne Arlene Moskowitz（Scientific American, Inc., 1978）、Robert E. Callary（St. Martin's Press, Inc., New York, 1981）和 W. F. Bolton（St. Martin's Press, Inc., New York, 1981）等（陳永培、龔少瑜：1990：578～581 頁）。

以上引例，我們可以翻譯為《語言導讀》。

而「introduction to」，通常可以翻譯為「紹介」、「介紹」或「導論」，例如：

Archibald A. Hill 有 *Introduction To Linguistic Structures*（Brace and Company, Inc., New York, 1958）一書。我們可以翻譯為《語言結構紹介》或《語言結構導論》之類，而不能作《語言結構導讀》。

類似的書名還有 John P. Hughes 的 *The Science of Language：Introduction To Linguistics*（Random House, 1962）、Ronald Wardhaugh 的 *Introduction To Linguistics*（McGraw-Hill Book Company, Inc., New York, 1977）以及 Victoria Fromkin、Robert Rodman 的 *An Introduction To Language*（Holt, Rinehart and Winston, New York, 1983.）等等（陳永培、龔少瑜：1990：578～581 頁）。Victoria Fromkin 、Robert Rodman 和 Nina Hyams 合作的 *An Introduction To Language*，北京大學出版社 2004 年引進的原文版本正是被譯為《語言導論》的。

因為西方某些大學開有 Western Canons（西方正典）那樣的課程，所以「古代典籍導讀」也不妨翻譯成「Introductory Readings in Chinese Canons」。

結　語

限於篇幅，具體例子的分析就此打住。其實漢語文字學的術語中有疑問的英譯形式遠遠不止上述六例，日後有機會當繼續討論。事實上，其他語種的翻譯也存在同樣的問題。就舉法語為例，「甲骨文」或譯作「d'inscriptions oraculaires」（Jean A. Lefeuvre ：1985）。不知道是否受了英語的影響。而漢語音韻學、訓詁學等學科也存在同樣的問題。例如：有人把「聲母」譯作「consonant」。固然，聲母多是輔音，甚至連半元音（像〔j〕〔w〕）也被英語語音學家們視為

輔音，但漢語音韻學中有所謂的「零聲母」，如用「consonant」表達「聲母」就不那麼準確了。「聲母」還是作「initial」為妥。或許，在向海外推介中醫中藥、中式烹飪、菜肴、中國工夫等方面的概念時，也會使人不知所措。

那麼，漢學術語的英譯應遵循哪些原則呢？愚意以為：

（1）若非萬不得已，不使用漢語拼音（包括威妥瑪式拼音、國語羅馬字拼音），尤其是不使用不按詞形分寫、無隔音符號、不標調的漢語拼音譯寫漢學術語。對於不諳漢語的讀者，使用了漢語拼音並不起多少作用；而對於熟稔漢語的讀者，此舉則屬多餘（有漢字足矣！）。某些專有名詞，如「商（代）」、「周（代）」等，可以使用拼音，但應當是標準、規範的拼音。為什麼呢？因為，當我們把使用了拼音譯名（而這些譯名恰恰又沒有適當的解釋！）的文章譯成中文時，問題就隨之而來了。這裡且舉一個例子：孫中山的兒子「Sun Fo」竟然曾給譯成「孫孚」。於此可見不規範的拼音譯名所造成的危害。現在使用拼音譯寫專名、術語，往往是大陸的中國人使用漢語拼音，香港、臺灣等地的中國人和外國人使用威妥瑪式拼音，臺灣的中國人有時也使用國語羅馬字拼音。一片混亂！「周易」，大陸的中國人作「Zhouyi」，臺灣的中國人作「Chou'i」。這種混亂的狀況難免讓外國的讀者困惑。

（2）以最新的科研成果為準繩進行意譯，並且盡可能使用相彷彿的英語詞彙。「普通話」，與其寫作「putonghua」，毋寧譯作「the common speech」。更確切的，應譯作「the official speech of Chinese」或「the popular speech of Chinese」。正如王力先生所說：「所謂『普通』是『普遍、共通』的意思，不是『平常』或『普普通通』的意思。」〔註8〕那麼，「the common speech」顯然不能準確地反映「普通話」這麼個概念。當然，如果說英語世界已經廣泛接受「Mandarin」作「普通話」的譯名，那是不妨實行「拿來主義」的。

（3）倘若英文文獻中已有相應的準確表述，則不妨採取拿來主義，沒有必要別生枝節。

（4）是否可考慮如漢譯西那樣附上原文。例如：the inscriptions on the tortoise-shell or the bone（甲骨文）。這也就是白辛先生所主張的名從主人的原則。我想，要向全世界推介漢文化，文字的推介就是極好的方法。

以上拙見，不知然否，還望方家有以教我。

〔註8〕王力：《廣東人怎樣學普通話》，北京：文化教育出版社，1951年8月新一版，第9頁。

本文參考文獻

1. James M. Menzies, *Bergen Collection of the Inscribed Oracle Bone,*《齊大季刊》67 期，1935 年。

2. Frank H. Chalfant, Roswell S. Britton, *The Couling-Chalfant Collection of Inscribed Oracle Bone,* 商務印書館，1935 年。

3. Karl August Wittfogel, *Meteorological Records from the Divination Inscriptions of Shang, The Geographical Review* Vol.XXX, No.1, Jan, 1940..

4. Hsü Chin-hsiung（許進雄），*The Menzies Collection of Shang Dynasty Oracle Bone*，The Royal Ontario Museum, Toronto, Canada, 1977..

5. Lien Sheng-yang, *Foreword of Ten Examples of Early Tortoise-shell Inscriptions by Tung Tso-pin,*《中國文字》卷九，三十八冊，1970 年 12 月。

6. *Longman Dictionary of the English Language,*（Longman Group Limited, 1984）

7. *Webster's New Collegiate Dictionary,* ed. Frederick C. Mish, Merriam- Webster Inc., Publishers, 1984.

8. *The Oxford Senior Dictionary,* Oxford University Press,1982.

9.許慎：《說文解字》，中華書局，1963 年 12 月。

10. Jean A. Legeuvre, *Collection D'inscriptions Oraculaires en France*，（Taipei, Ricci Institute, 1985）

11. 陳永培、龔少瑜選編：《語言學文選（*Introductory Readings in Linguistics*）》〔M〕，中山大學出版社，1990 年。

12. 陸谷孫主編：《英漢大詞典》〔M〕，上海譯文出版社，1999 年。

13. 王力：《漢語史稿》〔M〕，北京：中華書局，1980 年。

14. 周法高：《中國古代語法・稱代編・自序》〔M〕，臺灣中研院史語所，1959 年。

15. SCHWARZ C, DAVIDSON G, SEATON A TEBBIT V. 1988.*Chambers English Dictionary*〔M〕. W & R Chambers, Ltd and Cambridge University Press.

16. *Encyclopaedia Britannica*〔M / OL〕.〔2010～11～7〕. Encyclopædia Britannica, Inc., Chicago, Illinois, USA. http://www.britannica.com/

【附記】拙稿曾在 1995～1996 年度廣東省中國語言學會年會上宣讀。會上承蒙與會的許多學者提出意見，使拙稿得以修訂。嗣後，又承學報編輯為拙稿的進一步修訂提供寶貴意見。謹此鳴謝。2002 年，筆者忝任古漢語教研室主任，須呈報「古代漢語」、「古代典籍（導讀）」兩門課程的英譯名稱，嘗於本系的「教學互動」網上申論了本文主要的觀點。承蒙本系李冠蘭和姚達兌兩位同學參與討論，並提出了很好的意見。茲誌謝忱！

前四例原載《中山大學學報》1999 年 4 期，第 60～65 頁，後二例為「『面向翻譯的術語研究』全國學術研討會」論文，南京大學，2010 年 10 月 30～31 日。

因材施教　銳意創新
——古漢語教學的點滴體會

　　筆者在 1983 年本科畢業前夕，就決定要從事教師這個行當。算起來，才發現原來當老師已經當了二十年。教齡不算短，「教學經歷」不可謂不豐：在廣東民族學院任教兩年，先是教「寫作」，然後教「外國文學」。此後，在廣州教育學院、廣州電大、華南藝大以及社會上形形色色的辦學單位教過「古代文學作品鑒賞」、「古代漢語」、「古代文學」、「學講廣州話」。自到中文系後，則擔任「古代漢語」、「經典導讀」、「漢字文化研究」、「古文字學」等課程的教學。可論教學經驗，直到寫這篇文章時，還真的說不上來。如果真要對以往的教學經歷作個檢討，可以用題目的八個字作結：因材施教，銳意創新。當然，確定這八個字是以熱愛教育事業為前提的。

一、因材施教

　　我這裡所謂的「材」，有兩個含義：一是指教材，一是指「人材」，即學生。首先談談教材的問題。

　　現時大學本科所使用的古漢語教材究竟有多少種，筆者沒有作過精確的統計。不過，因多年從事古漢語教學，手頭便也有了數種教材：1. 王力先生主編的《古代漢語》（以下簡稱「王本」），中華書局，1964 年版。2. 李新魁先生編著的《古代漢語自學讀本》（以下簡稱「李本」），語文出版社，1987 年版。3. 郭

錫良和李玲璞先生主編的《古代漢語》（以下簡稱「郭李本」），語文出版社，1992年版。4. 荊貴生先生主編的《古代漢語》（以下簡稱「荊本」），黃河出版社，1997年6月版。5. 王彥坤、朱承平、熊焰等先生編著的《古代漢語教程》（以下簡稱「暨南本」），暨南大學出版社，2000年版。前四種教材都先後作過修訂，尤其是第3種，修訂幅度較大。

這幾種教材各有特色：王本分為上下各二分冊，凡四冊。以先秦散文、唐宋名家著作、詩歌詞賦為範文，若干閱讀文選後專題介紹古漢語語法、詞彙、文字、音韻、句讀、古書的注解以及古代文化常識等。郭李本的體例大致同王本，但遠較王本簡明。李本則分為上下兩冊三編：上冊上編是理論部分，包括文字、詞彙、語法、音韻、古文翻譯、工具書的使用等內容，還附有練習，下冊中編是文選，包括歷代（從先秦到清）散文、詩詞歌賦，另附無標點無注釋的古文原文、無標點有古注的古文原文、有標點有原注的古文原文，下冊下編則由〈通假字表〉、〈古代漢語常用同義詞辨析〉和〈古代漢語常見特殊讀音字（詞）表〉三個部分組成。荊本的體例與王本相去不遠，也是先文選，後專題介紹古漢語各方面的內容。然而，荊本的作者十分重視「古為今用」，因此，文選部分專門闢一單元介紹各類應用文言文，諸如「賀函」、「唁文」、「書信」、「對聯」等，另外，針對學生大多不熟悉繁體字、國際音標等，荊本附載了〈簡體字與繁體字對照表〉、〈國際音標表〉、〈專有名詞拼寫規則〉，以有利於學生的學習。暨南本的體例大致同王本，也是文選和專題講解交替編排，不過暨南本比較注意文選的系統性：分為「先秦史籍」、「儒家經典」、「先秦子書」、「秦後散文」、「古代韻文」和「語言學文選」六大類。關於暨南本，陳煥良老師有詳論〔註1〕，此處不贅。

綜觀上述五種古漢語教材，可以看出，除了李本外，都或多或少受到王本的影響。應該說，這些教材都編得很好，採用哪一種都是可以的。事實上，筆者就先後用過王本、郭李本和李本。不過，筆者更傾向於使用李本。主要是因為李本的理論部分相對集中，便於學生系統地自學。而且所附無標點無注釋的古文原文、無標點有古注的古文原文和有標點有原注的古文原文，也給教師教學提供了更大的文獻選擇空間。所以近年來我都採用李本作本科「古代漢語」

〔註1〕請參閱陳煥良：〈一部創新與實用高度結合的古漢語教材〉，載《暨南大學學報》，2001年6期。

課程的教材。

　　儘管說上述的教材都編得很好，但都存在一個共同的缺陷，即使是我所採用的李本也不例外：所採文選沒有根據難易深淺編次！就拿第一篇文選為例：王本是《左傳・隱公元年》的節選（篇名〈鄭伯克段於鄢〉），郭李本是《山海經》的選文，李本是陶淵明的〈桃花源記〉，荊本同王本，暨南本是《左傳・隱公十一年》的節選（篇名〈鄭莊公戒飭守臣〉）。雖說學生都或多或少接觸過古文，但論其閱讀古文的能力，還不足以一開始就讀艱深、晦澀的文獻。在這一點上，李本稍勝：第一單元主要是唐宋散文，第二單元除了〈周新傳〉外，全是先秦、漢的文獻，第三單元是先秦諸子的散文，第四單元是漢到明清的諸家散文，第五、六單元是詩詞歌賦。顯然，還是有值得斟酌的地方。因此，我重新擬定文選和編次。首先剔除見於中學課本的篇目，例如〈出師表〉、〈桃花源記〉、〈師說〉等。針對學生大三期間有「經典導讀」（以《論語》為主）的必修課，《論語》的節選部分也剔除在外。然後把剩餘的文選按時間順序（即先易後難）編排，分成四類：丁類為明清文獻，丙類為唐宋文獻，乙類主要為兩漢文獻，甲類為先秦文獻。筆者以為，一開始就讓學生閱讀唐宋乃至先秦的文獻，每一字都要看注釋、查字典才能明其意義，每個句子都要再三推敲才能知其大要，肯定大大降低他們學習的興趣。相反，由淺入深、循序漸進，學生學習的積極性將會提高。我想，如果讓一個剛學英語的人去捧誦莎士比亞的作品，他（她）不興味索然、知難而退才怪。古漢語的教學也是同理。

　　此外，李本還存在著別的不盡如人意的地方：全書用簡化字印刷。無疑，這不利於學生瞭解古代文獻用字的概貌（其他四種教材無一例外地採用繁體字印刷）。因此，我在講解文選的時候，盡可能多地涉及文獻用字的問題。

　　其次，再談談學生的問題。

　　中大中文系的學生，來自五湖四海，知識結構、學習能力參差不齊。我們在上課的時候，往往會遇到這種情況：程度高的學生不屑聽，也不願聽；程度低的學生則是聽不懂，也就聽不進。為了避免這種情況的出現，我在第一節課會隨機徵詢若干同學，藉以瞭解學生們在中學怎樣學古文，中學老師怎樣教古文。然後，我會安排那些自認為有相當水平、並且願意測試的學生參加古漢語水平測試，通過的可以免修「古代漢語」這門課（不必聽課、測試成績可以作為期末成績）。測試分上下學期進行，測試題的難度大致與漢語史方向碩士研究

生入學考試試題等同。我在 1998 級和 2001 級進行過這個測試，效果顯然不錯。事實上，能夠通過的並不太多（75 分為通過），即便是那些通過了測試的學生也不會不來聽課。我知道，通過測試，他們對自己的古漢語水平有了個新認識，更重要的是，對古漢語到底是學什麼的有所瞭解了。在那些自認為有相當水平的學生的影響下，學生逃課的現象並不多見。我從來不進行考勤（一百三十多號人的大班，實際上也很難操作），完全靠學生自覺。

走出了第一步，接著下來我就知道該怎樣走了。無論是講文選，還是講通論，我都會照顧大多數水平居於中下的同學。為了不讓那些程度較高的學生失去興趣，我會讓他們講解一些他們所瞭解的內容，諸如某個詞語的用法，某個句子的句法結構，某句話的翻譯，等等。有時候則是讓他們回答問題。一節課的時間，並不全是我耗費掉，有部分是學生自己支配的。雖然我從來沒有專門安排時間進行課堂討論，但許多時候，課堂上是一片熱烈的討論氣氛。

傾聽學生訴說，我想也是「因材」的一個方面。現在的學生，有一種不知道是好還是壞的行為：你問他們「有問題嗎」時，通常是一片寂靜；可到了課後，一大群的學生就圍上來了。他們不是沒有問題，而是不願意公開地提出問題！這時候，無論他們是提意見、質疑，還是提問題、談感想，我都會靜心聆聽，因為我將瞭解到他們需要什麼，我又將如何調整自己的講授。雖然我講課不喜歡「一言堂」，總讓學生有發言的機會，但和學生的交流實際上是很少的，尤其是在珠海校區。因此，課後的聆聽和討論顯然是課堂上教與學的延伸。

簡言之，所謂「因材」，就是要充分瞭解「教材」和「人材（學生）」，然後「因」之而施教。

二、銳意創新

我所謂的「銳意創新」，包含兩方面的內容：1. 教材內容的更新；2. 教學方法的創新。

先談談教材內容更新的問題。

一部教材，不可能年年修訂，即使若干時間就作修訂，也難以要求編撰者全面吸收新的研究成果（原因複雜）。所以，在講課中對教材內容作某些更新是必要的，也是必然的。就拿李本為例。李先生已故去多年，李本修訂的困難是不言而喻的。書中一些明顯是排印方面的錯誤至今也沒作修改，遑論其他。例

如620頁「狼請曰：……」一句，「狼」是「狼」之誤。又如622頁「壓以、詩書」一句，頓號分明誤衍。再如558頁「四方無擇也」一句，「無」，原本作「亡」（本文注釋也作「亡」）。再如525頁「宋，所為無雉兔鮒魚者也」一句，「為」是「謂」之誤。最後如485頁「且曰饗士卒」一句，「曰」為「日」之誤。類似的情況還有，這裡就不一一羅列了。

如果說，排印上的錯誤還容易糾正的話，那麼，對某些有待商榷、有待研究或有待改進的內容，就非得自己下點工夫不可了。下面我想就李本舉些例子來說明。

例一，〈鴻門宴〉的第一至三句：「行略定秦地。函谷關有兵守關，不得入。又聞沛公已破咸陽，項羽大怒，使當陽君擊關。」「行」，李先生解釋為「進軍」（488頁），當然是可以的。但是，我告訴學生：「行」在這裡也可能是個副詞，表示將來時態（郭李本即採此說）。接著下來的「不得入」沒有主語，李先生沒作解釋。那麼，主語到底是誰呢？項羽？還是……？這牽涉到翻譯時要補足主語的問題。〈鴻門宴〉是古漢語讀本的熱門文選，甚至入選中學課本。但是沒有一個教材的注釋談到主語是誰。作為老師，當然不能就此搪塞過去。查《藝文類聚》，見所引《楚漢春秋》云：「項王大將亞父至關，不得入，怒曰：『沛公欲反耶？』」（卷六〈地部·關〉）於是我告訴學生：雖然這不一定準確，但至少可備一說。有解總比無解好。何況，《楚漢春秋》的作者陸賈，「以客從高祖定天下」，他的說法沒準比太史公可靠。

例二，也是〈鴻門宴〉的句子：「鯫生說我曰：……」「鯫生」，李先生解釋為「眼光短淺的小人」（489頁）《辭源》也是這樣解釋的。可是我告訴學生：「鯫生」可能是人名，姓解。根據是，《史記·留侯世家》臣瓚的注引了《楚漢春秋》的說法：「鯫生本姓解。」

例三，〈西門豹治鄴〉中的句子：「巫嫗何久也？弟子趣之！」「趣」，李先生採舊解，認為通「促」，「催促」之意（497頁）。但是我告訴學生：在直接可以解釋得通的情況下，不必用通假一法。「趣」可以解釋為「前去」，因為下文還有兩個「趣」，如果是「催促」的話，文中的這句話「巫嫗、弟子，是女子也，不能白事，煩三老為入白之。」不是廢話又是什麼？難道弟子連「催促」的話也不會說，得三老去說？下面還要「廷掾與豪長一人入趣之」，「催促」的話就那麼難說？顯然，根據上下文，「趣」實在不必讀為「促」。

例四，也是〈西門豹治鄴〉中的句子：「西門豹簪筆磬折。」「簪筆」，李先生解釋說：「把筆插在頭髮上，……」（497 頁）當我問學生：你們知道筆插在頭髮的哪個部位上嗎？學生面面相覷，一臉茫然。然後我告訴學生：朱啟新先生的文章〈簪筆與白筆〉可以告訴我們答案〔註2〕。

例五，〈論貴粟疏〉中的句子：「有石城十仞、湯池百步、帶甲百萬，……」「湯池」，李先生解釋為「用開水灌於護城河中（以防備敵人進犯）。」（562 頁）聯繫上下文，把「湯」看作名詞用如動詞恐怕是值得商榷的，而且，「開水」的意義也不是太準確。《孟子·告子上》：「冬日則飲湯，夏日則飲水。」／《楚辭·九歌》：「浴蘭湯兮沐芳華。」這些用例，「湯」顯然都不能解釋為「開水」。所以，「湯」宜解釋為「熱水」。當然，「湯池」的「湯」應當是「極熱的水」。

限於篇幅，具體的舉證就此打住。就以上例子，愚以為，教材內容的更新至少應包括這幾個方面：1. 原有內容不夠準確，宜作新的修訂。2. 原有內容不夠全面，宜補充新的內容。3. 原有內容比較陳舊，宜更換新的內容。4. 原有內容有所闕如，宜補苴罅漏。

下面談談教學方法的創新。

在第一節中，實際上也涉及到教學方法的內容，諸如讓學生表述自己的意見、鼓勵學生自己對教學內容進行研究，等。這裡再著重談兩個算是有點「創新」的問題：1. 試題的設計。2. 古文寫作的實踐。

筆者以為，試題設計得是否理想，應體現為能否從中瞭解學生發現問題、分析問題和解決問題的能力。類似 TOEFL 的標準化試題，於老師操作當然方便，但於學生能力的判斷則不無困難。所以，筆者所設計的古漢語試題沒有選擇題（包括單項選擇題和多項選擇題）、是非判斷題、改錯題、填空題等題型，通常只有問答題（30%）、分析題（30～35%）、標點題（占 10%）和綜合閱讀題（占25～30%。挑選與該學期學過的文選難度相當的課外文言文讀物，進行包括詞彙、語法、翻譯等內容的考察）。試題內容中有 70～75% 在課堂講授及教科書的範圍內，即使學生不來聽課，只要他認真自學教材，及格應該不成問題。考試的方式應學生的要求而定：或開卷，或閉卷。開卷考試（在 1998 級施行）允許學生在考試期間參閱課本、詞典以及參考書，但試題中有把白話文翻譯成文言文

的內容（占 10%。據說是史無前例的）。閉卷考試（在 2001 級施行）則禁止學生在考試期間使用任何書籍、工具。另外，為了防止學生互相抄襲，還曾在考試中使用內容不完全相同的 A、B 兩份試題（實際操作不甚理想）。學生的答卷，符合我所擬的答案的固然可以得分；與答案不甚相同、但言之成理的也可以得分。其做法，完全是為了鼓勵學生對古漢語的內容勤下工夫、多費心思。

筆者以為，作為一個中文系的本科學生，系統地學習了古代漢語後，應能夠使用簡單的文言寫作，並能撰寫對聯、寫古典詩詞。這方面，我對陳寅恪先生的做法感受最深。據說陳先生曾出「孫行者」上聯作試題。此聯難對之極，有對「胡適之」的，便已得到陳先生的稱許，雖然陳先生心目中的下聯是「祖沖之」〔註 3〕。屬對賦詩，以文會友，學中文的焉可不能？因此，我對學生說：會不會寫是一回事，寫得好不好又是另外一回事。在講完詩詞格律一節後，我要求學生（1998 級）當場寫一首七言律詩，以便檢驗他們對詩詞格律掌握的情況。事後，由學校教務處安排聽課的督導教師認為：在中文系的古代漢語教學中，這是前所未有的。其做法，對強化學生的動手能力無疑是有效的〔註 4〕。而上面提到的把白話文翻譯成文言的考試方式，其實也是出於這個考慮。

總之，創新，首先應是個人知識的創新，否則，教材的創新也好，教學的創新也好，都無從談起。

最後，順帶談談多媒體教學的問題。按理說，現在這個高度數字化的社會，多媒體教學無疑是大勢所趨。但迄今為止，筆者的古代漢語教學還是很傳統的：粉筆加黑板。原因固然是還來不及製作教學軟件，但心底裏排斥古漢語的多媒體教學也是實情，雖然我在漢字文化研究的選修課上也曾利用過多媒體設施。日後我會在多媒體教學上作嘗試，我想，這也是銳意創新的一個方面。

結　語

本文就筆者的教學實踐作了個總結：以為二十年的教學生涯，所得就「因材施教，銳意創新」八個字。較之同事諸君，不免慚愧。但實事求是，也沒什

〔註 3〕 參看白化文：〈「孫行者」對以「胡適之」的始末及通信二則〉，載《古都藝海擷英》，北京：燕山出版社，1996 年 6 月第 1 版。亦載白化文：《退士副墨》，上海：上海科學技術文獻出版社，2017 年 3 月第一版。

〔註 4〕 在中山大學「第五批校級重點課程：古代漢語驗收報告會」（2000 年 4 月）上，蘇寰中老師的發言。

麼好諱言的。之所以不避譾陋，實在是希望同行有以教我。

【附記】古漢語一道，余於李新魁先生處獲益甚夥。故王劍叢先生謂余言語之間逼肖先生，余竊為之喜。斯亦余樂採先生課本故也。是文於先生課本多有詰難，非敢不敬先生，實藉此補先生所未及者。伏惟先生在天之靈有知，亦不以為忤也。誌此數語，謹以緬懷先生。

原載《中山大學學報論叢》，第 23 卷 4 期，2003 年 8 月，第 77～82 頁。

高校古代漢語教材編撰之我見

　　所謂的「古代漢語」，實際上是一個不甚科學的概念。現在，學術界一般把對應於「現代漢語」的「古代漢語」分成三段：上古、中古和近代。而在大學本科階段開設的「古代漢語」課程，通常只涉及上古階段的漢語。也就是說，本文所討論的「古代漢語教材」，事實上只是上古漢語的教材。不過，為了方便討論，本文仍然沿用「古代漢語」這個概念。

　　筆者認為，目下的古代漢語教材的編撰處於一種缺乏理性的狀態：儘管各種教材都「號稱」有自家的體例，但實際上並沒有從語言的實際出發去通盤考慮。最起碼的，沒有考察漢語發展變化的歷史來編撰教材。可是，令人奇怪的是，迄今還沒有幾個學者真正探討過古漢語教材編撰的問題〔註1〕。

　　在 2003 年的一篇文章中，筆者已經提出過這個問題〔註2〕，只是因論題所限，並沒有就此充分展開討論。下面，筆者將就「古代漢語」教材的編撰討論幾個問題：1. 大學本科古漢語教材編撰的歷史及其缺陷；2. 什麼樣的大學本科

〔註1〕筆者孤陋寡聞，只讀過荊貴生先生的〈我是怎樣編寫《古代漢語》教材的〉，載《荊貴生語言文字論文集》，呼和浩特：內蒙古大學出版社，2001 年 8 月第一版。嚴格地說，這篇文章雖然也討論到體例、編次等問題，但只是荊先生主編的《古代漢語》（以下簡稱「荊本」，版本情況參本文〔附錄〕）凡例的說明，與別的古漢語教材的凡例說明沒有什麼區別。

〔註2〕譚步雲：〈因材施教，銳意創新──古代漢語教學的點滴體會〉，《中山大學學報論叢》23 卷第 4 期，2003 年 8 月。

古漢語教材才是理想的；3. 如何界定淺顯的文言文；4. 如何編撰大學本科的古
代漢語教材。

一

在討論古代漢語教材的編撰前，有必要回顧一下古代漢語教材編撰的歷史。
二十世紀六十年代以前的一段，王力先生有過簡略的敘述：

「古代漢語這一門課程，過去在不同的高等學校中，在不同的
時期內，有種種不同的教學內容。有的是當做歷代文選來教，有的
是當做文言語法來教，有的把它講成文字、音韻、訓詁，有的把它
講成漢語史。目的要求是不一致的。

……

北京大學在 1959 年進行了古代漢語教學的改革，把文選、常用
詞、古漢語通論三部分結合起來，取得了較好的教學效果。此外還
有許多高等學校都以培養閱讀古書能力為目的，改進了古代漢語的
教學。

北京大學 1959 年度的古代漢語講義只印了上中兩冊，1960 年
經過了又一次改革，另印了上中下三冊，都沒有公開發行。講義編
寫主要由王力負責，參加工作的有林燾、唐作藩、郭錫良、曹先擢、
吉常宏、趙克勤、陳紹鵬。此外，北京大學中國語言文學系語言專
業 1957 年級同學也參加了 1960 年度的古代漢語中下兩冊的文選部
分的編寫工作，研究生陳振寰、進修教師徐朝華也參加了上冊的部
分編寫工作。

1961 年 5 月，高等學校文科教材編選計劃會議開過後，成立了
古代漢語編寫小組，決定以北京大學古代漢語講義為基礎並參考各
校古代漢語教材進行改寫，作為漢語言文學專業的教科書。編寫小
組集中了北京大學、北京師範大學、中國人民大學、南開大學、蘭
州大學古代漢語教學方面一部分人力，分工合作，進行編寫。

……

1962 年 1 月，上冊討論稿出版。在這個時候，召集了座談會，
出席者有丁聲樹、朱文叔、呂叔湘、洪誠、殷孟倫、陸宗達、張清

常、馮至、魏建功諸先生，姜亮夫先生也提出了詳細的書面意見。

會議共開了一個星期，主要是討論上冊的內容，但最後也對中下冊

的內容交換了意見。

　　上冊討論稿分寄高等學校和有關單位後，陸續收到了回信。有

些是集體的意見，有些是專家個人的意見。」〔註3〕

　　從王力先生的這段話中，我們可以得到如下信息：1. 在 1959 年以前，並沒有「古代漢語」這樣一門系統課程，當然也就沒有相應的教材。2. 二十世紀六十年代初，由王力先生主編的《古代漢語》（以下簡稱「王本」）出版，標誌著「古代漢語」課程在高等學校的正式設置。3. 王本作為高等學校漢語言文學專業的教科書，是集中了當時國內一流學者的智慧的結晶。

　　所以，王本先前作為全國高校的教材，一直持續到「文革」結束以後。當然，這段時間也有其他教材在使用，但都不如王本影響大〔註4〕。

　　上個世紀八十年代，開始出現一些新的古漢語教材。較早的有周秉鈞先生的《古代漢語綱要》（版本情況參本文〔附錄〕）、郭錫良先生的《古代漢語》（版本情況參本文〔附錄〕）等。而有些教材，我覺得是後出轉精的（詳下述），例如廣州中山大學中文系故教授李新魁先生編著的《古代漢語自學讀本》（以下簡稱「李本」，版本情況參本文〔附錄〕）。不過，由於王本的影響力依然存在，公開出版的古漢語教材尚不多見。

　　從九十年代到新世紀初，全國興起了教材編撰熱，受此影響，林林總總的古代漢語教材陸續面世。但是，所有的教材並未能跳出王本的窠臼。一方面固然是王力先生餘威尚在，誰都不敢在體例、構思等固有框架上有所「僭越」；另一方面卻是明顯地受到「古代漢語」教學模式的約束。

　　現在全國到底有多少種「古代漢語」教材在高校中使用，筆者沒有做過精確的統計〔註5〕。古漢語學界許多名家都編過古漢語的教材，有的還編過一種以

〔註3〕參王力主編：《古代漢語·序》，北京：中華書局，1962 年 9 月第一版。

〔註4〕例如有南開大學中文系語言教研室：《古代漢語讀本》，天津：南開大學出版社，1960 年；有殷孟倫先生：《古代漢語刊授講義》，濟南：山東大學出版社，1962 年。（參本文〔附錄〕）

〔註5〕筆者進入「中國高校教材圖書網」（http://www.sinobook.com.cn/b2c/scrp/book.cfm），利用其查詢檢索，輸入「古代漢語」四字，發現高等教育類「古漢語」教材共有 19 種。實際上，這個網並沒有收入所有的「古漢語」教材。我核對了一下，發現起碼還有 42 種沒有列入。當然，筆者的統計不一定精確。但是，目前至少有 61 種「古

上〔註6〕。筆者因多年從事古漢語的教學，手頭上也就有五種之多的教材。而且，據我瞭解，廣州地區的高校（例如華師大、廣州大學、暨南大學，等）所使用的古代漢語教材都不同。有沒有必要出版那麼多的同一類型的教材，這裡姑且不論，但資源的浪費，彼此間的「借鑒」，就頗惹人非議的了〔註7〕。當然，這裡有相當複雜的原因，本文暫且按下不表。

綜觀這些教材，筆者以為，無論是體例，還是具體到文選、詞彙、語法、文字等方面，至少存在三方面的缺陷：1. 沒有從語言學習的目的出發考慮語言教材的體例。2. 沒有嚴格遵循先易後難、由淺入深、循序漸進的教學規律安排文選、詞彙等；3. 大學用的古漢語教材絕大多數與高中階段的古文教學內容銜接不上。

2004年，在北京大學召開了有26所高校40多位代表參加的第一屆全國古漢語教學研討會，會議其中一個議題就是教材的編寫：「近年來，古代漢語教學形勢發生了一些變化：一方面，中學語文教材中的文言文篇目增多給古代漢語教學提出了新的要求；另一方面，目前大學古代漢語的課時減少，而大學生選修的科目越來越多。為此，需要編寫更理想的古代漢語教材。」〔註8〕筆者沒有參加這次會議，對此不敢妄加評論。但有一點是清楚的：古漢語教材雖多，但理想的教材還沒有。看來，筆者的想法和與會者的動議不謀而合，雖然雙方的側重點、思路也許不一致。

二

就個人的感情而言，我是極希望廢掉「古代漢語」、「現代漢語」課程的：如同現在臺灣、香港等地的中文系一樣〔註9〕，不再設「古代漢語」、「現代漢

漢語」教材在使用或曾被使用（參本文〔附錄〕），卻是不爭的事實。

〔註6〕例如郭錫良先生主編過的《古代漢語》有四個版本：分別由北京出版社、天津教育出版社、商務出版社、語文出版社出版；又如朱振家先生也主編過兩個古漢語教材，分別由高等教育出版社、中央廣播電視大學出版社出版。這些教材到底有多少差異，相信就是一般的讀者也不難作出判斷。

〔註7〕參荊貴生：〈是書評還是侮辱誹謗〉等文，載《荊貴生語言文字論文集》，呼和浩特：內蒙古大學出版社，2001年8月第一版。

〔註8〕郭麗君：〈高校古代漢語教學研討會召開〉，見「中國教育和科研計算器網」http://www.edu.cn/20020624/3059686.shtml，2004年8月8日。

〔註9〕以臺灣高雄中山大學為例（請參 http://bbs3.nsysu.edu.tw/txt.version/treasure），中國文學系設語言類、文學類、學術思想類、基礎應用類四類課程，其中語言類共有四

語」，而代之以訓詁學、音韻學、文字學等；中國文學也不再把語言和文學截然分開〔註 10〕。貫通古今，融會文學語言，這才是正道。如果是那樣的話，筆者也不必再討論「古代漢語」教材的編撰了。

然而，積重難返，即使是北大，也不敢越雷池半步！既然如此，「古代漢語」教材該如何編，就有討論的必要了。針對上文所提出的現有的高校「古代漢語」教材的缺陷，筆者心目中理想的古漢語教材，至少應遵循三個原則：1. 其體例應符合語言教學實際；2. 其文選和理論的編次，應由淺入深、循序漸進；3. 其總體內容應與中學古文教學內容相銜接。

以下分別論述之。

（一）體　例

語言教學，其終極目標就是通過系統的教育讓學習語言者習得語言以敷應用，即便是死語言的習得也是如此：或現實生活中的交流溝通，或僅限於閱讀古代文獻。當然，通過古代語言的考察以認識現代語言也是目的之一。不過，那屬更高的教學層次。因此，語言教材，無非通過若干具有代表性的文選，以語法、詞彙、文字、語音的教學為依歸。任何一本語言類教材，如果於語言的諸要素有所偏廢，那就不是好的教材。就筆者所及，目前的古漢語教材大致上都涵括上述內容，雖然各本的側重點稍有差異。例如：擅長音韻的學者會花較多篇幅在音韻方面，擅長文字的學者會在文字方面用力較多，等等。儘管目下的各種古漢語教材有關語言要素的教學內容大致完備，但其體例卻未能盡如人意。筆者認為，英語教材的編撰體例應值得古漢語教材效法。上世紀七十年代末期陸續傳入我國的 Linguaphone、Essential、New Concept 等英語教材，另外，曾有很大影響的許國璋先生主編的《英語》，都是編得非常好的教材。綜觀這些英語教材的體例，大體上以文選為經，以語法、詞彙、語音為緯，輔以各類練習和補充閱讀材料。學生可以通過學習文選來掌握語法、詞彙、語音等語言要素，通過做練習和閱讀補充材料來鞏固所學過的內容，更重要的是，實際上這是一個實踐的過程。所以，筆者認為，這些英語教材的編撰真正貫徹了學以致

門必修課程：語言學概論（一年級）、文字學（二年級）、音韻學（三年級）和訓詁學（四年級），共 8 學分。

〔註10〕參郭錫良：〈中文系建系 90 週年有感〉，見《系慶紀念文選》http://chinese.pku.edu. cn/xiqing/right.htm。

用的語言教學理念。

　　相較之下，目前所見的古漢語教材都未免有所不足：或徒有文字、詞彙、語法、語音內容而無具體的文選（如《古代漢語綱要》之類的理論性著作）；或只有文選，卻忽略了語言要素的介紹（例如各類古文讀本）；或做到了「文選為經，文字、語法、詞彙、語音為緯」，卻忽視了語言實踐的功能：沒有練習和補充閱讀材料（大多數古漢語教材屬這一類型）。應該說，王本的體例應是較理想的了：以先秦散文、唐宋名家著作、詩歌詞賦為範文，若干閱讀文選後專題介紹古漢語語法、詞彙、文字、音韻、句讀、古書的注解以及古代文化常識等。所以諸家紛紛取法其中。當然，也有的學者意識到學以致用的重要性，於是在教材以外再編輔助教材〔註11〕。則不免大而無當。真正在體例方面接近上舉英語教材的古漢語教材是李本：有一定數量的文選，有文字、語法、詞彙、語音的專題內容，有練習和補充閱讀材料〔註12〕，有「通假字表」、「常見同義詞辨析」等參考資料。後出的郭錫良、李玲璞主編的《古代漢語》（以下簡稱「郭李本」，版本情況參本文〔附錄〕）可能受其影響，也有類似的內容。但是，李本體例的特異之處在於把古漢語語法、詞彙、文字、音韻和文選截然分開：上冊專門介紹語法、詞彙、文字、音韻，每個專題後附一練習；下冊中編則是今注文選、古注文選、無注文選等；下冊下編是參考資料。這樣編有利有弊：利是理論相對集中，學生可以從整體上把握古漢語諸要素；弊則容易造成理論脫離實踐。因此，筆者還是主張：像英語教材那樣，在每篇文選後附以相關的語法、詞彙、語音等內容。

　　綜上所述，古漢語教材的體例應是這樣的：1. 各類文體的注釋文選作為課文；2. 每篇課文應列出該課文的新詞彙表；3. 每篇課文應附有相關的語法、語音、文字等內容；4. 每篇課文後應有相關的練習和補充閱讀材料。5. 最好能用繁體字印刷。

（二）編　次

　　無論學什麼，總得先易後難，由淺入深，循序漸進。語言的習得也不應例

〔註11〕例如荊貴生主編了一套《古代漢語》，又另外編了一本《古代漢語練習與測評》（呼和浩特：內蒙古大學出版社，2002 年 6 月第一版）作為輔助教材。

〔註12〕其補充閱讀材料分為三類：無標點無注釋的古文原文、無標點有古注的古文原文、有標點有原注的古文原文。不但在範文方面給教師提供了更大的選擇空間，而且有助於訓練學生的閱讀能力。

外。可是，現有的古漢語教材的編撰，幾乎都忽視了這個必須遵循的原則：文選的序次沒有考慮難易深淺，與此同時，語法、詞彙、語音、文字的講解不顧及循序漸進。以我手頭的教材為例，第一篇文選：王本是《左傳·隱公元年》的節選（篇名〈鄭伯克段於鄢〉），郭李本是《山海經》的選文，李本是陶淵明的〈桃花源記〉，荆本同王本，王彥坤等三人合編的《古代漢語教程》（版本情況參本文〔附錄〕）是《左傳·隱公十一年》的節選（篇名〈鄭莊公戒飭守臣〉）。雖說本科的學生都或多或少接觸過古文，但論其閱讀古文的能力，還不足以一開始就讀艱深、晦澀的文獻。其情形，如同讓初學英語者去捧誦莎士比亞的作品！

也許，在編撰者看來，自家的文選編次就是最科學的。可是，怎樣解釋上述教材選定的第一篇課文互相之間存在的差異呢？無疑，在確定文選的編次之前，首先得在「淺顯」的界定上取得共識。

柳士鎮氏有〈淺顯文言文界說〉一文〔註13〕，以為文言的難易不一定以作品產生的時間先後為據，並以《史記》和《漢書》為例來闡述這一觀點。對此，筆者頗不以為然。王國維先生曾說：「《詩》、《書》為人人誦習之書，然於六藝中最難讀。以弟之愚闇，於《書》所不能解者殆十之五，於《詩》亦十之一二。此非弟所不能解也，漢魏以來諸大師未嘗不強為之說。然其說終不可通。以是知先儒亦不能解也。其難解之故有三：訛闕一也（此以《尚書》為甚）；古語與今語不同二也；古人頗用成語，其成語之意義與其中單語分別之意義又不同，三也。唐宋之成語，吾得由漢魏六朝人書解之；漢魏之成語，吾得由周秦人書解之。至於《詩》、《書》，則書更無古於是者。其成語之數數見者，得此較之而求其相沿之意義，否則不能贊一辭，若但合其中之單語解之，未有不齟齬者。」〔註14〕先生又說：「文無古今，未有不文從字順者。今日通行文字，人人能讀之、能解之。《詩》、《書》、彝器亦古之通行文字，今日所以難讀者，由今人之知古代不如知現代之深故也。」〔註15〕王先生的這兩段話有兩層意思：

〔註13〕原載柳士鎮：《語文叢稿》，南京：南京大學出版社，1998年12月第1版。修訂稿收入人民教育出版社中學語文室《語文讀本》第一冊，北京：人民教育出版社，2003年6月第一版，第175～176頁。

〔註14〕見氏著：《觀堂集林·與友人論詩書成語書》，北京：中華書局，1959年6月第1版，第75頁。

〔註15〕見氏著：《觀堂集林·毛公鼎考釋序》，北京：中華書局，1959年6月第1版，第294頁。

一是越久遠的典籍越難讀；二是文獻的學習可以自近及遠。筆者認為，王先生的說法是正確的。就以王先生的文章為例，當然較袁枚、蒲松齡的文章易讀。同理，袁、蒲二公的文章，當然較唐宋八大家的文章易讀。儘管這裡面有文體的問題，但並不是決定性的。決定文言的難易深淺主要是字、詞、句。越是古老的文獻，越是多我們所不認識的字、所不明白的詞、所不理解的句式。這實際上就是語言的發展變化在文獻中的反映，否則，我們也無須把漢語分為「上古」、「中古」、「近代」、「現代」四段了。這裡可以拿同樣的文體——史——來說明這個問題。《清史稿》肯定比新舊《唐書》淺顯；新舊《唐書》自然也比《三國志》淺顯。柳先生認為《史記》比《漢書》淺易，我就不妨摘錄一小段兩書中同樣內容的文字比較比較，看看是否如此。

〈陳涉世家第十八〉：「陳勝者，陽城人也，字涉。吳廣者，陽夏人也，字叔。」〔註16〕

〈陳勝項籍傳第一〉：「陳勝，字涉，陽城人。吳廣，字叔，陽夏人也。」〔註17〕

文字差不多，略知文言的學生也不會不懂。但是，《史記》的字數略多，多出的「者」、「也」正是學生視為畏途的虛詞。我想，光這兩個虛詞在古文獻中的語法作用，就夠老師講上一兩節課了。可見，所謂好讀，應指知其然、並且知其所以然。限於篇幅，這個問題只能點到為止。可能的話，完全可以深入、全面地比較上述兩書的深淺難易，儘管兩書時間上相去並不算太久遠。

準此，筆者以為，課文應按照文獻產生的時間先後編次，這樣可以大體貫徹先易後難、由淺入深、循序漸進的原則。事實上，筆者在教學中正是這樣做的：首先按時代先後把課文劃分成「甲類（最難，先秦）」、「乙類（次難，漢魏）」、「丙類（偏易，唐宋）」和「丁類（易，明清）」，然後把語法、文字、詞彙、語音等內容安排在相關的課文後講解。從學生的反映看，效果理想。我個人認為，古漢語教材的編撰完全可以參照英語4級、6級的評估模式（例如：語法、詞彙量，等）來安排編次。

此外，課文的篇幅也應堅持這個原則：簡明短小的在前，繁難冗長的在後。

〔註16〕《史記》，上海：上海書店，1988年1月第1版，第1276頁。
〔註17〕《漢書》，北京：中華書局，1962年6月第1版，第1785頁。

這裡順便說一句，人教版中小學的語文課本，如同本科用的古漢語教材一樣，也並沒有遵循以上原則。據報導，隨著高考的分省命題，各省也在編撰新的教材。我希望新教材可以體現上述原則。

（三）與中學教材銜接

從筆者所掌握的情況看，這個問題最為嚴重：本科教材的文選中學課本裏也有；中學生需要掌握的詞彙、語法等內容也重複出現在本科教材裏。

我這裡舉幾個例子：《左傳》中〈燭之武退秦師〉、〈鄭伯克段於鄢〉、〈重耳之亡〉，《國語》中的〈句踐滅吳〉、〈召公諫厲王弭謗〉，《孟子》中的〈寡人之於國也〉、〈齊桓晉文之事〉、〈莊暴見孟子〉、〈孟子見梁惠王〉、〈齊人有一妻一妾〉、〈奕秋〉、〈寡人願安承教〉、〈所謂故國者〉、〈齊宣王見孟子於雪宮〉、〈許行〉、〈文王之囿〉、〈湯放桀〉、〈當今之世，捨我其誰〉、〈攘雞〉，《史記》中〈鴻門宴〉、〈廉頗藺相如列傳〉、〈屈原列傳〉、〈信陵君竊符救趙〉、〈孔子世家〉、〈伯夷列傳〉、〈毛遂自薦〉、〈鉅鹿之戰〉、〈魏其武安侯列傳〉、〈優孟傳〉、〈淳于髡〉、〈孫臏減灶〉、〈貨殖列傳序〉（此外，〈悲士不遇賦〉和〈報任安書〉也是司馬氏的著作）〔註18〕。夠了，這個不算短的篇目，相信在大學裏教古漢語的老師都相當熟悉，因為，這些被選進高中課本的古文，十之八九也被選進大學的古漢語教材裏了。文選的重複率太高。

至於語法、詞彙、語音、文字等內容，因沒有深入到中學裏調查，不敢妄言。但有一點可以肯定，如果是一個負責任且有水平的中學語文教師，講授的內容當不會少。我曾戲言：如果認認真真讀完這些教材，就用不著上大學的中文系了。當然，因為有教學大綱的約束，即使面對如此多的文言文，老師的教學也可能有所節制。

如果是在以前，編寫古漢語教材的大學老師，只要願意拿中學、甚至小學的課本來看一下，就可以避免文選、語法等內容重複的弊端。但現在是各省自編課本，要想避免重複，實在是難。我想：這個問題非統籌安排不易解決。

〔註18〕以上篇目，均見於人民教育出版社中學語文室：高中《語文》第一至第六冊和《語文讀本》第一至第六冊，北京：人民教育出版社，2003 年 6 月第一版。筆者把這十二冊教材中的古詩文統計了一下，凡一百三十餘篇（首），大都見於大學的教材或輔助教材。如果把初中乃至小學出現過的古詩文統計在內，從「量」的方面說，足夠了。

結　語

　　儘管古漢語教材的編撰歷史已不算短了，儘管現有的古漢語教材也相當多，然而，「什麼樣的古漢語教材才是優秀的教材？」「怎樣編寫古漢語教材？」等課題還需要深入探討。在以上的文字中，筆者已經大體勾勒出現有的古漢語教材編撰上的得失，並就所存在的問題提出了筆者的個人意見：1. 語言教學，應圍繞著學生的語言習得進行；教材的編撰體例則要體現語言學以致用的明確目的。2. 語言的習得是個先易後難、由淺入深、循序漸進的過程，因此，教材在內容上的編次不能漠視這個過程的客觀存在。3. 鑒於本科學生業已具有一定的古漢語水平，本科的古漢語教材的編撰最好能在中小學古文教材的基礎上有所提高，無論是文選還是理論，都應在質和量方面高出一個檔次。

　　最後需要說明的是，筆者所論，只是個人的一得之見。如果愚見能引起古漢語教材編撰者的重視，甚至爭鳴，那正是筆者所殷切期待的。因為，那將預示我們以及我們的學生會有優秀的古漢語教材了。

附　錄

　　譚步雲所見古代漢語教材目錄（所見書目截止至 2004 年，按出版時間序次，有*者見於「中國高校教材圖書網」http://www.sinobook.com.cn/b2c/scrp/book.cfm）：

*1. 南開大學中文系語言學教研組：《古代漢語讀本》，北京：人民教育出版社，1960 年 9 月第 1 版；又南開大學中文系古代漢語教研室修訂本，天津：天津人民出版社，1981 年 4 月第一版；又天津：南開大學出版社，2001 年 3 月第一版。

2. 王力主編：《古代漢語》（上下各二分冊），北京：中華書局，1962 年 9 月第 1 版；1982 年修訂版。

3. 殷孟倫：《古代漢語刊授講義》，濟南：山東大學出版社，1962 年 7 月版。

4. 廣東師院中文系漢語教研組：《古代漢語》，廣州：廣東師院中文系，1972 年 9 月版。

5. 上海師範大學中學教學研究組：《古代漢語》，上海：上海人民出版社，1976 年 7 月第一版。

6. 吳福熙：《古代漢語》，蘭州：甘肅人民出版社，1980 年 9 月第一版。

7. 張世祿：《古代漢語》，上海：上海教育出版社，1978 年 12 月第一版。

8. 呂亞東：《古代漢語》（初稿），黃石：黃石師範學院中文系，1979 年 7 月第一版。

9. 朱星：《古代漢語》，天津：天津人民出版社，1980 年 10 第一版。

10. 上海教育學院：《古代漢語》，北京：教育科學出版社，1980 年 7 月第 1 版。

11. 周秉鈞：《古漢語綱要》，長沙：湖南教育出版社，1981 年 1 月第 1 版；又《古代漢語綱要》，長沙：湖南教育出版社，2002 年 5 月版。

12. 蔣紹愚、李新建：《古漢語講話》，鄭州：中州書畫社，1981 年 11 月第一版。

13. 郭錫良主編《古代漢語》，北京：北京出版社，1981 年初版；天津：天津教育出版社，1991 年修訂版；北京：商務印書館，1999 年修訂版。

14. 郭錫良、蔣紹愚等：《古代漢語講授綱要》，北京：中央電視大學出版社，1983 年 3 月第一版。

15. 張蔭芝：《古漢語》，廣州：中山大學哲學系，1983 年。

16. 程希嵐、吳福熙：《古代漢語》，長春：吉林人民出版社，1984 年 8 月第一版。

17. 劉禾：《古漢語入門》，長春：吉林人民出版社，1984 年 4 月第 1 版。

18. 中山大學中文系：《古代漢語》，南寧：廣西人民出版社，1984 年 9 月第 1 版。

19. 董希謙、王松茂主編：《古漢語簡明讀本》，北京：書目文獻出版社，1984 年 8 月第一版。

*20. 張之強主編：《古代漢語》（上下冊），北京：北京師範大學出版社，1984 年 11 月第一版；2001 年 5 月版。

21. 湖南師範大學中文系古代漢語研究室：《古代漢語函授與自學指導》，長沙：湖南人民出版社，1985 年 10 月第一版。

22. 王雅軒主編：《古代漢語》，瀋陽：遼寧人民出版社，1985 年 2 月第 1 版。

23. 趙銳、李述之、丁廣惠：《古代漢語》，哈爾濱：黑龍江人民出版社，1984 年 3 月第 1 版。

24. 林樂騰、丁貞蕖：《古代漢語要略》，濟南：山東教育出版社，1986 年 3 月第 1 版。

*25. 董琨等：《古代漢語讀本》，北京：中央廣播電視大學出版社，1986 年 6 月第 1 版。

26. 韓陳其：《古代漢語教程》，徐州：徐州師範學院，1987 年 3 月第 1 版。

27. 李新魁：《古代漢語自學讀本》（上中下三編，兩冊），北京：語文出版社，1987 年 10 月第 1 版。

*28. 朱振家主編：《古代漢語》，北京：高等教育出版社，1988 年 4 月第一版；又 1994 年 6 月第二版。

29. 盛九疇主編：《古代漢語》，上海：上海教育出版社，1988 年 2 月第 1 版。

30. 余行達主編：《古代漢語》，長春：東北師範大學出版社，1987 年 7 月第一版。又修訂本，2007 年 1 月第 1 版。

31. 汪濟民主編：《應用古漢語》，南昌：百花洲文藝出版社，1993 年 6 月第 1 版。

32. 洪成玉：《古代漢語教程》，北京：中華書局，1990 年 8 月第 1 版。

*33. 解惠全：《古代漢語教程》，天津：南開大學出版社，1990 年 6 月第 1 版；又 1992 年 12 月版；又 2004 年 9 月版。

*34. 朱振家主編：《簡明古代漢語》，北京：中央廣播電視大學出版社，1990 年 6 月第 1 版。

35. 許仰民主編：《新編古代漢語》，西安：陝西人民教育出版社，1991 年 6 月第一版。

36. 張世祿：《古代漢語教程》，上海：復旦大學出版社，1991 年 10 月第一版；又：臺灣洪葉文化事業有限公司，1992 年 9 月。

37. 郭錫良、李玲璞主編：《古代漢語》（上下冊），北京：語文出版社，1992 年 9 月第 1 版，2000 年 3 月第 2 版。

*38. 許嘉璐：《古代漢語》（三冊），北京：高等教育出版社，1992 年 12 月第 1 版。

39. 湯可敬主編：《古代漢語》，北京：北京出版社，1992 年 4 月第 1 版。

40. 尉遲治平主編：《古代漢語通論》，大連：大連理工大學出版社，1992 年。

41. 荊貴生：《古代漢語》（上下冊），濟南：黃河出版社，1995 年 8 月第 1 版，1997 年 6 月第 2 版。

42. 申小龍、宋永培主編：《新文化古代漢語》，南寧：廣西人民出版社，1995 年 7 月第一版。

43. 戴偉、周文德：《古代漢語》，成都：四川人民出版社，1996 年版。

*44. 周本淳：《古代漢語》，上海：華東師範大學出版社，1997 年 6 月第 2 版。

*45. 中國人民大學中文系：《古代漢語》，北京：中國人民大學出版社，1998 年 1 月第 1 版。

46. 徐宗才：《古代漢語課本》（三冊），北京：北京語言文化大學出版社，1998 年 1 月第一版。

*47. 丁文樓主編：《古代漢語》，北京：中央民族大學出版社，1999 年。

*48. 易國傑：《古代漢語》，北京：高等教育出版社，2000 年 7 月第 1 版。

*49. 王彥坤、朱承平、熊焰：《古代漢語教程》，廣州：暨南大學出版社，2000 年 7 月第 1 版。

50. 魏清源主編：《古代漢語教程》（上下冊），開封：河南大學出版社，1996 年 4 月第 1 版；又 2000 年 7 月第三版。

51. 王海棻：《古代漢語簡明讀本》，北京：社會科學文獻出版社，2002 年 8 月第 1 版。

*52. 宋學農：《古代漢語》，濟南：山東大學出版社，2001 年 1 月第 1 版。

*53. 劉利：《古代漢語》，北京：中國人民大學出版社，2001 年 2 月。

*54. 周光慶、楊合鳴：《古代漢語教程》，武漢：華中師範大學出版社，2001 年 6 月第 1 版。

55. 王寧主編：《古代漢語》，北京：北京出版社，2002 年 4 月版。又北京：北京大學出版社，2009 年 4 月第 1 版。

*56. 張玉金等：《古代漢語》，大連：大連理工大學出版社，2002 年 6 月第 1 版。

*57. 沈祥源：《古代漢語》，武漢：武漢大學出版社，2002 年 6 月第 1 版。

58. 王育新編著：《古代漢語通論》，哈爾濱：黑龍江教育出版社，1996 年 12 月第 1 版。

*59. 趙雪：《古代漢語教程》，北京：北京廣播學院出版社，2002 年 9 月第 1 版。

*60. 殷國光編著：《古代漢語》，北京：中國人民大學出版社，2003 年 9 月第一版；又殷國光、趙彤編著：北京：中國人民大學出版社，2009 年 1 月第 1 版；又北京：中國人民大學出版社，2016 年 1 月第三版。

61. 馬漢麟：《馬漢麟古代漢語講義》，天津：天津古籍出版社，2004 年 2 月第一版。

原載《中山大學高教研究》總第 53 期，2005 年 6 月，第 53～60 頁。刊行稿未經筆者校訂以致錯漏百出。

卷五　嶺南文獻及粵方言論叢

王相《三字經訓詁》偽託考

一

關於蒙學讀本《三字經》的作者，今天三說並存：一是宋末的王應麟（下文簡稱「王作說」）；一是宋末的區適子（下文簡稱「區作說」）；一是明代的黎貞（下文簡稱「黎作說」）〔註1〕。此外還有「粵中逸老說」〔註2〕，「區、黎合作說」〔註3〕，但都影響甚小，可以忽略不計。

延至今日，「黎作說」基本上已不為學者所相信；而「區作說」也不能得到廣泛的認同。只要看看今天坊間《三字經》林林種種的版本的署名，便可見一斑。

自從近年順德的李健明先生重新肯定「區作說」〔註4〕，才又引起學者們的反思：到底誰是《三字經》的真正作者？

事實上，早在乾隆至光緒年間，已有好幾位學者作出令人信服的考辨，證

〔註1〕 羅竹風主編：《漢語大詞典》（縮印本），上海：漢語大詞典出版社，1997年4月第一版，第84頁。

〔註2〕 參李品良：〈《三字經》的成書過程與作者歸屬考略〉，《社會科學家》總109期，2004年9月，第158頁。

〔註3〕 參王元林：〈《三字經》研究之芻議〉，「《三字經》文化學術研討會」論文，2007年12月3～4日，中國順德。

〔註4〕 參看李健明：〈《三字經》作者考〉，《圖書館論壇》第26卷第1期，2005年2月。又李健明：〈《三字經》作者細考〉，《學術研究》，2007年第8期。

明《三字經》的作者只能是區適子。茲引如次：

江昱云：「郴、衡間有《訓蒙三字經》，初來自粵東，傳為昌黎作其書，取經籍中三字成語編緝，亦不疊韻，意昌黎不至於此。又通用之《三字經》傳為王深寧作。余謂不然。王氏於三國帝蜀持論極嚴，今其書有『魏蜀吳爭漢鼎』之語，漫無區別矣。《廣東新語》謂童蒙所誦《三字經》乃宋末區適子所撰。適子，順德登洲人，字正叔，入元抗節不仕。《新語》所指不知何本也。」〔註5〕

凌揚藻云：「今童蒙所誦《三字經》，則南海區適子正叔撰（宋人，入元不仕），中亦多叶韻語。康熙間有琅邪王相字晉升號訒庵者，從而箋釋之，謂是宋儒王伯厚所作。以伯厚著述最富（凡二十三種，共七百零一卷，未嘗有《三字經》也），中有《蒙訓》七十五卷，《小學諷詠》四卷，遂億度而歸之爾。其實區撰無疑也（《廣州人物傳》：《三字經》，適子所撰也。文殊馴雅，童子多誦之，與周興嗣《千文》並行）。又琅邪本改『不知禮』為『不知義』，『所當識』為『所當執』，『識某名』為『識某文』，『君臣也』為『君臣義』，『曰哀樂』為『曰哀懼』，『乃七情』為『七情具』，『與絲竹』為『絲與竹』，『至曾元』為『元曾弟』，則恭下添『長幼序友與朋』二句，改『由孝經』為『小學終』，『乃孔伋』為『子思筆』，『我姬公』為『我周公』，『著六典』為『著六官』，『當詠諷』為『當諷詠』，稱『盛治』為『盛世』，『猶苦學』為『猶苦卓』，『彼晚成』為『彼既成』，『且聰明』為『且聰敏』，『當少成』為『當自警』，『當少成』下添『唐劉晏方七歲』二句，前添『長幼序友與朋』，欲足十義之數已太生強，此更畫蛇添足，『垂於後』為『裕於後』，諸如此類，皆任意為之，則其謂王伯厚作，愈不足信。」〔註6〕

陸以湉云：「《三字經》：童蒙所誦《三字經》，相傳為王伯厚作。此流俗之說也。周公時無六經之名，不當云『著六經』。大小戴《禮記》乃大小戴所撰，不當云『注《禮記》』。《困學紀聞》尊蜀而抑魏，其所敘述蜀先於魏，亦不當云『魏蜀吳爭漢鼎』，經史之大者疏舛若此，其他可無論矣。」〔註7〕

〔註5〕 江昱（1706～1775），字賓谷，號松泉，江蘇廣陵人。參看氏著：《瀟湘聽雨錄》卷八，清乾隆二十八年（1763）春草軒刻本，第2頁。

〔註6〕 凌揚藻（1760～1845），字譽劍，號藥洲，廣東番禺人。參看氏著：《蠡勺編》卷二十一，清同治二年（1863）伍氏粵雅堂刻嶺南遺書本，第15頁。

〔註7〕 陸以湉（1802～1865），字薪安，一字定圃，號敬安，浙江桐鄉縣人。參看氏著：《冷廬雜識》卷六，清咸豐六年（1856）刻本，第42頁。

佚名：「順德縣登州鄉有區適子，鄉賢也，人以地存故又號區登州。學養兼優，大隆著述，其最切於人者莫如《三字經》一書。是書每三字一言，便於誦習，誠課蒙之門戶也。書闕有間，其詳不可得聞，故《龍文鞭影》注謂是書為侍御所著而軼其名。非。閱《順德志》何（可）以知其然也。」﹝註8﹞

我們認為，前賢所論甚切肯綮，「誰是《三字經》的真正作者」這個問題實際上已不必再討論。

近時李健明、李品良等先生復作勾稽，《三字經》之「區作說」越發令人信服﹝註9﹞。筆者不敏，亦姑附驥尾，為之一鳴，以進一步證明「王作說」之不可信。

毋庸置疑，由於有更早的傳世文獻的支持，「區作說」應當更有理據。相反，誠如上引凌揚藻所說，「王作說」難以服眾的致命之處就在於，王氏本人曾撰寫過《蒙訓》（75 卷）、《小學紺珠》（10 卷）等蒙學讀物，何以竟置《三字經》於不顧？退一步說，即便王氏自己棄之如敝屨，何以早期的地方史料竟不著一字？唯一可信的解釋就是：王氏並非《三字經》的作者。

至於說非王氏不能作此，則更是荒謬。要知道《三字經》只不過是啟蒙讀物，略具學識者即可撰集，更何況是「博學洽聞」的區適子呢？

現存最早的《三字經》版本，是明‧崇禎年間趙南星的《三字經注》。

趙氏云：「世所傳《三字經》、《女兒經》者皆不知誰氏所作。一則句短而易讀，一則語淺而易知。殊便於開蒙矣。然所稱引古之聖賢列女，非初學所知。余與吳昌期、王義華二君翻閱群書，具列其事，而於《女兒經》仍被以俗語，令人人可解，合而刻之曰教家二書。」﹝註10﹞

案此可知趙氏所見的《三字經》並無署名作者，也並未成為每個童子的讀本。而據前引《嶺海叢譚》所言，可以確定有明一代所見之《三字經》或已佚去著者之名。

清初李來章云：「自古經傳皆有箋注，遞至宋儒，每用鄉音發揮大義。學者多錄其語以相傳授。粵人區適子又有《三字經》，總括經史以訓蒙童，讀者

﹝註8﹞ 清‧佚名：《嶺海叢譚》，清光緒二十一年（1895）翰文堂藏版刻本，第3、4頁。
﹝註9﹞ 參看李健明：〈《三字經》作者考〉，載《圖書館論壇》，2006 年 1 期；又參李健明〈《三字經》作者細考〉，載《學術研究》，2007 年 8 期。又參李品良〈《三字經》的成書過程與作者歸屬考略〉，載《社會科學家》總 109 期，2004 年 9 月。
﹝註10﹞ 明‧趙南星：《味檗齋文集》卷五，清畿輔叢書本，第5、6頁。

便之。」〔註11〕

我們不妨大膽地假設：李氏所見很可能是署有區適子之名的《三字經》。遺憾的是，始終不見相關的實物。

我們現在所能見到的最早有明確署名的《三字經》實物，是清乾隆年間安徽歙西人徐士業根據康熙丙午年（即康熙五年，公元 1666 年）山東琅邪人王相（字晉升）的《三字經訓詁》〔註12〕。應當提醒學界注意的是，徐氏所據的王本早已不存，更遑論所謂王氏所據以「訓詁」的「王應麟本」了。

儘管「王應麟本」已面世，但有清一代刊刻的《三字經》卻仍多是無署名的版本，例如馬禮遜所據以翻譯者〔註13〕。當然也有明確署名區適子者〔註14〕。

因此，本來不是問題的問題，卻自此困擾著後世學者。

張舜徽先生說：「近世《三字經》綴以韻語，尤易上口矣。以此為王應麟所撰，固為偽託。」〔註15〕不知道是否受此啟發，徐梓先生提出了一個饒有意味的假設：「不知可不可以這樣設想一下，與王應麟同時的區適子寫作了《三字經》，為了使它流傳開去，他便假託是王應麟所作。」〔註16〕

儘管徐先生的假設頗出人意表，但很有啟發意義。

我們認為，要解決這個問題，應把目光重新投向最早持「王作說」的王相。

二

《三字經訓詁‧序》有云：「宋儒王伯厚先生作《三字經》以課家塾，言簡義長，詞明理晰，淹貫三才，出入經史，誠蒙求之津逮，大學之濫觴也。予不揣芹陋，謬為訓詁，不無貽誚高明，然於稚習之助，庶或有小補云爾。歲在康

〔註11〕李來章（1654～1721），理學家、教育家。原名灼然，字來章，以字行，號禮山，晚號寒香，河南襄城人。參看氏著《連陽八排風土記》卷七，清康熙四十七年（1708）連山書院刻，第 12 頁。

〔註12〕引自鄭建軍：〈《三字經》究竟是誰寫的？──與李健明先生商榷〉，見《蒙學之冠》，寧波：寧波出版社，2007 年 11 月第 1 版，第 543 頁。又見 http://www.ed530.com/showtopic.aspx?topicid=24231&onlyauthor=1

〔註13〕馬禮遜（Robert Morrison，1782～1834）曾把《三字經》翻譯成英文：*San-Tsi King, The Three Character Classic*（1812 年）。案：考澳門圖書館藏本，只及十七史，則譯本所據非王相本可以斷定。

〔註14〕參李健明：〈《三字經》作者細考〉，載《學術研究》，2007 年 8 期。

〔註15〕參看《張舜徽集》，武漢：華中師範大學出版社，2004 年 4 月第 1 版，第 329 頁。

〔註16〕見李品良：〈《三字經》的成書過程與作者歸屬考略〉所引，《社會科學家》總 109 期，2004 年 9 月，第 159 頁。

熙丙午嘉平之吉。訒庵王相晉升甫識。」〔註17〕

據此，不同於明時人所主的「區作說」，「王作說」晚至康熙之世始見。這裡再提供兩個證據。

一是有清一代學者所引述。

除了前文所引之外，主「王作說」的學者所處時代都晚於王相。恐怕不是受了王相的影響，就是上了王相的當。

翟灝云：「近人夏之翰序王伯厚《小學紺珠》曰：吾就塾時讀三言之文，不知誰氏作。迨年十七始知其作自先生，因取文熟復焉，而歎其要而該也。」〔註18〕

胡承珙云：「露坐雛孫索說鈴，更教剪紙學囊螢。小兒《論語》談何易（杜詩：小兒學問祇論語），且與分疏《三字經》（今書塾所授《三字經》乃宋・王伯厚所撰）。」〔註19〕

應當指出的是，儘管當時的學者相信「王作說」，但也並不排除「區作說」。換言之，「王作說」「區作說」是同時並存的。例如梁章鉅〔註20〕，又如章太炎的老師俞樾〔註21〕。

二是地方文獻的記載。

康熙年間的《慶元縣志》，在王應麟條下，只列了王著《玉海》、《集四書論語考異》二書，並無述及王作《三字經》事〔註22〕。

雍正年間的《敕修浙江通志》詳列王著有《深寧集》、《玉堂類稿》、《筱垣類稿》、《詩考》、《詩地理考》、《漢藝文志考證》、《通鑑地理考》、《困學紀聞》、《蒙訓集解》、《踐祚篇補注》、《急就篇補注》、《王會篇》、《小學紺珠》、《玉海》、

〔註17〕宋・王應麟著、清・王相訓詁：《三字經訓詁》，北京：中國書店，1991年9月第1版，第1頁。

〔註18〕翟灝（1736～1788），字大川，改字晴江，自號巢翟子，浙江仁和人，清代藏書家、學者。參看氏著：《通俗編》卷七，清乾隆十六年（1751）翟氏無不宜齋刻本，第20頁。

〔註19〕胡承珙（公元1776～1832），字景孟，號墨莊，安徽涇縣人。參看氏著：《求是堂詩集・銷暑雜詠之七》卷二十二，清道光十三年（1833）刻本，第8頁。

〔註20〕梁章鉅（1775～1849），字閎中，又字茝林，號茝鄰，晚號退庵，祖籍福建長樂，生於福州。參看氏著：《浪跡續談》卷七，清道光二十八年（1848）刻本，第5頁。

〔註21〕俞樾（1821～1907），字蔭甫，自號曲園居士，浙江德清人。參看氏著：《茶香室叢鈔》鈔九，清光緒二十五年（1899）刻春在堂全書本，第5頁。

〔註22〕清・程維伊：《慶元縣志》卷之八，清康熙十一年（1672）刻本，第1、2頁。

《詞學指南》、《詞學題苑》、《姓氏急就篇》、《漢制考》、《六經天文編》、《小學諷詠》等二十種,亦無《三字經》〔註23〕。

直到嘉慶年間的《慶元縣志》,《三字經》才第一次出現在王氏的論著目中〔註24〕。其後的道光、光緒縣志則基本原文照錄嘉慶縣志〔註25〕。

綜上所述,《三字經》「王作說」的始作俑者當王相無疑,而在嘉慶之世後始形成廣泛影響。

三

清代有三個王相。一號惜庵。有《友聲集》行世,集與之酬唱友人詩及己作以為一編。集末有《百花萬卷草堂自述》,自云「余籍嘉禾……家公路浦先大人寓桃源,遂家焉」。其在世時間約與袁枚同時或稍後〔註26〕。顯然,這個王相與《三字經》了無關係。

另一個就是下文將要詳細論及、自號訒庵的王相〔註27〕。《中國人名大辭典》云:「王相,清·臨川人,字晉升,有《尺牘嚶鳴集》。」〔註28〕因為流傳至今的《千家詩》、《三字經》、《女四書》以及《百家姓考略》均為此王相所刊刻,所以我們約略知道他是個普及讀物的出版商。

還有一個王相曾編過福建《平和縣志》(康熙五十八年),估計和以上兩個王相都沒有關係。存此待考。

古人刊刻書籍,目的大抵有二:一為傳世;一為牟利。前者刻印數量通常很少,後者則數量巨大。明清時期,在商品化經濟的刺激下,某些書商常偽託名人出書謀利。茲舉數例以證明之:

〔註23〕清·李衛:《(雍正)敕修浙江通志》卷一百七十五,清嘉慶十七年(1812)刻本,第22、23頁。

〔註24〕清·關學優:《慶元縣志》卷十,清嘉慶六年(1801)刻本,第2頁。

〔註25〕清·吳綸彰:《慶元縣志》卷之十,清道光十二年(1832)刻本,第2頁。清·林步瀛:《慶元縣志》卷之十,清光緒三年(1877)刻本,第2頁。

〔註26〕氏著:《友聲集》中收有〈讀明史〉、〈題隨園詩集〉等詩篇,可考知是集編撰的時間,清咸豐八年(1858)信芳閣刻本。

〔註27〕前文引述徐士業建勳氏校刊的《三字經訓詁·序》有云:「歲在康熙丙午嘉平之吉,訒庵王相晉升甫識。」可知此王相號「訒庵」,字「晉升」。徐士業,字建勳,祖籍歙縣,在揚州販鹽發家,清乾隆時期大鹽商,也是儒商。

〔註28〕上海:上海書店,1980年11月第一版,第109頁。案:王相在其某些刊刻書中,例如《百家姓考略》,自署「琅邪王相」,可能其原籍為琅邪(或作「琅琊」),而後遷居臨川,當然琅邪也可能只是王氏郡望。

　　四庫館臣云：「《草莽私乘》一卷。舊本題明‧陶宗儀編。宗儀有《國風尊經》，已著錄。是書凡錄胡長孺、王惲、許有壬、虞集、劉因、李孝光、金炯、楊維楨、林清源、龔開、周仔肩、揭傒斯、貢師泰、汪澤民十四人雜文二十首，皆紀當時忠孝節義之作。王世貞集有此書。跋語云：係宗儀手抄。然孫作《滄螺集》載有宗儀小傳，紀所作書目有《說郛》一百卷、《書史會要》九卷、《四書備遺》二卷、《輟耕錄》三十卷。浙江鮑士恭家藏本無此書名，疑好事者依託也。」〔註29〕

　　又：「《宋遺民錄》一卷。此卷皆宋遺民詩、詞、雜文，未知誰所編錄。宋之故老入元後多懷故國之思，作詩者眾矣。此本所錄僅謝翱、方鳳、納新、李吟山、王學文、梁棟林、德暘、王炎午、黃潛、吳師道十人之作，已多掛漏，又潛及師道，皆元臣，而納新為郭囉洛氏，為元色目人，與宋尤邈不相涉。概曰遺民，殊不可解，殆書肆賈豎偽託之以售欺也。」〔註30〕

　　又：「《中原文獻》二十四卷（兩江總督採進本），舊本題明‧焦竑編。竑有《易筌》，已著錄。是書分經集六卷，史集六卷，子集七卷，文集四卷，末附通考一卷。其自序云：一切典故無當於制科者，概置弗錄。識見已陋，至首列六經，妄為刪改，以為全書難窮，衹揭大要，其謬更甚。竑雖耽於禪學，敢為異論，然在明人中尚屬賅博，何至顛舛如是？殆書賈所偽託也。」〔註31〕

　　甚至存在某些名士被人多次偽託的情況。李斌博士有〈陳眉公著述偽目考〉一文，詳述了商賈一而再、再而三冒陳眉公名兜售偽作的史實〔註32〕。讀者諸君可參看。

　　可見，明清兩代，出版商為牟利而偽託的風氣甚烈。關於當時無良書商偽託、盜版出書的狀況，讀者可參李伯重〈明清江南的出版印刷業（2）〉一文〔註33〕。

〔註29〕清‧永瑢等撰：《四庫全書總目提要》卷六十一，頁七（第548頁），北京：中華書局，1965年6月第1版。

〔註30〕清‧永瑢等撰：《四庫全書總目提要》卷一百九十一，頁十五（第1736頁），北京：中華書局，1965年6月第1版。

〔註31〕清‧永瑢等撰：《四庫全書總目提要》卷一百九十三，頁十、十一（第1756頁），北京：中華書局，1965年6月第1版。

〔註32〕是文載《學術交流》，2005年第5期。

〔註33〕是文載《中國經濟史研究》，2001年第3期。又見 http://economy.guoxue.com/article.php/2819。

　　那麼，王相有無可能在此風氣的影響下以售其奸呢？還是讓我們逐一考察他所刊刻的書籍吧。

　　先來看看《女四書集注》〔註34〕。封建社會用作訓誨女子的要籍，原來皇室止劃定「二書」：曹大家（班昭）的《女誡》和孝文皇后的《內訓》〔註35〕。時在萬曆八年（公元 1580 年）。然而，到了王相作《女四書集注》，就變成了「四書」，多出了署名宋若昭的《女論語》和王節婦徐氏的《女範捷錄》（或作《女範》）。據《舊唐書》云：「（宋若莘）著《女論語》十篇，其言模仿《論語》，以韋逞母宣文君宋氏代仲尼，以曹大家等代顏、閔，其間問答，悉以婦道所尚。」（卷五十二列傳第二）《新唐書》所載大抵相同：「若莘誨諸妹如嚴師，著《女論語》十篇，大抵準《論語》，以韋宣文君代孔子，曹大家等為顏、冉，推明婦道所宜。」（卷七十七列傳第二）然而，我們見到王相所注的《女論語》竟有十二篇，而作者也變成了宋若昭！且行文都是四言韻文，全然不類《論語》文體，不無杜撰嫌疑。序文恐怕也是贗品〔註36〕。至於屬入其母《女範捷錄》，一方面湊足了「四書」之數，另一方面則增加了書本厚度以使利潤最大化。筆者以為，所謂「王節婦徐氏」所著的《女範捷錄》，恐怕也是王氏手筆。

　　再來看看《增補重訂千家詩注解》〔註37〕。據翟灝說：「宋‧劉後邨（克莊）有《分門纂類唐宋千家詩選》，所錄惟近體而趣尚顯易，本為初學設也。今村塾所謂《千家詩》者，上集七言絕八十餘首，下集七言律四十餘首，大半在後邨選中。蓋據其本增刪之耳。故詩僅數十家，而仍以『千家』為名。下集綴明祖送楊文廣征南之作，可知其增刪之者乃是明人。」〔註38〕可見，作者當時見到

〔註34〕琅琊王相（晉升）箋注莆陽鄭漢（濯之）校梓，清乾隆六十年（1795）書業堂梓行奎璧齋訂本。筆者案：據云早至明天啟四年（1624）王相已刊有《閨閣女四書集注》（多文堂刻本）。筆者未見。不過，《三字經訓詁》刊行於清康熙丙午年（1666），去明天啟四年（1624）已有四十二年之久，那《閨閣女四書集注》是否刊行於天啟四年不無疑問。

〔註35〕參看《神宗皇帝御製〈女誡〉序》，《女四書集注》卷一，清乾隆六十年（1795）書業堂梓行奎璧齋訂本，第 1 頁。

〔註36〕筆者利用南開大學組合數學研究中心等單位聯合開發的「二十五史全文閱讀檢索系統網絡版」（www.notionsoft.com）進行「女論語」詞條檢索，除了新舊《唐書》所載，自宋以下均付闕如。可見《女論語》至遲在宋以後散佚，據此即可斷定王相造假。

〔註37〕信州謝枋得（迭山）選琅琊王相（晉升）注莆陽鄭漢（濯之）梓，民國六年（1917）上海江東茂記書局印行。

〔註38〕參看氏著：《通俗編》卷七葉二十一，清乾隆十六年（1751）翟氏無不宜齋刻本。

的「村塾所謂《千家詩》者」，並無署名謝枋得者，和王相所編注者大異。唯一相同的地方是：書末都有明代的詩歌。我們推測，翟灝所見的「村塾所謂《千家詩》者」，可能是早期的坊間版本。因為在我們今天所見的《千家詩》中，有王相的這段注：「按，迭山選本皆唐宋詩，末二首明詩，不知何年贅入。童蒙久誦，姑並存之。」當然那也可能是王氏的早期刊刻者，王氏後來寫下此注，故意掩人耳目罷了。因為，翟灝所見，根本沒有署謝枋得的名字，但王氏卻說是「迭山選本」，「末二首明詩，不知何年贅入。」大概是先前沒署名謝枋得的《千家詩》銷路不大好，於是署上謝枋得的大名。之所以託謝枋得的名，固然因為謝枋得做過這方面的工作。謝枋得編注過《章泉、澗泉二先生選唐詩》（明刻本。或作《注解章泉、澗泉二先生選唐詩》、《唐詩集句》）〔註39〕、《注解選唐詩五卷》等。另一方面則是因為偽託謝名出書早有先例。這裡舉兩例，一是《新編簪纓必用翰苑新書》，一是《碧湖雜記》。關於前者，周中孚說：「不著撰人名氏，別本題宋・謝枋得撰者，坊賈所贋託也。」關於後者，周中孚說：「舊題宋・謝枋得撰……。《四庫全書總目》、諸家書目皆不載，恐非迭山所手著也。」〔註40〕今檢《宋史》、《資治通鑒後編》、方志以及清以前包括《四庫全書總目》在內的各類書目，只有清・丁仁的《八千卷樓書目》明言《千家詩》為「謝枋得編」〔註41〕。恐怕是上了王相的當。

最有意思的是《尺牘嚶鳴集》。四庫館臣云：「《尺牘嚶鳴集》十二卷（內府藏本），國朝王相編。相字晉升，臨川人。是書成於康熙己丑。採明末及國初簡札，分為十二類，類中又分子目四十有三。大抵輕佻纖巧，沿陳繼儒等之餘習。」〔註42〕我們沒見過這本書，但據四庫館臣的評述，大概可略知一二。我們知道，陳眉公著述甚多，但其中不乏疏於考訂之作，實在是開了尋章斷句抄撮成書的先河〔註43〕。王氏是作，既然「沿陳繼儒等之餘習」，恐怕

〔註39〕清・阮元：《四庫未收書提要》作《注解章泉澗泉二先生選唐詩》，清道光二年（1822）學經室外集本。清・范邦甸：《天一閣書目》作《唐詩集句》，清嘉慶十三年（1808）揚州阮氏文選樓刻本。

〔註40〕以上兩例見氏著：《鄭堂讀書記》卷六十一，第20頁，卷五十六，第31、32頁，民國十年（1921）刻吳興叢書本。

〔註41〕卷十九，第4頁，民國十二年（1923）鉛印本。

〔註42〕清・永瑢等撰：《四庫全書總目提要》卷一百九十四，第33、34頁（1774頁），北京：中華書局，1965年6月第1版。

〔註43〕例如陳氏所編：《偃曝談餘》，四庫館臣評曰：「取其平日與客談者，抄撮成書，無他考證，所紀歷代年號一則遺漏尤多。」參看清・永瑢等撰：《四庫全書總目提要》

也屬這類雜燴式的抄文。所以四庫館臣但存其目，而不收在《四庫全書》之中。王相的《百家姓考略》（中國書店，1991 年 9 月第 1 版）也屬這類書籍。也就是說，此二書雖然沒有託名於某人，但拉雜剽竊他書則證據確鑿。

回到《三字經》本身。不得不佩服王相的精明，首先，加上「訓詁」二字，如同毛傳《詩經》之類，即可避免版權糾紛。其次，誠如凌揚藻所指出的，王氏對原版作了一定幅度的妄改，一方面固然可免版權之爭，另一方面則企圖混淆視聽以瞞天過海。據此，可以推斷王氏大概已知區著的事實。

只不過這樣一來，王氏偽託的蛛絲馬蹟遂昭然若揭。筆者善意地揣測，這是王氏故意留下的解密線索，以積德於後世。

徐士業藏版的《三字經訓詁》，王相所撰序言的第一句即已露出馬腳：「宋儒王伯厚先生作《三字經》以課家塾。」果真如此，康熙朝之前的正史、野史、方志甚至王應麟年譜不可能不著一字。

王應麟年譜云：「（德佑）二年丙子，五十四歲。是歲宋亡，先生杜門不出，朝夕坐堂上，取經史諸書講解論辯，子昌世甫十歲，聽受無倦。」〔註44〕與王相所說「王伯厚先生作《三字經》以課家塾」大相徑庭。得此鐵證，即可斷言王相偽託無疑。

再來考察所謂「琅邪本」的內容。

李健明先生曾做過《三字經》諸版本的考察工作，認為最古老的《三字經》本子止 1044 字，而《訓蒙三字經》（廣東陳湘記書局，據國子監原本刊行，民國期間）次之，有 1056 字〔註45〕。馬禮遜譯本《三字經》有 1062 字〔註46〕，又次之。應特別留意的是，馬禮遜所據本子是當年流佈於廣東的本子。姑蘇姚

卷一百二十八，第 26 頁（1105 頁），北京：中華書局，1965 年 6 月第 1 版。又如《珍珠船》，四庫館臣評曰：「是書雜採小說家言，湊集成編，而不著所出，既病冗蕪，亦有訛舛。蓋明人好剽襲前人之書而割裂之，以掩其面目。」參看清·永瑢等撰：《四庫全書總目提要》卷一百三十二，第 25 頁（1127 頁），北京：中華書局，1965 年 6 月第 1 版。

〔註44〕 清·錢大昕：《深寧先生年譜》，清嘉慶八年（1803）嘉定李賡芸刻屛守齋所編年譜五種本，第 8 頁。清·陳僅：《王深寧先生年譜》同，唯「子昌世甫十二歲」下注云：「僅案：黃溍墓誌云：甫十歲。」（第 21 頁），清道光十五年（1835）紫藤花館刻本。清·張大昌：《王深寧先生年譜》同，注云：「陳譜作十二，茲依墓誌銘。」（第 41 頁），《玉海》附刻本。

〔註45〕 李健明：〈《三字經》主要版本內容研究〉，載《學術研究》，2008 年第 8 期。

〔註46〕 參看鄒穎文：〈晚清《三字經》譯本及耶教仿本《解元三字經》概述〉，載《圖書館論壇》第 29 卷第 6 期，2009 年 6 月。

清華齋藏版的乾隆戊戌年刻本有 1068 字，又次之。上述四版本所述史蹟皆止於「炎宋」，「十七史」而已。儘管我們不知道黃佐、郭棐、屈大均等學者所見到底是哪個版本，但當不出以上幾種。可知「遼與金皆稱帝」云云，自是後人補入無疑。趙南星《三字經注》1086 字，補入自遼而明的史蹟 18 字。而《三字經訓詁》復增至 1098 字。則王氏據趙本妄增篡改《三字經》可以論定。

　　正像上文所引凌揚藻等學者考辨的，結合王氏書商的身份、造假的往跡，推測王氏假王應麟之名推銷《三字經》是完全可能的。可知是時《三字經》各種版本均見於坊間。凌氏既然可作王本辨正，則其曾見過異於王本的更精確的本子可以斷定。徐士業所藏版，很可能是王氏後人所轉讓。作為一名商人，殆如稍後的學者般上了王相的當。

　　也許有人會問：為什麼王相不偽託他人而獨獨偽託王應麟呢？道理很簡單：首先，王應麟的名氣比區適子大多了。名人效應無疑就是賣點。其次，王應麟的確寫過啟蒙性的讀物，容易讓人相信《三字經》也出於王氏。例如在《三字經》中出現的「三才」、「三光」、「四時」等童蒙必須熟知的概念，也見於王氏的《小學紺珠》〔註47〕。第三，王應麟與區適子都是同處宋亡元興之際的人物，基於知名度的考慮，與其署區適子名不如署王應麟名。第四，王應麟、王相同姓，王氏此舉頗有旌表宗族之意，不無拉大旗作虎皮的嫌疑。

　　因此，後來賀興思、章太炎等編注增補者即便採「王作說」，也都審慎地說「相傳」。令人遺憾的是，世人卻逐漸接受這一「相傳」的訛誤。

　　以上五種書，既非王氏先人所作而有賴刊刻「傳世」，也非珍本罕本而賴王氏散佈流傳，卻都是可以賣錢的啟蒙讀物，猶如今天的教科書，那是每一個受教育的小孩子所必備的。因此，筆者認為：王氏書商的身份可以證實無疑，據其偽託古賢之名販書的往跡，偽託王應麟名刊刻《三字經》以牟利的可能性極高。

結　語

　　綜上所述，《三字經》的作者當為區適子。本無異議。之所以產生「王作說」的分歧，關鍵在於始作俑者的王相。

〔註47〕參看《小學紺珠》卷之一，商務印書館，民國二十四年（1935）十二月初版，第 1、2、17 頁。

　　王相站在書商的立場，始終懷有借著刊印童蒙課本而牟利的動機。因此，為了謀取更大的利益，他一再製假販假也就不難理解了。我們的研究表明，經過王相之手的普及讀物，幾無可幸免於妄增篡改。或假「注」、「考略」、「訓詁」之名，或蓄意屬雜別作混而同之，或雜沓鈔撮成書，乃至有膺託前賢之名的。根據凌揚藻等學者的分析論辯，《三字經訓詁》就是這樣一種讀物。而據王應麟年譜的相關記載，《三字經訓詁》為偽託之作亦可斷言。可以想見，隨著這個課題的深入研究，「王作說」當可休矣。

　　原《三字經》文化學術研討會論文，中國順德，2007 年 12 月 3～4 日。原題〈也談《三字經》的著者──以王相造偽嫌疑為出發點〉（與歐紹峰合撰）。

溫汝能及其撰作考述

一

溫汝能（1748～1811），作為一位偉大的學者，尤其是熱心於鄉邦文獻整理的學者，雖在方志中有傳記〔註1〕，卻都是異常的簡略。筆者以為，這裡不妨借用《論語》中仲弓說的一句話來評述：「無乃太簡乎？」（〈雍也〉篇）

檢《廣東通志》、《廣州府志》、《順德縣志》等，所撰溫先生傳記，內容相去不遠，篇幅都不過二百餘言。茲迻錄如次：

> 溫汝能，字希禹，順德人，乾隆戊申舉順天鄉試，官中書科中
> 書，尋乞歸，事著述，築中齋於蓮溪上，藏書數萬卷，寢饋其中，
> 雖盛寒暑不輟也。生平好施，數急人難，同里孤貧待給者無慮數十
> 家。倡復龍山義倉，凡救荒、捕盜、養老、恤孤、勸學之費，皆出
> 於此。時洋匪滋事，乃募鄉勇，請於官，得鑄礮，而賊果至，連檣
> 數百艘，急攻黃連。汝能率鄉勇救之。黃連故無火器，至則發礮擊
> 賊。賊氣奪，攻六晝夜不能破，乃退。越二日又至，圍六日解去。
> 論者謂賊不能踰黃連長驅大良者，汝能之力也。年六十四卒。所著
> 有《謙山詩鈔》、《文鈔》、《孝經約解》、《龍山鄉志》，又刻《粵東詩

〔註1〕 即使是今天新的著述，有關溫先生的描述也未能盡如人意。例如張解民編著：《順德歷史人物》「允文允武的溫汝能」條，北京：人民出版社，2005 年 10 月第 1 版，第 166～167 頁。

海》一百六卷、《文海》六十六卷，網羅散佚，尤有功於文獻云。（同

上。步雲案：指縣草志）〔註2〕

就這段記述而言，起碼有三個方面可加以補正。

第一，關於溫先生的表字及別號。

先生字希禹〔註3〕，似乎沒什麼問題。因為除了方志均載外，還見於其他相關的典籍。例如《嶺南群雅》云：「溫汝能，字希禹，一字謙山……」〔註4〕後來張維屏作《國朝詩人徵略》，所引亦同〔註5〕。說明張氏是贊同方志和劉氏所述的。不過，溫先生可能又字熙堂。張問陶有〈十一月二十五日溫熙堂（汝能）同年招同谷人侍讀、步容編修、春崖孝廉、稚存同年小集，即席有作〉詩〔註6〕。張氏與溫先生素有交往，所稱當可信。此外，溫先生或許也字緯持。清末劉錦藻《皇朝續文獻通考》云：「《方輿類纂》二十八卷，溫汝能撰。汝能字緯持，廣東順德人。」〔註7〕溫先生號謙山，見於張維屏所作《國朝詩人徵略》，氏云：「溫汝能，字希禹，號謙山，廣東順德人，乾隆五十三年舉人，官中書，有《謙山詩文鈔》。」〔註8〕及後，劉錦藻亦云：「汝能字希禹，號謙山，廣東順德人，乾隆戊申舉人，內閣中書。」〔註9〕然而，有著述以為表字，例如上引《嶺南羣雅》，又如郭志云：「溫汝能，字謙山，龍山人，順天榜內閣中

〔註2〕 載清‧阮元：《廣東通志》卷二百八十七，清道光二年（1822）刻本，亦見郭汝誠：《順德縣志》卷二十七列傳七國朝三，清咸豐三年（1853）刊本，第4、5頁，以及戴肇辰：《廣州府志》卷一百三十二，清光緒五年（1879）刊本，第25頁。唯文字略有參差。為免繁瑣，這三部方志以下分別簡稱「阮《通志》」、「郭志」和「戴志」。

〔註3〕 同上注。

〔註4〕 劉彬華撰，初集二「溫謙山汝能」，清嘉慶十八年（1813）玉壺山房刻本，第1頁。劉彬華，字藻林，一字樸石，番禺（今廣州）人。嘉慶六年（1801）進士，翰林院編修。著有《玉壺山房詩鈔》，并輯《嶺南群雅》初、二集。

〔註5〕 卷五十，道光十年（1830）刻本。張維屏字南山，番禺（今廣州）人，嘉慶甲子舉人，道光二年進士，官江西同知。清代著名詩人，著有《聽松廬詞鈔》二卷、《玉香亭詞》一卷、《聽松廬集》等。《清史稿》有傳。

〔註6〕 載《船山詩草補遺》卷五，清嘉慶二十年（1815）刻道光二十九年（1849）增修本。張問陶（1764～1814），字仲冶，號船山，四川遂寧人。乾隆五十五年（1790）進士，曾任翰林院檢討、都察院御史、吏部郎中。著名詩人，有《船山詩草》，20卷、《船山詩草補遺》6卷。步雲案：諸志無載，唯見張氏此作。又見《龍山鄉志序》末所鈐印。似為別號。

〔註7〕 卷二百六十六經籍考十‧史（地理），商務印書館，民國二十六年（1937）十通本。步雲按：此表字諸書不載，劉氏所述，未審何據。

〔註8〕 卷四十九，道光十年（1830）刻本。

〔註9〕 參看《清續文獻通考》卷二百八十二經籍考二十六「《粵東詩海》」條，商務印書館，民國二十六年（1937）十通本。

書，有傳。」〔註10〕檢溫先生著作，或有自稱「謙山居士」者〔註11〕，而與之同時以及後世同道，也多尊稱他為「謙山」。例如徐青有〈溫謙山舍人叢桂軒向蓄一石，高丈許，玲瓏傀偉，湘帆銘曰「頑雲」，示余以詩，作此和之〉詩，顏崇衡有〈夜坐蓮溪書屋感懷謙山舍人〉詩，李光昭有〈龍山雜興次謙山舍人韻〉、〈寄呈溫謙山舍人汝能〉、〈過謙山舍人墓〉等詩作〔註12〕。又如邱煒菱，屢有「溫謙山舍人」之稱〔註13〕。可見，「謙山」是溫先生的別號，而不是表字。

第二，關於溫先生的事蹟。

溫先生頗有詩名，與當時的名士洪亮吉、張船山、趙味辛等素有過從。諸方志有所未及。黃培芳有詳細的描述：

> 順德溫謙山舍人（汝能）著有《謙山詩、文鈔》，洪稚存撰序，稱其「一見如舊相識，每劇談終日，脫略形骸，論古今天下事，娓娓不倦。予并奇其人，遂與之訂交焉。因盡覽其詩古文詞，無體不備，蓋出入於唐、宋諸大家而深臻其奧者也。其所與遊，則吳穀人侍講、陳古華太守、張船山檢討、趙味辛中翰諸君，皆予宿契。退食之暇，詩酒招邀，互相酬唱，世俗貴遊之習，聲氣趨競之場，竁不能染。然後知謙山之詩與其為人所以高出流品者，固別有在也」。李秋田謂其詩才最捷，句如「瀑從雙壁合，客擁一橋寒」、「山連橫怪石，灘急斷回波」、「板橋留淡月，疏柳帶殘星」、「秋風吹馬背，人影落河干」、「寺藏修竹裏，客望佛燈來」、「舟浮一葉小，馬渡半溪寒」、「溪聲自千古，秋花開一林」、「到門僧煮茗，入室樹為屏」、「僧袍黃似葉，客意淡如秋」、「山光隨棹轉，人影踏波來」，皆能以幽淡勝。謙山好義樂施，鄉閭倚重，刻書甚夥，有功藝林，近有《粵東文海》、《（粵東）詩海》之選，尤為大觀云。

〔註10〕卷十一，第54頁。

〔註11〕例如氏著：《和陶合箋‧跋》所署云：「嘉慶丙寅（1806）菊月下浣謙山居士溫汝能謹跋。」

〔註12〕徐青，字又白，廣東嘉應（今梅州）人，布衣，著有《書修堂稿》。顏崇衡，字湘帆，嘉應人，諸生，著有《虹橋草廬詩鈔》。李光昭，字闇如，一字秋田，嘉應人，諸生，著有《鐵樹堂詩集》。徐、顏、李均是溫先生同時代人，諸作均載劉彬華：《嶺南群雅》二集三，清嘉慶十八年（1813）玉壺山房刻本。

〔註13〕見氏著：《五百石洞天揮麈》卷五，清光緒二十五年（1899）閩漳丘氏廣州觀天演齋刻本，第27頁。丘煒菱（1874～1941），原名德馨，字澂嫒，號菽園，別號繡原、嘯虹生，晚年自號星洲寓公，海澄縣新垵（今屬廈門市）人。

溫謙山在都時，與江西譚鐵笛（子受）往還。鐵笛一日醉臥，諸名士題詩其襟，淋漓殆遍，如大令之書羊欣裙也。鐵笛既寤，披此衣翱翔市上，旁若無人，其狂若此。鐵笛嘗贈謙山句云：「性閒如野鶴，詩淡似寒梅。」謙山用鑴印章。謙山有句云：「猶憶都門譚鐵笛，英雄兒女遍題詩。」〔註14〕

征諸詩人們的酬唱之作，可證黃氏所言不虛。例如上引張船山所作。又如洪亮吉〈小除日邀同吳侍讀錫麒、戴吉士殿泗、趙舍人懷玉、溫舍人汝能、方比部體、劉舍人錫五、伊比部秉綬、葉舍人繼雯、張檢討問陶、彭明經蕙交、戴禮部敦元集卷施閣祭詩作〉、〈正月十四日雪霽，溫舍人汝能招飲，分韻得兼字〉二作〔註15〕，再如趙懷玉〈上元前一夕溫舍人汝能招飲，即席作〉〔註16〕。均可藉以想見當年詩人們詩酒相酬的情景。

此外，溫先生在書畫藝術方面也有相當造詣，因而名垂廣東畫史〔註17〕。先生有〈畫說〉一文（參本文附錄）〔註18〕，或可以約略瞭解先生的美術實踐及理論。

第三，關於溫先生的著述。

檢索相關書目，可以發現諸方志也是有所脫漏的。這一點，筆者下文再作闡述。

當然，方志的傳記，主旨乃在於旌表功德，故此有所詳有所略。這完全可以理解，不必苛責的。

〔註14〕 參看氏著：《香石詩話》卷二，清嘉慶十五年（1810）嶺海樓刻嘉慶十六年（1811）重校本。黃培芳，字子實，號香石，廣東香山（今中山）人，嘉慶甲子（1804）副貢，官陵水教諭，有《香石詩鈔》等著作。

〔註15〕 二詩載氏著：《卷施閣集》卷十七，第18頁、卷十八，第1頁，光緒三年（1877）洪氏授經堂刻洪北江全集增修本。洪亮吉（1746～1809），字君直，一字稚存，號北江，晚號更生居士，陽湖（今江蘇常州）人，乾隆五十五年（1790）進士，授翰林院編修，充國史館編纂官，是清代著名的經學家和文學家，學問廣博，對經史、音韻、訓詁和地理都有研究，并工於詩文，有《卷施閣集》、《更生齋集》、《更生齋詩餘》、《北江詩話》、《四史發伏》、《春秋左傳詁》、《曉讀書齋雜錄》等著作。

〔註16〕 載氏著：《亦有生齋集》卷十五，道光元年（1821）刻本，第8頁。趙懷玉（1747～1823），字億孫，又字印川，號味辛，武進（今屬江蘇常州）人，乾隆四十五年（1780）召試，賜舉人，授內閣中書。著有《亦有生齋集》五十九卷，續集八卷。

〔註17〕 詳參汪兆鏞：《嶺南畫徵略‧嶺南畫徵略續補》「溫汝能」條，香港：商務印書館，1961年7月版，第10～12頁。

〔註18〕 張撝之、沈起煒、劉德重主編：《中國歷史人名大辭典》「溫汝能」條誤〈畫說〉為著作，上海：上海古籍出版社，1999年12月第1版，第2362頁。

二

溫先生終其一生，撰作甚夥。然而，如同其生平，對其撰作的記述，方志略有未及。茲臚列如次，略加按語，以敘原始：

（一）《方輿類纂》二十八卷

案：清·劉錦藻撰《皇朝續文獻通考》著錄（卷二百六十六經籍考十史·地理，商務印書館，民國二十六年〔1937〕十通本）。是書有清嘉慶十三年（1808）文會堂刻本行世。方志雖未著錄，卻也偶有提及。例如郭志卷四建置略一「縣丞徐勤築土城成化元年」條注云：「顧祖禹《方輿紀要》、溫汝能《方輿類纂》俱作天順九年。」

（二）《陶詩匯評》四卷

案：清·劉錦藻撰《皇朝續文獻通考》著錄（卷二百八十二經籍考二十六，商務印書館，民國二十六年〔1937〕十通本）。卷首原署云：「順德溫汝能（謙山）纂訂·男若璣（衡端）、若瑊（佩良）校梓。」可見當時便有刊本。是書有宣統元年（1909）掃葉山房石印四卷本、民國八年（1919）掃葉山房石印四冊本、民國十一年（1922）掃葉山房石印二冊本等版本。臺灣新文豐出版公司1980年有新刊本。今收入續修四庫全書編纂委員會《續修四庫全書》1304集部，別集類。

（三）《孝經約解》二卷

案：阮《通志》（卷一百八十九藝文略一）、郭志（卷十七頁五）、戴志（卷九十頁十二）、《續修四庫全書總目提要·經部》（中華書局，1993年）著錄。有清嘉慶十年（1805）刻本行世。

（四）《謙山詩鈔》六卷

案：阮《通志》（卷一百八十九藝文略一）、郭志（卷十八頁三十五）、戴志（卷九十四葉二十四）著錄。

（五）《謙山文鈔》二卷

案：阮《通志》（卷一百八十九藝文略一）、郭志（卷十八頁三十五）、戴志（卷九十四葉二十四）著錄。阮《通志》、戴志並無卷數信息，只有郭志明確為二卷。

（六）《粵東文海》六十六卷

案：阮《通志》（卷一百九十八藝文略十）、郭志（卷十八頁四十四）、戴志（卷九十六頁七）著錄。當然，此書以及《粵東詩海》的撰成，並非溫先生一己之力，事實上有賴其詩友李光昭的參與。李氏〈龍山雜興次謙山舍人韻〉詩自注云：「謙山有《詩、文海》二選，予為參訂。」〔註19〕李氏此說，為後世所採信。張維屏引《楚庭耆舊遺詩》云：「溫謙山舍人輯《詩海》、《文海》，秋田實襄厥事。」并引李詩為證：「著書傳後死，壽世得先生。（〈寄呈溫謙山舍人汝能〉）」〔註20〕此詩自注云：「時搜刻陳岩野《雪聲堂》殘集。」〔註21〕先生的《粵東詩海序》也有提及（參看本文附錄）。

（七）《粵東詩海》，全集一百卷，補遺六卷

案：阮《通志》（卷一百九十八藝文略十）、郭志（卷十八頁四十四）、戴志（卷九十六葉七）、劉錦藻《清續文獻通考》（卷二百八十二經籍考二十六）著錄。有嘉慶十八年（1813）刻本。今有呂永光等整理本（廣州：中山大學出版社，1999年8月第1版）。

（八）《龍山鄉志》十四卷

案：阮《通志》（卷一百九十三藝文略五）、郭志（卷十七頁十八）、戴志（卷九十一頁二十六）著錄。是書今收入《中國地方志集成‧鄉鎮志專輯》31（南京：江蘇古籍出版社，1992年），與黎春曦《南海九江鄉志》、馮栻宗《九江儒林鄉志》合為一編。溫先生撰此書，得到了好友仇巨川的幫助。郭志云：「仇巨川，字彙洲，號秦山，勒竹人。性瀟灑，能文章，工吟詠，與汝能交甚□契，嘗館其家。汝能所輯鄉志去取，多宗其論。有傳述先世者亦假手為之。」（卷二十七列傳七國朝三頁四、五）

（九）《爾雅圖注》

案：民國‧周之貞《順德縣續志》（卷十四頁三）據《西樵白雲洞志》著錄〔註22〕。

〔註19〕載清‧劉彬華：《嶺南群雅》二集〈李秋田〉，清嘉慶十八年（1813）玉壺山房刻本，第3頁。

〔註20〕參清‧張維屏：《國朝詩人徵略二編》卷五十八，道光二十二年（1842）刻本。戴志云：「《楚庭耆舊遺詩》，前集二十一卷，後集二十一卷，續集三十二卷，國朝‧南海伍崇曜輯。據《南海志》」（卷九十六藝文略七，光緒五年刊本，第8頁）

〔註21〕載清‧劉彬華：《嶺南群雅》二集〈李秋田〉，清嘉慶十八年（1813）玉壺山房刻本，第2頁。

〔註22〕《西樵白雲洞志》五卷，清‧黃亨撰，光緒十三年（1887）重刊本，今收入沈雲龍教

（十）《謙山經義》

案：民國·周之貞《順德縣續志》（卷十四頁三）據阮《通志》著錄。檢阮《通志》，似乎未載，不知周志所從出。

（十一）《（東坡）和陶合箋》四卷

案：又作《陶蘇詩合箋》，當是溫先生作《陶詩匯評》的副產品。此書有清嘉慶十二年（1807）聽松閣刻本、清光緒十八年（1892）上海五彩公司石印本、清宣統元年（1909）上海掃葉山房石印本、民國十一年（1922）上海掃葉山房石印二冊本等版本行世。臺灣新文豐出版公司1980年出有新刊本。

（十二）《岩野先生遺集》四卷

案：或作《陳氏五代集》，例如劉彬華：「（溫汝能）又嘗搜陳岩野遺文及其子元孝與孫會輩為《陳氏五代集》，人尤義之。」〔註23〕阮《通志》（卷一百九十六藝文略五，清道光二年刻本）、郭志（卷十八頁二十二）、戴志（卷九十三頁三十一）均作《岩野先生遺集》。阮《通志》云：「謹案：《雪聲堂集》、《南上草》俱佚，惟順德溫汝能所輯《岩野先生遺集》四卷僅存。」可能地，這是溫先生作《粵東詩海》、《粵東文海》的副產品。《粵東詩海·例言》云：「余與友人嘗論黎美周為吾粵之太白，陳岩野為吾粵之少陵，鄺湛若為吾粵之靈均。三公俱凜然大節，意欲合為一編，名《嶺南前三大家集》。卒卒未能。」〔註24〕如上文所引，此編撰作也可能得力於李光昭。

此外，仇巨川的《羊城古鈔》得以傳世，溫先生也功不可沒。溫先生序云：「嘉慶己未之冬，時予乞假歸里，君復以書來，歷言生平所著詩文，并道其心力所注者《羊城古鈔》一書，願予有以成之也。予適纂輯鄉志，因延其抵齋互為商榷。庚申春，君果攜書而至，風雨聯床，喜形於色。乃甫閱兩月而君病，病而歸，歸而不起。其書宛然，其人而古。不忍虛其來意，遂為之檢訂，為之繕寫。……爰弁數言，付諸梨棗。」〔註25〕

授主編：《中國名山勝蹟志叢刊》第一輯，與《棲霞新志》合為一編。參看沈編：《西樵白雲洞志／棲霞新志》，臺灣文海出版社有限公司，1971～1983年，第133頁。

〔註23〕參看氏著：《嶺南群雅》初集〈溫謙山〉，清嘉慶十八年（1813）玉壺山房刻本，初集頁一。後張維屏作《國朝詩人徵略》（道光二十二年〔1842〕刻本，卷四十九頁八），引亦同。

〔註24〕廣州中山大學圖書館藏嘉慶十八年刻本，第7頁。

〔註25〕陳憲猷校注：《羊城古鈔》，廣州：廣東人民出版社，1993年12月第1版，第5頁。

以上十二種著作中，諸方志失錄三種，而《謙山經義》一種，其所述也不無疑問，姑存此待考。

筆者以為，論及溫先生整理、研究、刊行文獻，有一點不能不提，那就是先生寧捨萬金不棄文獻的高風。《嶺海詩鈔》云：「（溫汝能）歸田後刻書甚夥，梨棗之資費以鉅萬，而《粵東文海》《（粵東）詩海》之選，尤稱大備。」〔註26〕丘煒菱所述更為詳細：「當乾隆時，順德溫謙山舍人（汝能）極躭風雅，有玉山草堂風，搜輯東粵歷朝詩文，號曰《詩海》、《文海》，全書近二百餘卷，可謂富矣。售其田得萬金，而版始刊，後毀於亂。今有藏其書者，頗秘惜，不輕出。南皮張孝達尚書之洞督粵時，嘗使人求之不得，家仲遲兵部以余躭佳句，將有詩話之作，徑出重資，得其完帙，寄余島上。」〔註27〕實話說，這讓許多時人為之汗顏。

三

溫先生撰作，最偉大的貢獻無疑是對鄉邦文獻的整理及研究。其中最為世人稱道的是煌煌二巨著——《粵東詩海》和《粵東文海》。這裡不妨略舉一二例以證明「網羅散佚，尤有功於文獻」的論斷。

筆者早在編寫《嶺南文學史》元代詩文一章時就發現溫先生的搜羅逸籍之功〔註28〕。新會人羅蒙正（字希呂，1300？～1367？）原有詩集曰《希呂集》，延至有清一代已不存。羅作賴顧嗣立編《元詩選》得以保留了21首，而《粵東詩海》竟比顧書多收了一首題為〈題畫〉的七絕。

又如某些詩人賢達的生平事蹟，也通過溫作得以流傳。阮《通志》的「藝文略」部分，許多撰述便採自溫作。茲迻錄若干則為證：「《復齋詩鈔》，國朝陳華封撰。未見。《粵東詩海》：『華封字祝三，號復齋，順德人，恭尹孫，太學生。』」「《漾波樓稿》，國朝麥佑撰。未見。《粵東詩海》：『佑字啟正，號咸齋，香山人，乾隆己丑進士，官刑部主事，遷郎中。』」「《讀史提要四卷》，國

步雲按：據溫序，是書當刊刻於嘉慶十一年歲次丙寅（1806）。

〔註26〕張維屏：《國朝詩人徵略》卷四十九，第8頁引，道光十年（1830）刻本。《國朝嶺海詩鈔》二十四卷，清·番禺凌揚藻編。凌揚藻（1760～1845），字譽劍，號藥洲，廣東番禺人，諸生。

〔註27〕見氏著《五百石洞天揮麈》卷五，清光緒二十五年（1899）閩漳丘氏廣州觀天演齋刻本，第27頁。

〔註28〕《嶺南文學史》，陳永正主編，廣州：廣東高等教育出版社，1993年9月第1版。

朝楊仲興撰。未見。《粵東文海》:『仲興,字訒庵,嘉應人,雍正庚戌進士,
官湖北按察使。有傳。』」「《弼亭古文遺稿》四卷,國朝梁泉撰,未見。《粵東
文海》:『泉字崇一,順德人,乾隆乙酉解元。』」

　　阮《通志》如此,別的方志也不例外。例如清・李文烜:《清遠縣志》云:
「《步月樓詩草》,國朝名媛王素雲撰。未見。溫汝能《粵東詩海》:『素雲,清
遠人。』」〔註29〕又如清・彭貽蓀:《化州志》云:「《嶺西大捷露布》,舊志缺名,
據《粵東文海》及府志紀年,係姚太史岳祥孝廉時作。」〔註30〕再如葉覺邁:
《東莞縣志》云:「《鄰山堂詩集》,國朝盧鼎撰。《粵東詩海》。」〔註31〕

　　如前文所述,溫先生也整理考訂過鄉邦文獻以外的典籍。其中以《陶詩匯
評》以及《(東坡)和陶合箋》二書最為學林所重。陶淵明的詩歌,歷代品評者
甚眾,溫先生薈萃群說,參以己意,對閱讀、理解陶詩極有幫助。時至今日,
《陶詩匯評》仍是研究陶詩者的案頭必備。

　　相較於文獻整理與研究,溫先生在文學創作上的成就卻不那麼為學界認
可。迄今為止,除了溫先生的詩友以及鄉梓的同道外,似乎沒有誰讚賞溫先生
的詩情文采。這裡不妨以《乾嘉詩壇點將錄》為例〔註32〕。上文所提及的溫先
生當年的詩友,大都榜上有名:張船山被點為青面獸,洪稚存被點為花和尚,
吳穀人被點為鎮三山,趙味辛被點為鐵笛仙,伊秉綬被點為摩雲金翅,戴敦元
被點為神行太保,甚至,溫先生的同鄉黎簡民,也被點為催命判官〔註33〕。筆
者個人以為,殊失公允。

　　溫先生的詩文創作輯為《謙山詩鈔》和《謙山文鈔》。正如前文引述洪亮吉
所評價的那樣:先生詩文「無體不備,蓋出入於唐、宋諸大家而深臻其奧者也」。
《謙山詩鈔》、《謙山文鈔》二集,筆者未及觀。這沒關係,通過劉彬華等人的
採擷,也可以略窺溫作之一斑了。

　　《嶺南群雅》總共選了溫先生〈戰城南〉、〈平陵東〉、〈離家〉、〈平原道中

〔註29〕卷十三,光緒六年(1880)刊本,第94頁。
〔註30〕卷十一,清光緒十六年(1890)刻本,第18頁。
〔註31〕卷八十八,民國十年(1921)鉛印本,第1頁。
〔註32〕清・舒位撰,宣統三年(1911)刻本。舒位(1765～1816),字立人,號鐵雲,小
　　　　字犀禪。直隸大興(今屬北京市)人,生長於吳縣(今江蘇蘇州)。乾隆舉人,詩
　　　　人及戲曲家。
〔註33〕一作沙斗初。沙斗初,字維扚,吳中長洲(今蘇州)人,布衣,著有《耕道堂集》、
　　　　《白岸亭詩集》。

水溢〉、〈正月十三夜雨後見月喜作〉、〈德州旅邸遇約齋兄南歸〉、〈讀李令伯《陳情表》〉二首、〈讀莊子說劍〉（錄二）等十個作品〔註34〕。陳永正雖然只選了〈客中述懷〉、〈丁巳中秋篢坡竹溪招同童小匡登陶然亭，復遊崇效寺，晚集泛香吟舫看月，用中秋二字為韻〉（二首）、〈讀李令伯《陳情表》〉（選一）、〈村居感事時己巳九月十六日〉五作，卻都是「篇篇可誦」（陳先生語）〔註35〕。

〈戰城南〉、〈平陵東〉都是漢樂府舊題，其餘的都是近體。大體可證明洪亮吉「無體不備」的結論客觀而準確。

筆者以為，溫先生所作詩歌，有兩個顯著的特點：

一是情真且深，然後意切。〈平陵東〉寫援救「義公」的無奈之情，〈德州旅邸遇約齋兄南歸〉寫與「約齋」的友情，〈讀李令伯《陳情表》〉二首寫李密的祖孫親情，都體現了作者先為其情所感然後衷情驟發的極自然的創作過程。先生有情但不濫，無情便無詩，我估計，這是先生作品數量不多的主要原因。以先生詩才之捷，當不至於如此。或者只有一個合理的解釋：非不能也，實不為也。然而，作品數量的多寡恰恰是人們評價一個詩人的成就的標準之一。先生的詩歌成就不為人所認識，恐怕也與此不無關係。

二是用筆老到熟練，遣詞工穩準確，不事旖旎靡麗，尤其是近體。如前所引，先生的詩歌「以幽淡勝」，這正是先生的生活態度在詩歌中的反映。先生不求聞達，不免成就他恬淡的詩風。〈離家〉、〈正月十三夜雨後見月喜作〉、〈客中述懷〉等詩歌，只有隱逸君子才寫得出來。

溫先生的文章，光是讀《粵東詩海》、《粵東文海》、《羊城古鈔》三序，即感覺其上繼韓、柳、歐、蘇餘緒。不但文筆流暢典雅，而且論說邏輯性強，考證極其嚴謹。某些篇章甚至隱隱有先秦之風，如〈畫說〉一篇，其對話式的結構不無《莊子》、《孟子》、《公孫龍子》等的影響。

如同詩歌一樣，先生為文也用情極深。如〈羊城古鈔序〉最後幾個反問：「噫嘻！是豈有數存乎？仇君之願其畢焉矣乎？而予之事亦畢焉矣乎？仇君有知，其將含笑於地下矣乎？」與韓愈《祭十二郎文》「嗚呼！其竟以此而殞其生

〔註34〕 參劉彬華：《嶺南群雅》初集〈溫謙山〉，嘉慶十八年（1813）玉壺山房刻本，第1、2頁。

〔註35〕 參氏著：《順德詩萃》，北京：人民出版社，2005年10月第1版，第221～222頁，又11頁。

乎？抑別有疾而至斯乎？汝之書，六月十七日也。東野云：汝歿以六月二日；耿蘭之報無月日。蓋東野之使者，不知問家人以月日；如耿蘭之報，不知當言月日。東野與吾書，乃問使者，使者妄稱以應之耳。其然乎？其不然乎？」一段實在有異曲同工之妙。而《粵東詩海》、《粵東文海》二序，也傾注了先生對鄉梓先賢及其文獻的深情。

概言之，溫先生的文學成就絲毫不遜色於與他同時代的任何一位作者。如果因為先生的作品流佈不廣（偏於嶺南一隅），作品數量不多就褫奪其文學上的地位，恐怕不是積極的學術態度，自然也難以讓人接受的。（本節所論，請參看本文附錄「溫汝能詩文選」）

另外，溫先生在詩歌創作理論上也有建樹。這裡姑且引用丘煒菱的一段記述為證：「順德溫謙山舍人（汝能）曰：元遺山詩云：萬古騷人嘔肺肝，乾坤清氣得來難。詩之貴清固矣。然綺麗雄奇亦不害為清。譬之神仙宮闕，雖金銀珠貝光怪陸離，何嘗有一點塵埃污其靈境？時士不明其理，祇以潦盡潭寒相矜，尚可謂陋矣。又曰：時流稿本，開卷即天門開、君馬黃等樂府數百首，彪炳矞皇，不肯作一語落晉、魏人後。（菽園按：此即袁隨園先生所譏為暴富兒，張金飾屏風於大門之外者也。）究之意興索然，神明不屬，連篇累牘，囂煩可厭。右語二則見所刻《粵東詩海・例言》。可謂不與俗浮沉者矣。」〔註36〕

事實上，溫先生的詩歌創作理論還散見於《陶詩匯評》、《（東坡）和陶合箋》以及《粵東詩海》對詩人詩作的評述中。只是先生並未另出詩話之類的著作，不為學人注意而已。倘若把溫先生所述輯為一編，也是一項很有意義的工作。

結　語

筆者以為，通過考察溫汝能鄉邦文獻以及其他典籍的整理和研究，通過考察溫先生的詩文創作，足以瞭解他學術上和文學創作上的成就了。當然，囿於筆者有限的聞見，本文的考述只略具輪廓，遠遠談不上深入。然而，筆者希望本文能夠引起學界對溫先生及其撰作的更多關注，尤其希望能夠精細地整理并刊行其撰作，以便展開更進一步的研究。倘能如此，亦可告慰溫先生的在天之靈了。

〔註36〕参氏著：《五百石洞天揮塵》卷八，清光緒二十五年（1899）閩漳丘氏廣州觀天演齋刻本，第 5 頁。

本文參考文獻

1. 清・阮元修、陳昌齊纂：《廣東通志》三百三十四卷，清道光二年（1822）刻本。本文或簡稱「阮《通志》」。

2. 清・郭汝誠：《順德縣志》三十二卷，清咸豐三年（1853）刊本。本文或簡稱「郭志」。

3. 清・戴肇辰：《廣州府志》一百六十三卷，清光緒五年（1879）刊本。本文或簡稱「戴志」。

4. 民國・周之貞：《順德縣續志》二十四卷郭志刊誤二卷，民國十八年（1929）刻本。本文或簡稱「周志」。

5. 劉俊文總纂、北京愛如生數字化技術研究中心研製：《中國基本古籍庫》（JZZJW70305），電子出版物數據中心、黃山書社出版。

附錄：溫汝能詩文選

〈龍山鄉志序〉

志何為而輯也？或曰：「昉於史也。」鄉志何為而輯也？或曰：「昉於郡邑也。」古者國有史，院臣掌之。郡有籍，邑有乘，有司職之。鄉有評，族有譜，父老尸之。然則志其史之一端乎？鄉又郡邑之一端乎？鄉之有志其即鄉評之所在乎？乃言志而不言評，何也？志者，志其事也。鄉志云者，蓋曰舉鄉之事，志之而已。嘉慶戊午之春，余自邸乞歸。時陳君鼇麓已解組家居，距余舍半里間。與評論鄉族事，每顧余而言曰：「龍山地廣人稠，視邑諸鄉為最鉅。自宋迄今，可登志乘者比比也。竊恨邑志不克廣收。且不免有遺此取彼之患。豈採訪之未周歟？吾嘗欲勒成一書而未果也。今老矣。子精力未衰，亦有志於斯否？」余曰：「鄉前未有志，毋乃事涉於創乎？」曰：「非創也。鄉之事，其已見於邑志者半，未見於邑志者亦半。亦因其已然之跡而縷陳之可耳。奚創為？」余未有以應。或有起而相難曰：「郡邑之志具在邑，合而括邑，專而詳，是亦足矣。鄉復各自為志，何其不憚煩也。」余曰：「郡之視邑猶邑之視鄉。郡不能專而詳，必有待於邑；邑亦不能專而詳，不又有待於鄉耶？」或曰：「鄉志之輯，其難有四：鄉之山川幾何，人物幾何，必不足以誇形勝，耀才德，其難一；鄉之建置幾何，賦稅幾何，必不足以論沿革，言食貨，其難二；鄉之黨塾幾何，團練幾何，必不足以存學校，驗防守，其難三；鄉之科甲幾何，金石幾何，必不足以備選辟，徵文獻，其難四。」余曰：「子何小視龍山哉！龍山山不高而秀，水不深而長。陟金紫天湖之巔，群山如拱，遠海如帶，何其壯也！

其間鍾秀靈毓代有忠節才華之彥，世有貞操烈行之遺，至於事蹟昭垂則流傳未泯，丁糧殷盛則樂利堪稱，家絃戶誦則室有詩書，俗厚風淳則野無盜賊，功名之士時貢明廷，文章之貽代膾人口，特其不獲詳於邑者，邑有以限之也。此何足以為龍山難哉！」或又曰：「縱不難，保無慮誣乎？鄉志之誣有三：拘忌諱而畏勢要，或不免委曲彌縫，而故為之說，一誣也；昧審擇而限見聞，或不免拘率寡陋而自形其妄，二誣也；受賄託而徇情好，或不免阿附而甘獻其諛，三誣也。」余曰：「果如此言，是視陳壽之索米、魏收之穢筆，且遠不如也。烏足以言志哉？余觀之，邑遠鄉近，見聞不患其不真，所慮者，無學以佐之，則陋矣。若夫忌諱，則直之；勢要，則忘之；賄託情好，則卻之。此鄉黨自好之士所能為也。且亦思乎，天下者，國之積；國者，郡邑之積；郡邑者，鄉之積。君子觀於鄉而知王道之易易也。鄉之有志安在無補於郡邑乎？子何小視乎鄉哉？而況小視龍山哉？」陳君戄然起曰：「子言誠善！其珥筆從事無諛。吾友人鄧君逸堂知鄉最悉，當可以佐搜羅，備採訪也。」於是鄉之族姓咸致其譜帙，而鄧君日以所素聞於父老者殷殷以往跡相告。余不獲辭，爰為按前後邑志，明義例，標卷帙，自萬曆辛巳以前暨乾隆庚午以後，其已見者因之，其未見者益之。間有參正，稍為更易，亦惟求其是，不敢臆也。計戊午仲夏越己未孟春，凡逾半載，而橐粗脫，以復陳君。陳君閱竟，致詞於余曰：「志猶史也，鄉猶邑也。義嚴而正，旨約而深，詞簡而賅，事詳而括，分門別類，不違不襲。子蓋善於因者也。夫志，紀善不紀惡。善者紀，而不善者可懲。惡者懲，而善者又益勸矣。是為勸善之書也。可為懲惡之書也。可即為鄉之評、族之譜也，亦何不可。吾覩斯志，吾願畢矣。」然余聞陳君之言，惴惴焉，以為事涉於創，而不敢出以示人也。乃未幾而陳君棄世，鄧君復相繼而歿。人往風微，又不禁撫卷而三歎也。越癸亥之秋，同里諸君子屢以陳君之言為言，余因不獲已，出諸篋笥，賴諸君子復為之訂訛補缺，而義類始克完備。噫嘻，余何人斯？昔人謂史有三長：曰才曰學曰識。余質陋不文，敢自言昉於史哉？敢自言昉於鄉邑哉？毋亦因一鄉已然之往跡而持此區區勸懲初心，不過如陳君所云聊當鄉之評族之譜，庶免乎或之所難所誣而得以自畢其說而已。用是不敢過拂同里之意，略道其梗概如此。峕嘉慶十年歲次乙丑孟夏朔日里人溫汝能譔並書於蓮溪小隱之聽松閣。

〈羊城古鈔序〉

　　國家之化，與天同遠，地不得域而限之也；往跡之垂，由地而推，天亦無容混而合之也。是故彼一山川也，此亦一山川也，而名勝分焉。彼一人物也，此亦一人物也，而事蹟殊焉。惟其殊而分也，地若有以限之。然究其分而不分，殊而不殊者，則同乎天矣。譬之川也、海也。川之流以百計，而海之大則匯於一。宇宙間事物至繁，要未有不由小以見大，由近以至遠。亦猶百川之分且殊，未有不歸於海而後見萬派之混茫無涯，千頃之變幻無盡者，審其源流固有自爾。噫嘻，此仇君竹嶼《羊城古鈔》之所由輯也。

　　仇君，吾順之勒竹人也。順邑處羊城西南，境接南、番、新之交，無地非水，所居山莊，村舍悉水繞其旁，而舟楫往來隨潮上下，一望而波光四合，景物超然。故其人士類多瀟灑出塵，能文章，工吟詠，而其所著見者亦無涯無盡，一寓其汪洋浩瀚之勢，論者謂地之靈有以鍾之也。若仇君則更篤於學，雖終身布衣，老而不倦。知君者未有不為君惜，而君固淡如也。

　　始予聞君之名而未識其人。乾隆己酉之秋，晤君於羊城客次，因獲睹其詩古文詞，洋洋焉，浩浩焉，蓋於學無所不窺而近而親炙之者，幾不知其津涯之所自也。為之歎惜者久之。後復以所輯《羊城古鈔》質於予，曰：「吾平生頗耽吟詠，每事搜羅，然竊怪當世之騷人墨客往往侈談天下之大，四海之遙，無物不有，無事不備，一反質諸其小者、近者而茫然矣。夫小者不遺而後可見其大，近者不遺而後可及諸遠，捨是以求，烏睹其所謂博聞廣見哉？」予深然之。

　　又後十年，嘉慶己未之冬，時予乞假歸里，君復以書來，歷言生平所著詩文，并道其心力所注者《羊城古鈔》一書，願予有以成之也。予適纂輯鄉志，因延其抵齋互為商榷。庚申春，君果攜書而至，風雨聯床，喜形於色。乃甫閱兩月而君病，病而歸，歸而不起。其書宛然，其人而古。不忍虛其來意，遂為之檢訂，為之繕寫。其條目則約而得要，其體例則備而不煩。舉一「羊城」，推之全省可知，推之天下皆可知。名以「古鈔」，推之已往可知，推之未來亦可知。誠以古今之故，事物之原，其同得於天者，地不得而限之也。然欲見其大，而略其小，不能窺也。欲極之遠，而捨乎近，不能至也。羊城一川也，《古鈔》一川之流也，天下有百羊城、百《古鈔》，將由百川而匯於海，而海之大不已儼然在目也哉！予願讀是書者同窺此意也，尤願讀天下古今之書者皆同窺此意也。

爰弁數言，付諸梨棗。

噫嘻！是豈有數存乎？仇君之願其畢焉矣乎？而予之事亦畢焉矣乎？仇君有知，其將含笑於地下矣乎？

嘉慶十一年歲在丙寅孟秋上浣謙山居士溫汝能謹撰。

〈粵東文海序〉

粵東瀕大海，宅南離，山禽水物，奇花異果，如離支、木棉、珊瑚、玳瑁、孔翠、仙蝶之屬，莫不秉炎精發奇采，而民生其間者，亦往往有瑰奇雄偉之氣蟠鬱胸次，發於文章，吐芬揚烈，或為入告之嘉猷，或為談道之粹論，自漢迄今二千餘年，寖昌寖熾，誠輯而編之，可以黼黻朝廷，炳烺宇宙，偉哉，嶺海之奇觀也！能少賤不得試於時，竊聞孟子尚友之說，深有志於讀書論世，早歲馳驅京朔間，與當世賢士大夫考證古今，辯論經史，而泛濫渺茫略無涯涘，忽忽數十年，卒未有所成就，退而老於南海之濱，日求鄉先哲遺文，以考世變，察得失，而年湮世遠，簡斷編殘，其不得專集行於世者又多散佚於山海間文獻，《文選》之後莫能編次。噫！後之人而欲尚論古昔幾莫從，而測其世故矣。且夫古之君士負不世之才，抱忠誠之悃守，先待後而力為文學詞章，傳諸其人，垂之後者，豈徒以其人之賢否言之，是非為後世尚論而已哉！亦欲後之覽者讀其書，明其道，援據古今，權衡世變，使其行事不謬於古，不悖於天，不疑於鬼神，不惑於後聖，以維持世運於不壞耳。而顧聽其湮沒不傳，而漠不留意，古之人其何望焉？後之人其何賴焉？余故網羅散失，旁搜於山阪海隅，凡館閣之英，山林之彥，其言語文章，有義理法度可觀者，悉採輯而論次之，書成，名之曰海，蓋有並包之象也。噫！吾老矣，血衰氣弱，形神不侔，雖日孳孳於是，謀之於目，未必得之於心，得之於心未能赴之以力，求尚友於古人，吾亦知其難矣。然使世之學者，讀是編而能奮發有為，浩然獨立於萬物之表，進於朝廷，則諫諍奏議，言成藥石足以翼主德而宣皇風，退居草茅，則求當時之遺事，成一家言，誅奸發潛，垂箴規以植民彝，維世範，芬鬱葩華，爛熳宣吐，固嶺海之奇觀，而余與古人之所厚望也。

〈粵東詩海序〉

自唐以詩取士，海內多事聲律，五嶺以南，作者奮興，日月滋廣，遂蔚為奇觀。明區啟圖嘗薈萃諸集，編為《嶠雅》，採擇孔宰，芟簡繁蕪，自唐迄明得五百餘家。可為盛矣。而刊未及，竟浸已散佚。國朝乾隆間車蓼洲、羅石湖、何西

池諸先生懼其久而散，散而無以徵其奇也，更為廣徵傳刻已，屬番禺馮箕村啟局於羊城，遠近郵寄，繩繩不絕，乃功未及半，亦相繼殂謝。今所傳《嶺南文獻》、《廣東文選》、《五朝詩選》、《廣東詩粹》，或搜輯未富，或採取未精，均未足以盡其奇。夫粵東，固海國也。昔在大荒，水泛無歸天，乃廓靈海導百川而注之，江河之大，瀝滴之細，莫不來會，其在東粵，若黔若灘，若鬱若賀，若湟泉若滇水，若槎江若漢陽，若濂鐔欽韓諸大川，悉皆網絡，群流商榷，涓澮會於南海，噓噏洗滌，經途瀠溟，遂成巨浸，蛟龍鯨鯢黿鼉蜃鼊珊瑚珠璣璀珺之屬，咸育其間，此番禺之所以成都會也。向使百川潛渫，涓流泱瀼，僅得藪澤，以為之匯，亦安能會其歸哉。粵自曲江以來，文獻已開。薦紳解組歸，往往不事家人產業，唯賦詩修歲時會，至於今日。廊廟之英，山林之彥，類能文章嫻吟詠雄者、豪者、淡者、雅者、勁而健者、高而古者、綺麗而典則者、自然而和平者，各建其旗鼓，以馳騁於中原。大則縈回盤礴，千變萬狀，洋洋乎如修江萬里巫峽千尋。小則漪漪清潤，如流水、如春泉，采采蓬蓬，絡繹交會，無淺深廣狹之不得其源。而觀者猶不免崖涘之見。則未有海以為之歸也。余已論次桑梓之文，復通徵詩詞，自甲子迄庚午，凡七閱寒暑，四方緘寄者千餘家，與二三同志稍加裁擇，咸使雅馴共得詩一百卷，補遺六卷，上自公卿，下徵謠諺，旁及僧道幽索鬼神，無體不有，無奇不備，書成，名之曰《粵東詩海》。其亦庶幾風人之淵藪矣。且夫詩者，所以觀民風者也。故古者太史嘗乘輶軒，採之四方，天子巡狩，所至亦命大師陳之，以觀其貞淫。夫風之貞淫，由於習之邪正。粵東居嶺海之間，會日月之交，陽氣之所極。陽則剛，而極必發，故民生其間者，類皆忠貞，而文明不肯屈辱以阿世，習而成風，故其發於詩歌，往往瑰奇雄偉，凌轢今古，以開闢成一家言。其次者亦溫厚和平，兢兢先正典型，不為淫邪佻蕩之音，以與世推移。是則廣東之風也，後之覽者，因其風而知其習，因其習而求其人，則文獻、文莊、白沙忠介之流，猶有興焉者乎。徒以詩為詩，則雖海涵嶽負，無所不具，猶未足以盡其用也。

作《詩海》序，嘉慶庚午孟冬順德溫汝能書於聽松園。

〈畫說〉（節選）

客有語余曰：「子何耽於繪也？」余曰：「耽則必精，余畫不精，何以知余耽也？」客曰：「吾見子每持絹素，輒披圖索古，凝睇熟思，不輕著筆，次第以施，山石必欲效其奇皺，竹樹必欲效其鬱蒼，人物必欲效其嚴整，點綴渲擦必欲其鮮妍。是以終月終日而不能竟，竟復輒棄，以其於古不肖也。甚且心摹

而耳為之聾，手追而目為之盲，而不及顧，非耽而何？雖然，子之耽，與吾所聞異。」余曰：「畫有二道乎？」客曰：「吾聞畫之道有二：得之性情者，形而上也；得之精能者，形而下也。夫形下，器也，跡也；形上，道也，神也。昔東坡論畫詩云：『吳生雖妙絕，猶以畫工論。摩詰得之於象外，有如仙翮謝樊籠（步雲按：樊籠當作籠樊）。』蓋言神而略跡也。古所稱善畫者，畫神不畫形，其於精能得之耶？且不觀之論詩與書乎？詩無句外之神，筆雖工而未化，繪事何獨不然？」余聞之恍然，喜曰：「子前身應是老畫師也。跣余多矣。余試為子率畫之可乎？」客曰：「子姑為之。」畫竟，客視而笑曰：「跡則漸忘，神猶未也。由此而於性情求之，道不外是矣。」持畫而去。因推其理而為之說。（選自汪兆鏞：《嶺南畫徵略‧嶺南畫徵略續錄》12 頁，香港：商務印書館，1961 年 7 月版。此處句讀略有不同）

〈戰城南〉

去歲戰城南，今年戰城北。八千飲馬河水黃，十丈張旗關塞黑。賊何在？不可測。烽火然，半天赤。料敵今無馬季良，撫士安得郭汾陽。丈夫無謀祇辱國，青山白骨徒悲傷。屋中有犬，走食人肉。野中有烏，饑啄人腹。嗟哉肝腦已塗地，將軍袖手看賊至。賊至將軍逃，賊歸將軍送。誰能誓死，戴天不共。

〈平陵東〉

平陵東，荊棘叢。劫何人？乃義公。猛風吹沙復揚土，力士持刀如怒虎。縛之馳喧伐鼓，誰救義公敢來前。公如可救，安惜金錢。牽馬賣不足，歸家思賣犢。賣馬賣犢徒悲呼，仰天大哭聲淚枯。

〈離家〉

惘惘離家日，帆開意漸紓。喜逢新歷處，盡是未經途。水鳥鳴溪畔，山花夾路隅。客中風物好，曾異故鄉無。

〈平原道中水溢〉

杳杳平原上，茫茫野水寬。舟浮一葉小，馬渡半溪寒。入望忘秋隴，穿林訝急湍。相看南岸近，又是夕陽殘。

〈正月十三夜雨後見月喜作〉

今年初見月，獨立待雲開。祈社酒將散，看燈人未回。煙深花影淡，徑滑

草痕堆。隱約微光際,松陰一鶴來。

〈德州旅邸遇約齋兄南歸〉

萬里迢迢弟與兄,相逢一夕又分程。挑鐙不盡故園語,抵足遙深大被情。歸路馬嘶行半夜,別時愁況月三更。何堪咫尺瞻望遠,地北天南兩雁聲。

〈讀李令伯《陳情表》〉二首

純文寫出涕洟痕,烏鳥聲聲泣國門。北闕天高陳素抱,西山日薄畏黃昏。孫能奉祖真全孝,君不違臣亦異恩。但得報劉酬始願,悠悠遭遇更何言。

一家幾見百年親,喜懼交并語自真。已廢蓼莪重下淚,忍教菽水更無人。夢魂尚有酬君日,歲月難留報母春。世上倚門多白髮,好傳仕路各書紳。

〈讀莊子說劍〉,錄二

此心聞道有天游,劍術何勞說未休。三尺鐵消憑寸舌,儒冠端自藐王侯。

止劍何須治劍衣,三千賓客未全非。不平事滿人間世,莫化盧堂蝶夢飛。

〈客中述懷〉

羞鹽客久食無魚,此去鱸肥興有餘。退學自然思補過,無求真覺羨閒居。青山月夜曾留約,流水桃花任起余。更念庭前兒解讀,歸來急為檢藏書。

〈丁巳中秋簣坡竹溪招同童小厓登陶然亭,復遊崇效寺,晚集泛香吟舫看月,用中秋二字為韻〉二首

秋色年年在,幽心處處同。此亭自今古,予馬任西東。目極千林外,山歸一鏡中。倚闌殊未已,還與入雲叢。

門隱孤煙鎖,花香冷院浮。僧袍黃似葉,客意淡如秋。看雁思歸近,開樽序樂周。豪懷逢小謝,好月恰當頭。

〈村居感事時己巳九月十六日〉

冷寂幽窗不自持,重陽度後苦無詩。秋容為寇人同瘦,夜鼓傳戈柝亦悲。百里關河飛羽檄,萬家煙火走駑駘。此身高臥慚何補,惆悵東山月上時。

原兩龍文化研討會論文·中國順德龍江·2012 年 10 月 25 日,《兩龍文化論文集》472～488 頁,載龍江鎮人民政府編:《兩龍文化研討會論文集》182～193 頁,廣州:花城出版社,2015 年 12 月第 1 版。

《論語集注補正述疏》訓詁上的貢獻

簡朝亮（1852～1933 年）字季紀，號竹居。順德簡岸村人。

簡朝亮以經學聞於世，完全可以這樣說，簡朝亮是有清一代廣東最後一位經學家。有人或許以為：難道康有為不算？延至今日，康氏關於群經的論說，幾無一可取。學界早有定論，不勞在下贅說〔註1〕。而簡朝亮，所作諸經述疏，其他的尚未得以充分認識，止《論語集注補正述疏》（以下本文簡作《述疏》，不另注）一書〔註2〕，即可奠定其經學大師的地位。徐復觀先生認為：簡作遠勝於劉寶楠的《論語正義》〔註3〕。這個論斷，我認為是恰當的。不過，因為簡作近年始得大範圍刊行，其成就尚不大為世人所知。有鑑於此，筆者取《述疏》為案例，以觀簡氏訓詁上的貢獻。

〔註1〕 例如桑兵先生便說：「康有為，作為維新派的精神領袖和政治統帥，是一個歷史時期中國思想界的標誌。不過，康在學術上走了經今文學的路子，淵源不來自乃師。而今文學在近代思想界的貢獻或影響雖然極大，學術上的疑古辨偽，卻是語多妖妄怪誕，得不到公認。民初馬良、章炳麟、梁啟超等仿法蘭西研究院發起函夏考文苑，議論人選名單時，『說近妖妄者不列，故簡去夏穗卿、廖季平、康長素，于壬秋亦不取其經說。』」參桑兵：〈近代中國學術的地緣與流派〉，載《歷史研究》，1999 年第 3 期。

〔註2〕 以下引用，均見《論語集注補正述疏》（北京：北京圖書館出版社，2007 年 5 月第 1 版）一書者，行文將只標頁碼，不另注。

〔註3〕 徐復觀的原話是：「按簡氏此書遠勝劉寶楠《論語正義》，而時人不知重視，殊為可惜。」參氏著《徐復觀論經學史二種》，上海：上海書店出版社，2002 年 4 月第 1 版，第 16 頁。步雲按：聞錢穆也有類似的說法，予未之見。見鍾肇鵬《論語集注補正述疏·序言》所引，北京：北京圖書館出版社，2007 年 5 月第 1 版，第 7 頁。

　　如同簡先生其他的經學著述一樣，例如已刊的《尚書集注述疏》〔註4〕，是書對經文注疏均採既疏又述的體例。然而，其補正卻是簡先生研究的心得所在，堪稱全書的精華部分。

　　我們知道，《論語》一書，經秦火後，有所謂古論、魯論和齊論，後張禹採魯論、齊論而成張侯論。今天我們所見到的傳世本《論語》，基本就是張侯論。正因如此，儘管《論語》一書才區區一萬七千餘字（不算標點符號），卻有著難以索解的地方。歷經二千多年，得眾多學人的訓釋，解決了部分問題，但懸而未決之處依然不少。我想，簡先生的貢獻就在於，在前賢研究的基礎上，把存疑減到最少。

　　予生也幸，得以遍覽目前最早的竹簡本《論語》以及出於西域的各種寫本〔註5〕，於是可以驗證簡先生之說，於是可以讚歎先生的卓越識見！

　　簡先生《述疏》一書在訓詁上所取得的成就，大體可分為幾個方面：一、深入淺出，博採眾長；二、別引異文，以得確解。三、撰述嚴謹，粗具規範。四、注音語法，亦有發明。

　　以下分別述之。

一、深入淺出，博採眾長

　　《述疏》一書，實際上是簡先生課徒的講稿。當初也沒想過要梓行，後來得到學生的贊助才得以傳世，但流佈並不廣〔註6〕。《述疏·序》交代得很清楚：「自丁未歲終，《尚書》述草既畢，越歲仲秋，由《論語》述草。先後兵燹間，以金合子韞述草而甕薶土中者三。今歲季冬，草成，方十年矣。經二十篇，述疏因集注本，每卷二篇，凡十卷。諸學子校錄而資之以刊。有答疑問者，群自誌之，別為一卷附於後。」（3頁）

　　既然是講稿，就得考慮學生的理解水平，倘若不能做到深入淺出，那麼，

〔註4〕臺北：鼎文出版社，1972年4月初版；又收入《續修四庫全書》中，上海：上海古籍出版社，1994～2002年4月。

〔註5〕竹簡本《論語》，1973年出河北定州中山懷王劉脩墓。發掘者編成《定州漢墓竹簡〈論語〉》（北京：文物出版社，1997年7月第1版）一書。西域各種《論語》寫本，可參李方：《敦煌〈論語集解〉校證》一書，南京：江蘇古籍出版社，1998年10月第1版。

〔註6〕原為《讀書堂叢刻》之一種。參鍾肇鵬：《論語集注補正述疏·序言》，北京：北京圖書館出版社，2007年5月第1版，第4頁。

這講稿將是失敗的。在我看來，真正當得起「深入淺出」這四個字的《論語》注本，民國以前恐怕只有《述疏》而已。

例如〈述而〉篇第 6 章「游於藝」三字（183～186 頁），簡氏足足花了三、四千言的篇幅解釋「藝」之內容、名實和源流。

又如講述〈述而〉篇第 20 章「不語怪力亂神」（199～205 頁），也寫了四、五千字。先引舊注，然後廣採典籍中各類怪力亂神之故實為例證，以說明什麼叫「怪力亂神」。

就我有限的閱讀而言，還沒見過如此詳盡、淺顯的《論語》注疏本。

當然，過於詳盡，偶而也失諸繁瑣。譬如解釋〈子路〉篇第 9 章「曰既富矣又何加焉曰教之」一段，從 381 到 421 頁，整整四十頁，講了許多故事以說明「教」之重要性。則未免有點過頭了。

至於博採眾長，我看迄今為止也只有《述疏》能做到。

首先，他在眾多的《論語》本子中，選擇了朱熹的《論語集注》。一方面固然是朱氏的著作是「集注」，本來就是雜採百家的匯注本，另一方面則因為朱氏所作後出轉精，較為簡明，比何晏的《論語集解》有所發展。其次，簡氏採用「述疏」這一體裁，能夠很好地貫徹「既疏且述」的撰述理念。既往的「疏」，只對正文和注釋加以疏解，但多不加己意。簡著勝於舊疏之處，就是有「述」。既保留了前賢說，又能擇善而從。特別應注意的是，簡氏的「擇」，並不如朱熹般遷就於其理學主張，而是從文獻典籍中尋找證據，力求得到確解。誠如簡氏所說：「為《論語》之學者，明經以師孔子也。惟求其學之叶於經而已矣。烏可以立漢學宋學之名而自畫哉！」「何為乎蔽者執漢學以攻宋學也？而或平之曰『漢學長訓詁，宋學長義理。斯不爭矣』。是未知叶於經者之為長，其長不以漢、宋分也。」〔註7〕

可見，簡氏是以切於經為確解，而不是簡單地因循漢訓詁、宋義理諸說。

我們不妨以〈學而〉第 15 章「子貢曰：『《詩》云：「如切如磋，如琢如磨。」』」為例，以觀簡氏的實踐。

「述曰：《詩·淇奧》，〈大學〉作『澳』。朱子釋此詩，不從《爾雅》。何也？

〔註7〕《論語集注補正述疏·序》，北京：北京圖書館出版社，2007 年 5 月第 1 版，第 1 頁。

蓋有辯焉。《詩·毛傳》云：『治骨曰切，象曰磋，玉曰琢，石曰磨。道其學而成也，聽其規諫以自脩。如玉石之見琢磨也。』修與脩通。今考《爾雅·釋器》云：『骨謂之切，象謂之磋，玉謂之琢，石謂之磨。』《釋訓》云：『如切如磋，道學也；如琢如磨，自脩也。』釋經者謂《毛傳》從《爾雅》焉。非也。切、磋、琢、磨，《毛傳》據所聞言之爾。道學自脩，《毛傳》從《大學》言之也。」（55頁）這裡，簡氏不但批評了朱子的粗疏之失，而且理清了《毛傳》的解說由來，並糾正了舊釋的訛誤。

因此，我們看到《述疏》在引述前賢說解時，略無鉅細，照錄不誤。全書雖然以朱氏本為主，以何晏的《論語集解》為輔，但邢昺、皇侃等人的疏，只要有助於解釋的，無不引述。尤其應指出的是，簡氏行文間並沒有明言亦有採自《十三經注疏》者，但字裏行間卻透露了必定有阮元的校勘內容在〔註8〕。例如引「漢石經」、「唐石經」如何如何說，又引「日本校刊」如何如何說。在條分縷析間，簡氏博引經、史、子、集，以及時賢方家所述的相關內容，令人目不暇接。筆者粗略統計了一下，《述疏》的引書（文）達到了67種之多〔註9〕。如果加上署名或未署名者的著述，其數量更為可觀。

不過，如同民初及以前所有經學家一樣，簡先生囿於時代、材料的侷限，在博採眾長方面也難免有疏失的時候。譬如，視某些引書引文為「偽」。儘管簡氏偶而用《孔子家語》為說，卻每每冠以「偽」字。事實上，由於近些年出土了相關的典籍，「《孔子家語》偽作說」已不大為學者所接受，近年也有學者專門作了糾誤的工作〔註10〕。又如對孔安國的注，簡氏也往往以「偽」目之，或表現出且疑且信的態度。然而，《古論語》出孔壁中，為諸史家所相信，雖然早已散佚，但許慎的《說文解字》、宋人所編的《汗簡》及《古文四聲韻》均輯錄了採自《古論語》

〔註8〕就筆者目及，全書只在《顏淵》篇第11章提到阮元：「阮氏元疑此有脫文。」見《述疏》，第351頁。

〔註9〕《述疏》引書之多，讓人驚歎。所引書，有些早已散佚，例如杜預的《世族譜》（據《四庫全書·春秋世族譜提要》）。估計簡氏所引用的是輯佚本或類書。《述疏》引書，詳參本文附錄：「《論語集注補正述疏》引書目」。

〔註10〕定州竹簡出有《孔子家語》的斷簡殘篇，發掘者審慎地定名為《儒家者言》。1977年，安徽阜陽雙古堆西漢汝陰侯墓也出有類似內容的竹簡。這兩處墓葬均為西漢早期，可證王肅（三國時人）偽作《孔子家語》之不確。近年上海博物館購藏的戰國竹簡，也有《孔子家語》的內容，更加證明了《孔子家語》一書自有本源，恐怕王肅只是整理者罷了。廖名春有〈梁啟超古書辨偽方法評議〉一文，已辯其非，載氏著：《中國學術史新證》，成都：四川大學出版社，2005年8月第一版。

的文字。早些年湖北所出戰國楚簡，也有《論語》的內容〔註11〕，足以證明《古論語》的確存在過並有可能流傳至後世。

二、別引異文，以得確解

眾所周知，《論語》經秦火後，至漢時復有傳者。因此，各家所傳不免有所歧異。這些異文孰是孰非，自是見仁見智。簡氏在面對某些疑難字句時，往往能充分利用這些異文，從而得出令人信服的訓釋。

例如〈雍也〉篇第 4 章「犂牛」（156～157 頁），朱熹採舊注云：「犂，雜文；騂，赤色。」簡氏述曰：「犂者，黎省文也。《戰國策》云：驪牛之黃也，似虎。犂，與驪通。《山海經》云：鱅鱅之魚，其狀如犂牛。郭注云：牛似虎文者。王氏引之云：犂之為驪，猶黎之為驪。《書‧禹貢》：厥土青黎。《史記‧夏本紀》作『青驪』。是也。《廣韻》云：黧，黑而黃也。犂，與黧通。《淮南子》云：犂牛，生子而犧。尸祝齊戒，以沈諸河。河伯豈羞其所從出而不享哉。高誘注云：犂牛，不純色。」在具引文獻為證後，簡氏認為「犂」既非「犂耕」的「犂」，也不應訓為「雜文」，而應當讀為「黧」。殆的論。

又如〈述而〉篇第 13 章「子在齊聞《韶》，三月不知肉味」（191～192 頁），程頤說：「三月，乃音字誤分。」並據此認為「聖人不久滯於物也」。簡氏先引《史記》：「孔子適齊，聞《韶》音，學之三月，不知肉味。」復引朱熹分析：「《史記》有音字，又有三月字，則非誤分矣。」並加案語引《虞書》、《說苑》、《孟子》為證，從而肯定朱熹的分析。今天我們所見到的竹簡本《論語》，「三月」二字歷歷在目〔註12〕，可見簡先生的卓識。

再如〈述而〉篇第 16 章「加我數年五十以學易可以無大過矣」（195～196 頁），一直以來，這段話文字上有問題：有些版本「加」作「假」，「五十」作「卒」，「易」作「亦」；斷句也存在問題：或在「易」前點斷，或在「易」後點斷。簡先生在讀這段文字時，心存許多疑問：「他論五十作『卒』，安見必非古本乎？」「今以孔子之聖，何為年幾五十而始學《易》乎？」「如非始學也，則又終身學焉，豈可定五十乎？」「夫五十而知天命，此孔子七十後之言也，

〔註11〕例如〈述而〉篇第 6 章和〈子罕〉篇第 4 章，也見於《郭店楚墓竹簡‧語叢三》（北京：文物出版社，1998 年 5 月第 1 版）。可見《論語》在先秦即有抄本。

〔註12〕參看河北省文物研究所定州漢墓竹簡整理小組：《定州漢墓竹簡〈論語〉》，北京：文物出版社，1997 年 7 月第 1 版，第 33 頁。

豈年幾五十而豫期之乎？」「或曰：『加者，計數之辭。』然何不曰：『吾年四十七，將學《易》三年。』而乃言之迂曲乎？」「《易》學無窮，豈以三年限乎？」「若夫年四十餘而屬學，我不入官，即其暇矣，此自我為之，不必人假之也，安在天假之乎？」「孔子之學，不知老之將至，豈同六十不親學之常乎？」「今考《易·繫傳》云：『大衍之數五十，其用四十有九。』此用九用六所由生也。豈惟言五十以學《易》乎？」在這些疑問的驅動下，簡氏作了合乎邏輯的推論和解釋，認為：應從「五十」作「卒」之說。簡氏真的是位好學深思的學者！難怪有那麼多的發明！可惜簡氏未及見到竹簡本《論語》，否則可進一步證明這段話可能正作：「加我數年，卒以學，亦可以無大過矣。」〔註13〕這樣解釋文意，才比較切合孔子所主張的終身學習的理念。

三、撰述嚴謹，粗具規範

《述疏》一書，引文浩繁，絕大多數均見來歷。這是很讓身處現今浮躁的學術環境中的我們感慨的。此外，《述疏》還對《論語集注》中未注出處者做了補注的工作。

《論語集注》一書，朱熹所作注解，往往取來便用，而不注明原釋誰何。為前賢諱，可以說是出於簡明的目的。若謹嚴第一，則可以說是粗疏，且有掠美之嫌。無論如何，不注出處，必定給解經者造成一定的釋讀困難，尤其會給識見不廣的學生設置閱讀障礙。大概有感於此，簡氏在處理注釋原始出處方面花了大量的精力。

例如〈為政〉篇第7章（67頁），簡氏述曰：「何氏《集解》言此經者有二焉，包氏注也。後一說也，朱子本後一說而修之……」原來有多少注釋，誰做的注，清清楚楚，一目了然。相反，朱本則一概略去。

又如〈八佾〉篇第8章（93頁），簡氏述曰：「朱子釋『倩盼』者，本《詩·碩人》毛傳也。其釋『素絢』者，先以經下文繪事言之，斯未叶矣。朱子未及修之耳。」這裡則直截了當指出朱熹的注是哪裏來的，所引又有哪些失當之處。

再如〈雍也〉篇第4章（156頁），簡氏述曰：「此集注，本何氏而修之，蓋其義同。」此處簡單說明朱熹的《集注》並沒有多少發明，而只是對《論語集

〔註13〕此段文字，《定州漢墓竹簡〈論語〉》作「……以學亦可以毋大過矣」（第33頁），北京：文物出版社，1997年7月第1版。

解》有所修改而已。

　　最後如〈鄉黨〉篇第 25 節（303 頁），簡氏述曰：「引《記》者，《禮・玉藻》文。」標識朱熹引文的出處。

　　類似的尋本溯源的考索，是簡氏《述疏》的重要內容之一。從另一角度看，《述疏》實際上具備索引的功能。由此可見簡氏嚴謹的治學態度，高尚的學風，以及一絲不苟的工作態度。可以說，簡著已基本符合今天所要求的學術規範了。我想，光憑這一點，《述疏》絕對是值得學者們信賴的著作。

　　當然，《述疏》所引也有不見出處者。

　　最為常見的是「論家說云」或「或曰」。實在讓人難以查考到底是誰在什麼著作說過所引用的話。也有指名道姓而未列出書名的，例如〈子罕〉篇第 17 章（260 頁）引沈約說，又如〈子罕〉篇第 21 章（261 頁）引翟灝說，再如〈先進〉篇第 3 章（310 頁）引盧辯說。

　　一方面固然是當時的風氣使然，譬如沿襲《論語集注》的舊例，實在無可厚非；另一方面可能是有所避諱，「論家」、「或」可能泛指當時的研究者而諱其名姓。

四、注音語法，亦有發明

　　簡氏所作述疏，主要工作是解釋字、詞、句的源流意義，而較少涉及語音。不過，簡氏所釋音，卻有很高的價值。一方面，固然是給學生標示正確的讀音（文讀，即所謂「書面音」），一般是採用韻書的反切；另一方面，則自度反切，標示地方的讀音（白讀，即所謂「口頭音」）。從而讓我們瞭解到一百多年前的區域方言的某些語音特徵。以下略舉數例以證之。

　　例一，30 頁，「參，七南反。參，乘也，故字之曰『輿』。」這是簡先生給曾參的「參」注的音。轉換成漢語拼音，當作「cān」。可是眼下許多《論語》本子，通常都是注為「shēn」〔註14〕。很明顯，前者的注音才是正確的。

　　例二，303 頁，橈，乃教切。但是《廣韻》和《集韻》都是「女教切」。可能當時的粵人讀「女」字已經 l、n 不分（如同今天的廣州話），因此簡先生改用仍為鼻音的「乃」作聲母，表明此字是鼻聲母。

　　例三，317 頁，造，七到反。但是《廣韻》作「昨早切」，《集韻》作「在早

〔註14〕例如楊伯峻：《論語譯注》，北京：中華書局，1980 年 12 月第 2 版，第 3 頁。

切」。估計當時的「造」的方言聲母為送氣音，和中古音有區別。今天粵語讀「造詣」的「造」即如是。可證。

簡氏在注音方面還有一點值得稱道的，他不但給經文中的難字、僻字、破讀字標注讀音，而且還給注疏、引文中的難字、僻字或破讀字標注讀音。上舉諸例，就都是注疏、引文中的難字、僻字或破讀字。

筆者認為，想瞭解一百多年前的區域方言的語音概貌，全面地、系統地考察《述疏》中的反切當是一條捷徑。

《述疏》所做訓釋，間或也涉及文法問題。有兩例頗見簡氏古文文法之功力。

例一，〈先進〉篇第21章（322頁），簡氏述曰：「諸，如『藏諸』、『沽諸』之『諸』，疑辭也。皇疏：『諸，之也。』邢疏同。蓋未叶也。問稱『行諸』，答稱『行之』。此對文則異，不得如散文則通也。」切中肯綮！在我的印象中，迄今為止還沒有哪位古漢語語法研究者把「諸」視為疑問語氣詞的。簡氏此說一出，相信在典籍中「諸」的這類用法可以輕而易舉地加以解釋了〔註15〕。

例二，〈顏淵〉篇第8章「惜乎夫子之說君子也」一句（344～345頁），朱熹這樣斷句：「惜乎夫子之說。君子也」鄭玄卻這樣斷：「惜乎夫子之說君子也。」簡氏評曰：「如朱注，則子貢之言曲而婉矣。」「（鄭注）其傷於直歟？」顯然，簡氏是傾向於第一種斷法的。然而，目下林林種種的《論語》本子，大概都沒有注意到簡氏合乎邏輯的點評。

儘管如此精彩的語法分析並不多見，但也可以瞭解古人遣詞造句實際上也是講究語法的。

結　語

簡氏《述疏》，其學術貢獻無疑是巨大的！本文所論，僅及其訓詁部分。然而，窺此一斑，也就可以想見全豹了。以下略贅數語，作為本文的總結。

筆者以為，《述疏》是一深入淺出博採眾長的《論語》普及本。它不但忠實地保留了歷代學人對《論語》的精闢說解，而且對前人的注解分別標示出處，

〔註15〕楊樹達：《詞詮》（北京中華書局，1965年11月第2版）「諸」字條全然未及「疑辭」用法，其中一個用法則被確定為「語末助詞，無義」（第203～204頁）。然而，某些例子我看可以用「疑辭」釋之。

使《述疏》兼具索引的功能。簡氏在訓釋經文注疏的時候，善於利用各本的異文進行分析、甄別，因而往往能得出正解。《述疏》一書雖偏重於文字的考訂、典故史實的考索以及義理的分析說解，但對注音語法也有兼顧。

不過，《述疏》一書也存在兩個小問題：一是失於瑣屑，一是輕言偽作。前者因其講稿的體例，不免述說過當，舉例太濫。後者則囿於時代、材料的局限性，不免人云亦云。雖說大醇小疵，未可求全，但讀者則不可不察。

概言之，《述疏》代表了清季及民國以來《論語》研究的最高水平，是那個時代《論語》研究的總結性成果。

附一　本文主要參考書目

1. 楊伯峻：《論語譯注》，北京：中華書局，1980 年 12 月第 2 版。

2. 朱熹注：《大學・中庸・論語》，上海：上海古籍出版社，1987 年 3 月第 1 版。

3. 《十三經注疏（附校勘記及識語）》（上下冊），杭州：浙江古籍出版社，1996 年 6 月第 1 版。

4. 河北省文物研究所定州漢墓竹簡整理小組：《定州漢墓竹簡〈論語〉》，北京：文物出版社，1997 年 7 月第 1 版。

5. 李方：《敦煌〈論語集解〉校證》，南京：江蘇古籍出版社，1998 年 10 月第 1 版。

附二　《論語集注補正述疏》徵引書目（大致以正文徵引先後序次，括號內的內容為本文作者所補）

1.《（尚）書》2.《白虎通》3.《易（經）》4.《禮記》5.《荀子》6. 劉向《新序》7.《說文（解字）》8.《爾雅》9.《大戴禮記》10.《國語》11.《左傳》12.《詩（經）》13.《宋史》14.《（經典）釋文》15.《孟子》16.《三國志》17.《老子》18.《後漢書》19.《史記》20.《孔子家語》21.《孝經》22.《說苑》23.《法言》24.《漢書》25.《周禮》26.《莊子》27.《儀禮》28.《呂氏春秋》29.《廣雅》30.《文獻通考》31.《楚辭》32.《周髀（算經）》33.《公羊傳》34.《鹽鐵論》35.《藝文類聚》36.《（資治）通鑒》37.《穀梁傳》38.《春秋繁露》39.《戰國策》40.《山海經》41.《通志》42.《列子》43.《淮南子》44.《韓詩外傳》45.《文選》46.《韓非子》47.《方言》48.《唐書》49.《明史》50.陶潛《群輔錄》51.《太平御覽》52.《論衡》53.《管子》54. 韓（愈）、李（翱）《（〈論語〉）筆解》55.杜預《世族譜》56.《琴操》57.《墨子》58.《列女傳》59. 畢氏（沅）

《續（資治）通鑒》60.《元史》61.賈子《新書》62.《潛夫論》63.《顏氏家訓》64. 蘇軾〈上神宗書〉65. 歐陽修〈瀧崗阡表〉66.《晉書》67. 洪适《隸釋》

原簡朝亮學術研討會論文·順德北滘，2008 年 10 月 9～10 日，載《簡朝亮學術研討會論文集》，第 82～88 頁，又載南方網（http://theory.southcn.com）。

希白先生之文學造詣略說
——以若干聯作為例

容庚（1894～1983），字希白，號頌齋，東莞人。

希白先生的高風亮節、古器物古文字研究、古書畫鑒賞、書法藝術、地方文獻整理等，通過學者們的研究推介，早已為人們所熟知。不過，先生的文學造詣，卻似乎尟有談及〔註1〕。

先生書香門第，祖父鶴齡公、外祖父鏡蓉公均為同治間進士，父親、舅舅均善吟詠〔註2〕。先生幼承家學，又從鄉儒徐曉湘、張於遠習四書、《禮記》、《左傳》等，少時喜讀林紓文言譯著《茶花女》（法‧小仲馬）、《不如歸》（日‧德富健次郎）等〔註3〕。這讓先生奠定了堅實的文言基礎的同時，也使先生積累了一定的文學素養。

早在 1925 年，先生作〈《紅樓夢》的本子問題質胡適之俞平伯先生〉，就開始步入文學研究的殿堂了。先生也整理過詩集。自 1942 年 6 月始，先生開始校

〔註1〕 筆者目及，只見馬國權先生一文，言及先生所撰寫的〈論列朝詩集與明詩綜〉以及與詹安泰、吳重翰合著的《中國文學史》，而未述及希白先生的文學創作。參看氏著：〈容庚先生的生平和學術成就〉，《容庚容肇祖學記》，廣州：廣東人民出版社，2004 年 8 月第 1 版，第 35～36 頁。
〔註2〕 其父有《聊自娛齋遺稿》，母舅有《綠綺園詩集》。
〔註3〕 見〈頌齋吉金圖錄序〉，容庚：《頌齋述林》，香港：翰墨軒出版有限公司，1994 年 8 月。

補《鐵橋集》，後來成《（鐵橋集）補遺》、《鐵橋投贈集》〔註4〕。解放以後，先生與詹安泰、吳重翰二教授合編《中國文學史》（先秦、兩漢部分）〔註5〕。這大概是第一部系統地視甲骨文、金文為文學作品的文學史，具有非凡的學術史意義。

先生也有詩作，殆偶而為之耳。迄今所見，僅四首〔註6〕。

先生所撰文言文，感情充沛，汪洋恣肆，行文流暢自然，不假雕琢，不作無根之談，旁徵博引，務求信實，典故順手拈來，而與文章融為一體。如為學者們津津樂道的〈頌齋吉金圖錄序〉、〈海外吉金圖錄序〉等篇章，都是很漂亮的散文小品。又如〈清史稿解禁議〉、〈為檢校清史稿進一解〉等，則是非常精闢而令人信服的弘論。先生實在是那個時期的文章大家。只是因為先生的青銅器研究名氣太著，人們沒有注意罷了。倘若編撰一部現代古文觀止，竊以為先生的作品可占一席地。

有感於此，本文略舉先生所撰聯語為例，試圖藉以探究先生治學之餘的文學造詣。

先生的聯作並沒有結集，本文所述，多見於先生所手書者，大概可分為創作、對句、集句、抄錄四類。以下分別述之。

一、創　作

此處所列，可能只是先生畢生所作的一小部分，但也足以瞭解先生頗諳於此道了。

（一）擇鄰師孟母，問字遲揚雄。

約撰於 1916 年前後，題於門楹之上，是迄今所知先生最早的聯作〔註7〕。時先生中學畢業後在家習繪事並編撰《金文編》。上聯所述，即以孟母三遷的故

〔註4〕 與汪宗衍同輯，得佚作 30 餘首成《補遺》，補輯張穆朋友的贈詩 26 家及後人題畫詩 17 家為《投贈集》，又輯得若干逸聞附錄於後，收入《鐵橋集》中，作為（香港）何氏至樂樓叢書之一種於 1974 年 12 月印行。

〔註5〕 北京：商務印書館，1954 年 8 月。又北京：高等教育出版社，1957 年 8 月。

〔註6〕 參看黃光武：〈每愧人稱作畫人〉，載《古文字論壇》第三輯，上海：中西書局，2018 年 12 月第 1 版，第 7～14 頁。又參譚步雲：〈容庚與袁華儻的詩歌酬酢〉，《南方周末》，2021 年 7 月 22 日 C24 版。

〔註7〕 容肇祖：〈我的家世和幼年〉，《容庚容肇祖學記》，廣州：廣東人民出版社，2004 年 8 月第 1 版，第 245 頁。

事表達對母親的敬意：期間母親為了孩子們的學業而多次遷徙於廣州、東莞兩地。下聯則流露出先生問學於舅舅並決意從事語言文字研究的心跡。

（二）革命雖未成，公之精神滿天下；苛政亦云猛，我所憂思在故鄉。

（三）為天下不顧家，故鄉遍千里創痍，民生之謂何，一死空留遺恨在；定方略以建國，革命積卅年心血，哲人其萎矣，萬方同弔淚痕多。

1925 年 3 月 12 日，孫文總理逝世，先生撰輓聯二〔註8〕。二聯均表達了對一代偉人的敬仰之情以及對時局民生的憂慮。而就楹聯的格律而言，先生所作，有時甚嚴謹，有時則甚寬鬆。此二作即屬後者。總而言之，率性而為，不計工拙，似乎是先生的文風。

（四）有文有史亦足厚，無車無魚歸乎來。（落款：尚嚴學長正篆。十四年十月，容庚）

書於 1925 年。此聯展現了先生深厚的文史根底。上聯典出唐·楊炯〈大周明威將軍梁公神道碑〉，辭云：「或顯或晦，有文有史。烏奕圭璋，芬芳蘭芷。」（清·董誥《全唐文》卷一百九十五）下聯典出《戰國策·齊四》，辭云：「長鋏歸來乎，食無魚。」「長鋏歸來乎，出無車。」尚嚴，即莊尚嚴，筆名莊嚴，號慕陵，長春人，1924 年畢業於北京大學，歷任辦理清室善後文員會事務員、故宮博物院古物館第一科科長、臺北故宮博物院古物館館長及副院長等。

（五）通敵有證，果何在耶，豺狼當塗，冤哉四字獄；局賭無憑，竟成真矣，豬狗有運，死也一時評。

挽林白水聯〔註9〕。林氏為著名報人，在北京創辦《新社會報》（後改名《社會日報》），以譏評時弊為己任，終為軍閥張宗昌所殺，時在 1926 年 8 月 5 日。先生曾任林氏掌珠的家庭教師，教授《說文解字》等。聯語憑弔之意略淡，而憤懣之意難平。先生大概也有所覺，因而後來又倩陳恭甫另撰一聯：「直筆眾交推，勝有文章媲暾谷；多才天所忌，劇憐身世似禰衡。」〔註10〕

（六）朝於大學，夕於小學；古有經師，今有人師。（落款：息侯先生正書，

〔註8〕　見〈自訂年譜〉，《容庚文集》，廣州：中山大學出版社，2004 年 11 月第 1 版，第
　　　　662 頁。
〔註9〕　見夏和順整理：《容庚北平日記》，北京：中華書局，2011 年 7 月第 1 版，第 107
　　　　頁。
〔註10〕　見夏和順整理：《容庚北平日記》，北京：中華書局，2011 年 7 月第 1 版，第 110
　　　　頁。

十六年六月，容庚）

書於 1927 年，金梁（1878～1962），字息侯，光緒三十年進士，曾任京師大學堂提調。聯作內容殆金先生的寫照。

（七）百里未半，胡邊止焉，傷哉西苑車停，難遇許揚重問字；眾濁獨清，可謂忠矣，愴對昆池水漲，誰為宋賈賦招魂。

作於 1927 年 6 月間。時王觀堂赴水，先生挽之。先生與觀堂公無師徒之名而有師徒之實，在京師時「過從尤密」〔註11〕，談學論道，故上聯以許（慎）、揚（雄）擬公而執弟子禮。下聯則以屈子擬公，褒揚公之忠悃篤誠。

（八）老有山林足相契，人於天地不虛生。（落款：退安先生正篆。廿四年六月，容庚）

書於 1935 年。完全是為退安先生大名度身定造之作。宋・周密《癸辛雜識別集・史嵩之致仕》云：「丙申之春，御筆史嵩之退安晚節已逾十年。」

（九）幾處松篁，千支楊柳，數朵夫渠，此景最難忘，暑際正當磐石坐；一江煙浪，萬送雲峰，十洲風月，漁家真個好，醉來深閉短篷眠。（落款：元胎三弟屬。廿九年元旦，容庚）

書於 1940 年元旦，贈三弟肇祖。宋・蘇軾嘗云：「味摩詰之詩，詩中有畫；觀摩詰之畫，畫中有詩。」（〈書摩詰藍田煙雨圖〉，《東坡題跋》卷之五頁一，明津逮秘書本）而先生此聯，亦畫亦詩，優美極了！悠閒極了！這與先生幼習繪事漸長而精於畫作鑒賞不無關係。

（十）探殷墟之瑰奇，精鑒遠過劉原父；睠楚國而憔悴，孤忠高似屈靈均。

作於 1940 年，是年 6 月 19 日貞松老人卒於旅順，先生撰聯以悼〔註12〕。貞松老人於先生有知遇之恩，而終生效忠清王室，入民國後也不改初衷。因此，如何評價這位前輩的一生殊不易。上聯肯定雪堂公的甲骨學創始之功，下聯則以屈原作比，肯定雪堂公作為一名清朝舊臣所應具備的道德操守。

（十一）即史多康樂，其人復高明。（落款：仲琴先生正。容庚）

大約書於 1942 年以前。仲琴當即黃嵩年（1884～1942，字仲琴，號嵩園，

〔註11〕莞城圖書館編：《容庚學術著作全集》第 22 冊《頌齋述林》，北京：中華書局，2011年 7 月第 1 版，第 932 頁。
〔註12〕見〈自訂年譜〉，《容庚文集》，廣州：中山大學出版社，2004 年 11 月第 1 版，第666 頁。

以字行）。民國初年，黃先生嘗從政，十六年，經顧頡剛推薦，任中山大學教授，後轉任嶺南大學教授，與鄧爾疋、冼玉清、容肇祖、商承祚等素有過從。黃先生長於文史，有研究仙字潭摩崖石刻〈汰溪古文〉一文，刊於《嶺南學報》四卷二期（1935 年），公認為崖畫研究的鼻祖。先生書此，無疑是對黃先生的褒揚。

（十二）一代閨門好女子，百篇詩卷怨流離。

約撰於 1949 年後，時冼玉清教授把在抗戰期間所作編為《流離百詠》刊行，先生為之題記〔註13〕，是對這位同事兼友人的最好旌表。

（十三）文學一科冠夫子，馨香千古頌南人。（落款：天泉同志正。容庚時年七十）

書於 1963 年左右。可能正是先生對這位天泉同志的評價。

（十四）從來藝圃多豐歲，自闢書城作富家。（落款：作梁兄屬篆。丙辰春日，容庚）

書於 1976 年。1962 年，陳作梁曾在先生也是授課教師之一的廣州文史夜學院學習文史書畫，與先生實有師生之誼。先生書此以贈，獎掖後學之心可感。

（十五）花亞玉闌明月夜，樹臨金井夕陽初。（落款：兆濠兄正篆。丙辰夏日，容庚）

書於 1976 年。文字運用之美妙遠過畫作！可知先生的形象思維絲毫不遜專治文學者。

（十六）右軍臨池今尚墨，襄陽拜石古有圖。（落款：容庚）

書寫時間不詳。先生精於書畫鑒藏，聯語通過王羲之、米芾的典故而有所反映，自然而然。

（十七）酒仙詩佛同千古，樸學奇才張一軍。（落款：立甫仁兄正。容庚）

書寫時間不詳。恐怕正是這位立甫仁兄為人為學的概括。

（十八）人極所能，武侯集益；事得其理，文子深思。（落款：容庚）

書寫時間不詳〔註14〕。庶幾可反映先生的治學理念。於讀者，也是發人深省

〔註13〕廣東省文史研究館：〈嶺表鑄英才風流碧琅玕——紀念「嶺南才女」冼玉清誕辰 100 週年〉，《嶺南文史》，1995 年 4 期。

〔註14〕冼劍民：〈容庚對嶺南書法的重大貢獻〉，《容庚容肇祖學記》，廣州：廣東人民出版社，2004 年 8 月第 1 版，第 130 頁。步雲案：冼文引作「人極所能，武侯集益；事得其理，文字深思。」「字」當作「子」。

的格言。

（十九）〈毛公鼎銘集聯〉

德唯取友，善在尊師。龔黃善政，許史大家。服膺朱子，師事毛公。亦臨亦保，乃武乃文。文唯師古，學在宗經。學無朝夕法，經有古今文。經學有師灋，文辭唯古宗。作文師古法，受經辟異辭。大人畏天命，顯學作經師。

集毛公鼎銘撰聯九比，無落款，書寫時間不詳，見 2020 年中國美術館「有容乃大——容庚捐贈展」（參看本文圖一）〔註 15〕。睹此諸作，略可瞭解先生的文學根柢。「龔黃善政，許史大家。服膺朱子，師事毛公。」二聯所用典與先生治學取向正相切合。龔、黃，龔遂和黃霸的合稱，泛指循吏。許、史，通常是漢宣帝時外戚許伯、史高的合稱，借指權貴。先生這裡殆別有所指。筆者以為當指許慎、史游二人。前者著《說文解字》，後者著《急就篇》。二書都是文字學的經典。朱子指朱熹，毛公指毛亨。二人均先秦經籍宗師。先生以前賢為師以經籍為法之志向躍然紙上。此九聯當作一篇駢文閱讀亦無妨，可視為先生的肺腑之言：從修身立志、與師友交到為文治學，無不印證了先生日後的人生歷程。

二、對　句

對句大概源自柏梁體，屬集體創作。爾後屬對，可以是同道之間甲擬出句乙續對句；也可以是取前人佳句，補為一聯。於個人而言，對句只能算半個創作。

一個好的散句，就好比形單影隻之佳人煢煢孑立，不免讓人感歎些許孤清的遺憾。而足之為駢偶，猶如珠聯璧合，使之趨於完美無瑕。例如唐·李賀的詩句「天若有情天亦老」，妙則妙矣，但總以為意蘊未盡。當宋·石曼卿綴以「月如無恨月長圓」〔註 16〕，即覺韻味無窮。

先生所作對句，茲檢得三例。

（一）漱六藝芳潤，儲二酒菁華。（落款：少泉仁兄雅屬。癸巳冬日，容庚）

〔註 15〕據先生 1931 年 5 月 25～28 日日記（夏和順整理：《容庚北平日記》，中華書局，2019 年 5 月第 1 版，第 237～238 頁），期間應約為葉恭綽作〈毛公鼎考釋〉。則此集聯殆斯時所作。

〔註 16〕宋·司馬光云：「李長吉歌『天若有情天亦老』，人以為奇絕無對；曼卿對『月如無恨月長圓』，人以為劅敵。」（《溫公續詩話》，清乾隆三十五年刻本，第 6 頁）

書於 1953 年。上聯見於〈文賦〉：「傾群言之瀝液，**漱六藝之芳潤**。」（晉・陸機《陸士衡文集》卷二頁二，景江南圖書館藏明正德覆宋刊本）下聯殆自擬。二酒，典出《禮記》（卷七十），指清（清酒）白（事酒）二酒。蓋用以形容這位少泉仁兄。

（二）雕蟲絕技追秦相，揮塵清談似晉人。（落款：仲儒兄屬篆。乙卯夏日，容庚）

書於 1975。上聯自擬，下聯出清・成書〈扈蹕幸避暑山莊紀事絕句〉之七十二：「禁院風清絕點塵，冷官無事稱閒身。朝朝太僕朝房裏，**揮塵清談似晉人**。」（《多歲堂詩集》卷一頁二十九，清道光十一年刻本）時在文革期間，殆先生的自白。

（三）一川風雨連芳草，十里樓臺倚翠微。（落款：戊午秋日，容庚）

書於 1978 年。上聯殆自撰，下聯出自宋・晏幾道〈鷓鴣天〉，辭云：「**十里樓臺倚翠微**，百花深處杜鵑啼。殷勤自與行人語，不似流鶯取次飛。○驚夢覺，弄晴時。聲聲只道不如歸。天涯豈是無歸意，爭奈歸期未可期。」（《小山詞》頁三，明刻宋名家詞本）時先生已獲平反，開始重拾學術研究舊業，並招收文革後第一屆研究生，可以再度授業解惑了。讀此聯語，真切感受到先生歷經風雨之後的愉悅心情。

三、集　句

集句是古已有之的另類創作〔註 17〕，似乎是先生特別鍾愛的文學形式。藉此，或可瞭解先生學富五車之才力，博聞強記之天賦。集句貴在渾然一體，天衣無縫。以下所錄，大體如此。

（一）細草濃藍瀸，新篁紫綺緘（落款：靜兮姊雅屬。廿七年二月，容庚）

書於 1938 年。上聯出唐・王周〈過武寧縣九月十九日〉，辭云：「行過武寧縣，初晴物景和。岸回驚水急，山淺見天多。**細草濃藍瀸**，輕煙匹練拖。晚來何處宿，一笛起漁歌。」（清・曹寅《全唐詩》卷七百六十五，四庫全書本）下聯出唐・韋莊〈李氏小池亭十二韻時在婺州寄居作〉，辭云：「積石亂巉巉，庭莎綠不芟。小橋低跨水，危檻半依岩。花落魚爭唼，櫻紅鳥競鵮。引泉疏地脈，

〔註 17〕　集句作為一種文體，自有其文學史上的地位。詳參吳承學：《中國古代文體形態研究》，廣州：中山大學出版社，2000 年 9 月第 1 版，第 137～156 頁。

掃絮積山嵌。古柳紅絹織，新篁紫綺緘。養猿秋嘯月，放鶴夜棲杉。枕簞溪雲膩，池塘海雨鹹。語窗雞逞辨，砥鼎犬偏饞。踏蘚青黏屐，攀蘿綠映衫。訪僧舟北渡，賈酒日西銜。遲客登高閣，題詩遶翠岩。家藏何所寶，清韻滿琅函。」（清・曹寅《全唐詩》卷六百九十七，四庫全書本）

（二）落葩滿地月華冷，細雨如煙碧草新。（落款：若水兄屬。庚戌三月，容庚）

書於 1970 年。上聯出自唐・許堅〈登遊齊山〉，辭云：「星使南馳入楚重，此山偏得駐行蹤。**落花滿地月華冷**，寂寞舊山三四峰。」（清・曹寅《全唐詩》卷七百五十七，四庫全書本）下聯出自唐・溫庭筠〈題李處士幽居〉，辭云：「水玉簪頭白角巾，瑤琴寂歷拂輕塵。濃陰似帳紅薇晚，**細雨如煙碧草春**。隔竹見籠疑有鶴，捲簾看畫靜無人。南山自是忘年友，谷口徒稱鄭子真。」（《溫庭筠詩集》卷四頁二，景江南圖書館藏述堂精鈔本）葩，四庫全書本《全唐詩》作「花」。不知先生所以據。而溫詩之「春」，先生則改作「新」，似有別意。

（三）酒闌卻憶十年事，筆陣橫掃千人軍。（落款：慶重先生正篆。癸丑初夏，八十老人容庚）

書於 1973 年。上聯出唐・杜甫〈九日〉，辭云：「去年登高郪縣北，今日重在涪江濱。苦遭白髮不相放，羞見黃花無數新。世亂鬱鬱久為客，路難悠悠常傍人。**酒闌卻憶十年事**，腸斷驪山清路塵。」（《杜工部集》卷十二頁十六，玉鈎草堂本）下聯出唐・杜甫〈醉歌行〉，辭云：「詞源倒流三峽水，**筆陣獨掃千人軍**。」（《杜工部集》卷一頁六，玉鈎草堂本）其時先生常遭批鬥，而堅強不屈，百折不撓。此聯正是先生心聲。橫，四庫全書本《全唐詩》亦作「獨」。不知先生所以據。

（四）錦瑟華年誰與度，可人風調最多宜。（落款：震寰仁兄正篆。癸丑秋日，容庚）

書於 1973 年秋。上聯出自宋・賀鑄〈青玉案〉，辭云：「凌波不過橫塘路，但目送、芳塵去。**錦瑟華年誰與度**，月橋花榭瑣窗朱戶，只有春知處。〇碧雲冉冉蘅皋暮，彩筆新題斷腸句。試問閒愁都幾許。一川煙草，滿城風絮，梅子黃時雨。」（《賀方回詞》卷一頁十八，民國吳氏雙照樓鈔本）下聯出自宋・賀鑄〈浣溪沙〉，辭云：「半解香綃撲粉肌，避風長下絳紗帷。碧琉璃水浸瓊枝。〇不學壽陽窺曉鏡，何煩京兆畫新眉。**可人風調**（或作謂）**最多宜**。」（清・佚

名《宋金元人詞‧東山寓聲樂府》卷下頁十一，清光緒三十四年繆荃孫藝風堂抄本）

（五）寵柳嬌花寒食近，淡煙流水畫屏幽。（落款：學科仁兄正篆，癸丑秋日，容庚）

書於 1973 年秋。上聯出自宋‧李清照《壺中天慢‧春情》，辭云：「蕭條庭院，又斜風細雨，重門須閉。**寵柳嬌花寒食近**，種種惱人天氣。險韻詩成，扶頭酒醒，別是閒滋味。征鴻過盡，萬千心事難寄。〇樓上幾日春寒，簾垂四面，玉欄杆慵倚。被冷香銷新夢覺，不許愁人不起。清露晨流，新桐初引，多少游春意。日高煙斂，更看今日晴未。」（《漱玉詞》頁二，四庫全書本）下聯出自宋‧秦觀〈浣溪沙〉，辭云：「漠漠輕寒上小樓。曉陰無賴似窮秋。**澹煙流水畫屏幽**。〇自在飛花輕似夢，無邊絲雨細如愁。寶簾閒掛小銀鉤。」（《淮海集‧淮海長短句》卷下頁三，景海鹽涉園張氏藏明嘉靖刊小字本）或謂宋‧歐陽修所作，題作《春思》。

（六）金玉其心，芝蘭其室；仁義為友，道德為師。（落款：家良仁兄屬篆。丁巳冬日，容庚）

書於 1977 年。上聯出自唐‧元希聲〈贈皇甫侍御赴都八首〉之八，辭云：「**金石其心，芝蘭其室**。言語方間，音徽自溢。」（清‧曹寅《全唐詩》卷一百一，四庫全書本）下聯出自宋‧司馬光〈誡勵舉人敦修行檢詔（限二百字以上成）〉，辭云：「自今天下之士，其務以**道德為師，仁義為友**，進之於內，而讓之於外，治之於身，而施之於人，才雖美不敢以自驕，善未至不敢以自怠。如是則窮居閭閻，何病乎不達？」（《溫國文正公文集》卷第五十六頁十四，景常熟瞿氏鐵琴銅劍樓藏宋紹熙刊本）書此聯語，既是先生的夫子自道，又是對晚輩後學的期望。玉，四庫全書本《全唐詩》作「石」。不知先生所以據。

（七）有冊有典左右秩秩，是彝是訓子孫繩繩。（落款：善初醫師雅正。容庚）

書寫時間不詳。上聯出《書‧多士》（辭云：「惟爾知惟殷先人**有冊有典**，殷革夏命。」）以及《詩‧小雅‧賓之初筵》（辭云：「賓之初筵，**左右秩秩**。」）下聯出《書‧洪範》（辭云：「曰皇極之敷言，**是彝是訓**，於帝其訓。」）以及《詩‧周南‧螽斯》（辭云：「螽斯羽，薨薨兮！宜爾**子孫，繩繩**兮！」）觀此，可知先生對先秦典籍已臻爛熟境界。

（八）數間茅屋閒臨水，一枕秋聲夜聽泉。（落款：孝烈仁兄雅正。容庚）

書寫時間不詳。上聯出自唐・劉禹錫〈送曹璩歸越中舊隱詩〉，辭云：「行盡瀟湘萬里餘，少逢知己憶吾廬。**數間茅屋閒臨水**，一盞秋燈夜讀書。地遠何當隨計吏，策成終自詣公車。劉中若問連州事，唯有千山畫不如。」（清・曹寅《全唐詩》卷三百六十一，四庫全書本）下聯出自唐・牟融〈題李昭訓山水〉，辭云：「卜築藏修地自偏，尊前詩酒集群賢。半岩松暝時藏鶴。**一枕秋聲夜聽泉**。風月謾勞酬逸興，漁樵隨處度流年。南州人物依然在，山水幽居勝輞川。」（清・曹寅《全唐詩》卷四百六十七，四庫全書本）讀這副對子，覺得先生不做詩人真有點兒可惜，原作雖然別有意味，但先生所集亦不遑多讓，且更具邏輯性。

（九）琴心不度香雲遠，玉唾長隨彩筆行。（落款：戊午秋日，容庚）

書於 1978 年。上聯出自宋・陳允平〈絳都春〉，辭云：「秋韆倦倚，正海棠半坼，不奈春寒。殢雨弄晴，飛梭庭院繡簾閒。梅妝欲試芳情懶。翠鬟愁入眉彎。霧蟬香冷，霞綃淚搵，恨襲湘蘭。○悄悄池臺步晚。任紅醺杏靨，碧沁苔痕。燕子未來，東風無語又黃昏。**琴心不度春雲遠**。斷腸難託啼鵑。夜深猶倚，垂楊二十四闌。」（宋・周密輯《絕妙好詞》卷五頁一，四庫全書本）春，先生作「香」，不知所以據。下聯出自宋・辛棄疾〈破陣子・硤石道中有懷吳子似縣尉〉，辭云：「宿麥畦中雉鵲，柔桑陌上蠶生。騎火須防花月暗，**玉唾**（或作兔）**長攜彩筆行**。隔牆人笑聲。○莫說弓刀事業，依然詩酒功名。千載圖中今古事，萬石溪頭長短亭。小塘風浪平。」（《稼軒長短句》卷八頁五，元大德三年廣信書院刻本）聯語大概寄託了先生老驥伏櫪的雄心。或云朱庸齋所集。未知孰是，姑附於此。

（十）好山當戶碧雲晚，古屋貯月松風涼。（落款：飾文仁兄雅屬。容庚）

書寫時間不詳。上聯出自宋・張綱〈歸鄉〉詩，辭云：「窮巷歸來已白頭，結茅何必榜休休。**好山當戶碧雲晚**，明月滿溪寒葦秋。詩社縱添新句法，醉鄉難覓舊交遊。平生幸自無機械，一棹夷由去狎鷗。」（《華陽集》卷三十五頁四，四庫全書本）下聯出自宋・張孝祥〈題定山寺〉，辭云：「蹇驢夜入定山寺，**古屋貯月松風清**。止聞掛塔一鈴語，不見撞鐘千指迎。」（《于湖居士文集》卷十頁三，景慈谿李氏藏宋刊本）涼，原作「清」，不知道先生所以據。或謂清・李文田所集。未知孰是，姑附於此。

（十一）要足生平五車讀，曾看中原萬里春。（落款：祥彬仁兄雅正。丁巳冬日容庚）

書於 1977 年。上聯出自陸游〈讀書〉詩：「放翁白首歸剡曲，寂寞衡門書滿屋。藜羹麥飯冷不嘗，要足平生五車讀。」（《劍南詩藁》卷十四頁十三，四庫全書本）下聯出自陸游〈北園雜詠〉之九：「白髮蕭蕭病滿身，凍雲野渡正愁人。揚鞭大散關頭日，曾看中原萬里春。」（《劍南詩藁》卷三十五頁九，四庫全書本）

（十二）德量淹正，風識明允；神表峰峻，器宇弘深。（落款：叔厚仁兄雅屬。容庚）

書寫時間不詳，見 2020 年中國美術館「有容乃大——容庚捐贈展」（參看本文圖二）。上聯出《宋書·殷景仁傳》：「司空文成公景仁德量淹正，風識明允。」下聯出（《南史·朱異傳》：「朱異年時尚少，德備老成，在獨無散逸之想，處闇有對賓之色，器宇弘深，神表峰峻。」（亦見《梁書·列傳三十二朱異、賀琛》）

四、抄　錄

先生贈人聯語，部分為原文移錄。抄錄雖非創作，不過，從中也可瞭解先生之文學誌趣，造詣自何處來。抄錄中既有「海內存知己，天涯若比鄰」等千古名句，也有「竹密不妨流水過，山高豈礙白雲飛」（見胡統虞《此庵講錄》）那樣冷僻的作品，可知先生的閱讀面非常廣泛。至於「橫眉冷對千夫指，俯首甘為孺子牛」、「紅雨隨心翻作浪，青山著意化為橋」等，則反映出先生閱讀上的時代烙印。

（一）筆花飛舞蘭亭帖，詞學高華玉茗堂。（落款：頡剛兄乍此自儆。二十年六月，容庚）

書於 1931 年。顧頡剛先生長於史學文獻民俗，先生精於文字彝器叢帖。彼此治學多有切磋。先生於蘭亭帖頗有研究，上聯無疑暗指先生所學；下聯恐怕是顧先生的自詡。聯語大概寄託了顧先生的冀望：朋友之間相互促進，學問當日有進益。

（二）水邊白鳥閒於我，窗外梅花疑是君。（落款：敏如仁妹屬正。廿七年十一月，容庚）

書於 1938 年。聯語錄自宋・姜夔〈陳君玉以小集見歸用余還誠齋朝天續集韻作七字夔報貺〉，辭云：「筆陣無功汗左輪，而今老去不能軍。**水邊白鳥閒於我，窗外梅花疑是君**。欲向江湖行此話，可無朋友託斯文。新篇大是相料理，因憶西山揚子雲。」（《白石道人詩集》卷下頁三，景上海涵芬樓藏江都陸氏刊本）

（三）水心雲影閒相照，林下泉聲靜自來。（落款：國器正篆。癸丑秋日，容庚）

書於 1973 年秋。聯語錄自宋・程顥〈遊月陂〉，辭云：「月陂堤上四徘徊，北有中天百尺臺。萬物已隨秋氣改，一樽聊為晚涼開。**水心雲影閒相照，林下泉聲靜自來**。世事無端何足計，但逢佳節約重陪。」（宋・楊時訂定《二程全書・程氏文集》卷三頁九，據江寧刊本排印）時在文革，難得先生寫下如此閒適的文字。可以想像先生的豁達胸懷。

（四）大海實有容人之量，明月常以不滿為懷。

書於 1979 年，贈劉翔〔註 18〕。筆者以為，先生錄此，既是對晚輩的期望，也是自警。傳此聯原作者可能為清・林則徐（參看本文圖三），據云民國・陳公博也寫過，但文字微有不同〔註 19〕。

楹聯向來被目為小道，然而，誠如前賢所云：「（楹帖）片辭數語，著墨無多，而蔚然薈萃之餘，足使忠孝廉節之惆，百世常新；廟堂瑰瑋之觀，千里如見。可箴可銘，不殊負笈趨庭也；紀勝紀地，何啻梯山航海也。詼諧亦寓勸懲；欣戚胥關名教。草茅昧於掌故者，如探石室之司矣；膾炙遍於士林者，可作家珍數矣。」〔註 20〕因此，通過欣賞先生聯作，亦可窺見其文學造詣之一斑。

先生所作，既有天地自然的描摹，又有閒適生活的抒寫，更有心聲的真實流露；葆有剛正不阿之本色而不發長籲短歎之哀鳴，即便身處逆境也不例外。用以贈人，或褒揚或寄意或勉勵或冀望，俱情真意切，絕不虛與委蛇。先生博覽群書，長於考據，聯語盡顯語言學者之文字特點：不尚空談，務求雅馴，力

〔註 18〕 見張維持：〈著名考古學家容庚〉，《容庚容肇祖學記》，廣州：廣東人民出版社，2004 年 8 月第 1 版，第 54 頁。

〔註 19〕 王元化八十年代致黎澍、李銳函中曾提到這副對聯：「我生性愚直，言既出口，義無反悔。陳公博於臨刑前（應蘇州典獄長之請）書一聯尚稱『大海有真能容之量，明月以常不滿為心』，我們難道還不如他（哪怕只是意願），虛懷若谷，有容人容物之量麼？」（《王元化集》卷 9〈書信〉，武漢：湖北教育出版社，2007 年 10 月第 1 版）

〔註 20〕 陳繼昌：〈楹聯叢話序〉，清・梁章鉅：《楹聯叢話全編》（白化文、李鼎霞點校），北京：北京出版社，1996 年 9 月第 1 版，第 3 頁。

戒浮淺。

　　應當指出的是，囿於筆者見聞，僅輯得先生聯作凡四十餘例，舉證稍嫌薄弱，所論也相當膚淺。然而，筆者之所以不揣鄙陋，拋此一磚，無非希望時人對先生的學問有新的認識。當然，倘若進一步結合先生的文學研究、文言作品（例如序跋、書信等）綜而論之，也許能對先生的文學造詣下一更為準確的結論。

圖一

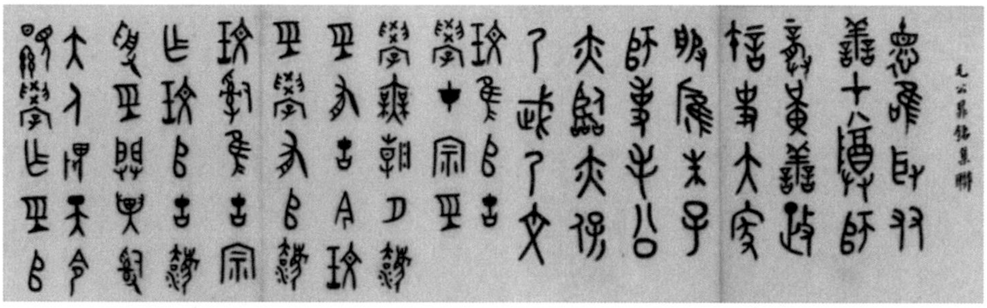

圖二 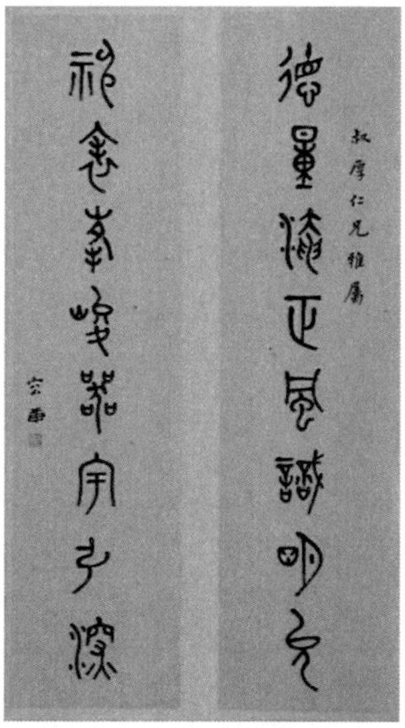　　　　　　　　　　　　　　圖三

　　原《容庚學術著作全集》、《容肇祖全集》出版發布會暨地方文獻整理與東莞學人精神研討會論文，中國東莞，2014 年 1 月 14 日。載東莞市政協、莞城區辦事處編：《地方文獻整理與東莞學人精神研討會論文集》43～50 頁，齊魯書社，2015 年 11 月第 1 版。茲有修訂。

容希白先生之從教歷程及其門生述略

　　容庚（1894～1983），字希白，號頌齋，東莞人，現代青銅器學的奠基者，其研究旁及甲骨學、石刻文字、書畫史、嶺南文獻、文學等。

　　早在九十多年前，希白先生就被王公觀堂（國維）譽為古文字學四少年之一（王國維〈殷墟文字類編序〉）。及後，在中央研究院成立之初（1929），又被傅斯年指定為史語所特約研究員之一。其學問之大令名之著實在不勞鄙人饒舌。不過，竊以為先生首要的角色乃是一名教師──一名作育了眾多英才的名師。儘管先生講過「不堪作人民教師」（易新農、夏和順：2010：283 頁）那樣的氣話，但事實上先生非常在意自己培養的學生。有幾個細節可以為證：一是先生〈頌齋自訂年譜〉記云：「一九四九年（己丑）六月十三日行畢業典禮。中文系有梅冬華、黃迪和、鄭寶琪、陳玉珍、黃綺霞五人，皆女生也。」於此可窺先生「得天下英才而教育之」之心境。二是晚年的先生見到老友于思泊（省吾），總說：我們都老了，沒什麼可一爭高下的了，讓晚輩們比劃比劃如何？言下之意是說，一位學者的學術成就固然體現為其學界地位，同時也體現為其學統傳承。三是筆者剛進中山大學讀書，就聽說先生常去學生宿舍看望研究生，相與論學。某次全系大會，領導批評道：作為學生，應主動到老師家裏請教，怎麼能讓八十多歲的老先生來回奔波呢？先生心繫薪火相傳的殷殷之情可以想見。達堂有聯云：「傳道解惑，愛國情懷，立德立言俱不朽；彙編金文，通考彝器，樹人樹學足千秋。」（馬國權：1996：389 頁）筆者以為此聯準確地

概括了先生的一生。

先生幾近六十年的從教經歷大致可分為三個階段：東莞中學、燕京大學（清華大學、北京大學、輔仁大學）、嶺南大學及中山大學。至於其教學內容，據先生自己說，曾在燕京、清華、北大、輔仁、嶺大、中大等大學講授甲骨（鐘鼎）文、金石學、文字學概要、說文解字、簡筆字、古文字學、前四史（〈頌齋自訂年譜〉），此外，先生在中山大學還主講過先秦文學（馬國權：1996：389 頁），並與詹安泰、吳重翰合編過《中國文學史》（先秦、兩漢部分，1954），首次系統地將出土文獻作為文學史料。

先生的教學生涯是在 27 歲時開始的。先生於 1913 年入東莞中學，1916 年畢業，五年後的 1921 年與三弟肇祖同在東莞中學任國文教員，教授「文字源流」一科。不足一年，便因當時的莞中校長的被罷黜而隨之離開，此事也促使先生兄弟北上求學。因此，先生的這段教學生涯通常被忽略。

一

1922 年，先生本已考取朝陽大學，在羅公雪堂（振玉）的舉薦下，先生進入北京大學國學門為研究生。1925 年 9 月間被廣東大學聘為文科教授，但並未就職。1926 年 3 月間，接聘為燕京大學襄教授。自此開始了長達十五年（1926～1941）的燕京教學生涯，其間兼任清華大學、北京大學、輔仁大學講席。在這裡，先生完成了奠定現代青銅器學基礎的巨著《商周彝器通考》以及《寶蘊樓彝器圖錄》、《武英殿彝器圖錄》、《秦漢金文錄》、《殷契卜辭》、《頌齋吉金圖錄》、〈鳥書考〉、〈古石刻零拾〉等。先生也在這裡發起組建了中國第一個考古學團體——考古學社〔註1〕，並創社刊《考古社刊》（1934）。更重要的是，先生在這裡培養了好幾位重量級的學者。

于海晏（1902～1999），字安瀾，以字行，河南滑縣人。1930 年畢業於河南中州大學（今河南大學），1932 年秋考入燕京大學國學研究所攻讀研究生。畢業後長期執教於河南大學。安瀾嗜好書畫，名於藝林，嘗編撰《畫論叢刊》（1937），先生〈頌齋讀書記〉有詳細評述（曾憲通：2014：301～306 頁）。及後《畫論叢刊》再版，先生又撰〈評于安瀾《畫論叢刊》〉一文，多有批評。

〔註1〕成立之初原稱「金石學會」，成立大會後改為「考古學社」（〈頌齋自訂年譜〉）。

先生並且說：「我與著者是二十五年前的同學，此書初版時曾費了不少時間來加以校勘。如著者不恥下問，我將盡舉所知以對，使此書更臻完善，這是我所希望的。」（曾憲通：2014：325 頁）可知先生愛之深責之切的苦心。安瀾尚有《畫史叢書》（1963）、《書學名著選》（1979）、以及《漢魏六朝韻譜》（1936、1981、1989）等著述。

顧廷龍（1904～1998），字起潛，號匄諗，江蘇蘇州人。起潛儘管少顧頡剛十一歲，論輩分卻是他的族叔。1931 年畢業於上海持志大學，獲文學學士學位。1933 年畢業於北京燕京大學研究院國文系，獲文學碩士學位〔註 2〕。歷任上海歷史文獻圖書館館長、上海圖書館館長，兼任華東師範大學教授。有〈說文廢字廢義考〉（1932）、〈吳愙齋（大澂）年譜〉（1934）、《古匋文舂錄》（1936）、《四當齋書目》（1937）、《尚書文字合編》（與顧頡剛合作，1996）等著述，自1994 年起，主編《續修四庫全書》（2002）。先生〈石文編跋〉云：「承祚復成《石文編》稿以示余，至今尚未印行。其後羅福頤先生之《古璽漢印文字徵》、孫海波同學之《甲骨文編》、顧廷龍同學之《古匋文舂錄》，陸續成書，差喜吾道不孤也。」顯然，《古匋文舂錄》的成書得到過先生的指導。起潛歷年著述，今合為《顧廷龍文集》（2002）、《顧廷龍全集》（2016）。起潛也是一位書法家，有《顧廷龍書法選集》（1996）行世。

孫海波（1910～1972），字涵溥，又字銘思，號誠齋，河南潢川人。1929年考入燕京大學，1931 年考入北京師範大學研究院。涵溥屬刻苦型學者。先生曾有生動的文字述其治學之艱苦卓絕：「（余）教於燕京大學，得士曰孫海波，乃不癖金而癖甲骨。孫子習聞余編纂殷、周、秦、漢文字之說。毅然以《甲骨文編》自任，取《殷虛書契》等書八種逐字排比之。賃屋與余比鄰，朝夕過從，以析疑為樂。妻子之啼饑號寒不顧也，朋友之非笑亦不顧也。」（〈甲骨文編序〉）先生又評價曰：「海波治學，每欠精密。然劬於所學，故有獨到處。勝於潤緝也。」（《甲骨學概況》第二章作家第十人）涵溥憑《甲骨文編》一書名世，復有《古文聲系》（1935）、《甲骨文錄》（1937）、《河南吉金圖志賸稿》（1939）、《誠齋殷墟文字》（1940）等著述。惜乎與陳夢家一樣，因右派冠

〔註 2〕氏著〈說文廢字廢義考敘〉云：「容師希白之《金文編》、商君錫永之《殷墟文字編》，可謂兩種古文字之總匯。」（《顧廷龍文集》，上海科學技術文獻出版社，2002 年 7月，第 24 頁）於此可知是時起潛適從先生學。

冕而潦倒終生。甚至連他撰作的《甲骨文編》再版時也不能署名。郭勝強編著《河南大學與甲骨學》（2003）有涵溥小傳，讀者可參看。

瞿潤緡（？～？），字子陵，江蘇吳縣人，與涵溥同為燕京大學國文專修科學生。先生謂之「荒於嬉」者（《甲骨學概況》第二章作家第十人），因與先生同撰《殷契卜辭》而名。子陵在甲骨學方面有許多精到見解。例如對「壴」、「不」諸字的考證，例如辨動物牡牝諸字之異同，都別開生面。

陳夢家（1911～1966），別署漫哉，浙江上虞人。1931 年畢業於中央大學法律系，從聞一多、徐志摩遊，成為新月派詩人。1934 年入先生門下，轉治文史。先生激賞為「可造之才」（《甲骨學概況》第二章作家第十人）。胡文輝《現代學林點將錄》點為地速星中箭虎丁得孫，座次居然在唐立庵（蘭）之前。儘管可視為小說家言的述事方式，但漫哉在古文字學方面的貢獻則有目共睹。其研究涉及甲骨學、青銅器學、簡帛學、文字學、文獻學等領域，有《老子分釋》（1945）、《殷虛卜辭綜述》（1956）、《西周銅器斷代》（1956）、《尚書通論》（1957）、《美帝國主義劫掠的我國殷周銅器集錄》（1962）、《武威漢簡》（1964）等影響巨大的論著。漫哉可以說是「文字獄」的受害者：先是因為批評簡化漢字政策而被打成「右派」，繼而在「文革」中備受凌辱而赴死。幸而今天其著述包括其早年的詩作合輯為《陳夢家著作集》刊行，學名因得以不朽。其中〈漢簡綴述〉（1980）和〈戰國楚帛書考〉（1984）等曾在學刊發布，而首次刊行的《中國文字學》（2006）實際上是漫哉在西南聯大以及 1944 年秋在美國芝加哥大學傳授古文字學的講義，其中不乏精闢見解。因此，像商錫永（承祚）先生那樣的前輩也樂於請漫哉作序。可想見漫哉的學術地位。周永珍有〈懷念陳夢家先生〉（1981）一文，可藉以約略瞭解漫哉。

高景成（1916～2009），北京人。1937 年肄業於北京大學教育系，1941 年畢業於燕京大學國文系。長期任職於中國文字改革委員會以及後來的國家語言文字工作委員會，同時兼職於社科院研究生院。先生在三版《金文編》（1957）後記謂：「復承唐蘭、于省吾、劉節、梁方仲、張政烺諸先生、高景成同學就再版本提供寶貴的意見。」景成的大名與古文字學名家赫然同列。事實上，《金文編》中關於釋字的內容引高說多達十幾處。按照胡適所說識一字即等同發現一新星，則景成的古文字學造詣不可謂不高。不過，如同那個時代的知識分子，景成囿於時代、環境而放棄了古文字研究，轉而研究漢字的規範化和編碼問題。

　　以上學者之外，先生還有幾位不那麼為人熟悉的學生。

　　蕭炳實（1900～1970），別署項平，江西萍鄉人。1924 年畢業於浙江之江大學，留校任附屬高中國文教師，1926 年入燕京大學國學研究院，任《燕京學報》秘書和該校附屬女中歷史教師，並在此時加入中國共產黨。解放後曾擔任全國教育工會辦公室主任、全國教育工會副主席等職。上世紀五十年代，項平因言賈禍，遂調任中華書局副總編輯，主持標點二十四史的工作，卻不免於「文革」之難，1976 年始得平反。項平獻身革命事業，並不那麼醉心於學術研究，僅有〈殷虛甲骨文之發現及其著錄與研究〉（1928）、〈以甲骨文證商代歷史〉（1932）等著述。項平嘗擬刊行《頌齋述林》以為先生壽，後來雖因先生覺得時機不成熟而取回書稿終未能成事，但也可以約略瞭解項平的一片尊師之心。黃開發整理的〈沈啟無自述〉（《新文學史料》2006 年第 1 期）涉及項平事蹟的內容頗夥，讀者可參看。

　　沈維鈞（1902～1971），號勤廬，浙江湖州人，早年在金陵女子大學和蘇州美術專科學校執教。1935 年加入考古學社。擅考古金石學，曾任中央古物保管委員會幹事，解放後任職蘇州博物館。與黃賓虹、鄭振鐸、錢基博錢鍾書父子等素有過從。撰有《寰宇貞石圖錄》（與陳子彝合作，1932）、《中國明器》（與鄭德坤合作，1933）、《中國古器物學講義》、《漢畫石刻研究》等，另編有《新體學生尺牘》（1920）。劉鐵雲所收甲骨，勤廬購得部分。今中山大學古文字研究所所藏甲骨及拓本即勤廬贈予先生者。

　　邵子風（1903～？），別號武陵，湖南常德人，畢業於長沙雅禮大學，1933年入燕京大學國學研究院，從先生遊。畢業後任雅禮大學國文系主任，與楊樹達、吳宓等素有過從。解放後任職華中師範大學。有《甲骨書錄解題》（1935），先生為之題端，並予以推介（《甲骨學概況》第三章著作）。武陵又著有〈增訂殷虛書契考釋後記〉（1934）、〈哭噩同源考〉（1935）、〈曉匣舊讀考〉等。

　　陳競明（？～？），福建廈門人，先生有數的女弟子之一，為邵子風同學，獲碩士學位後返回其母校——廈門第二女子中學（廈門二中的前身），長期擔任校長一職。校園之內築有「競明亭」，以彰其政。著有《三十五年來的甲骨學》（1935），先生為之推介，譽為《甲骨書錄解題》之「姊妹作」（《甲骨學概況》第三章著作）。

　　鄭德坤（1907～2001），福建廈門人，1926 年考入燕京大學，本學醫，後入

國文系，負笈於先生、顧頡剛、洪煨蓮、張星烺諸師門下，1931 年獲碩士學位。1938 年赴美留學，1941 年獲哈佛大學博士學位。歷任廈門大學、四川大學、劍橋大學、香港中文大學教授。著有《中國明器》（與沈維鈞合作，1933）、《〈水經注〉趙戴公案之判決》（1936）、《四川古代文化史》（1949）、《中國文化人類學》（1980）、《水經注研究史料彙編》上冊（1984）。歷年著述今選輯為《鄭德坤古史論集選》（2007），集中有其妻黃文宗撰〈鄭德坤的生平〉及其門人鄧聰撰〈悼念鄭德坤先生〉二文，詳記其事蹟，讀者諸君可參看。

二

　　1942～1945 年，先生應聘在淪陷區的北京大學任教，因而在戰後被傅斯年逐離。1946 年 2 月，先生曾短暫任職廣西大學，因學務停頓而去，於同年 7 月間應李應林代理校長之聘進入嶺南大學，任國文系教授兼系主任（〈頌齋自訂年譜〉）。1952 年，嶺南大學併入中山大學，於是先生在中山大學終老。先生的這段教學時間長達三十七年。先生曾說南歸後沒寫過一個字，當然可以視為先生的虛懷若谷。然而，與錫永先生共同培養了十幾位傑出的專家學者，使僻於一隅的嶺南成為古文字學重鎮，也許足以使先生老懷安慰了。

　　先生自 1956 年開始與錫永先生聯名招收四年制副博士研究生，是年年底揭榜，有夏淥、李瑾、馬國權、繆錦安四生高中，而於 1957 年 2 月入學〔註3〕。

　　夏淥（1923～2005），本名王先智，浙江杭州人，民國期間曾與禾波、趙無眠編輯過《詩激流》叢刊，以創作新詩名世。新編的新文學大系收入了他的詩歌，顯然是對其創作的肯定。夏淥入讀中大時已三十四歲。對此夏淥常心存感激，說容、商二老並不嫌棄其年長，讓他有書可讀。筆者曾在其家中觀看過他整本摹寫下來的《殷虛文字甲編》和《殷虛文字乙編》，這大致可想像他當年讀書是何等地用功。夏淥說自己的文字考證是「奇談怪論」。筆者猜，恐怕與他的詩人氣質不無關係，是其短處，同時也是其長處。他雖有「奇談怪論」，但也不乏神來之筆。例如〈詩經七月之日說〉（1981），筆者以為就是很精彩的考證。尤其難得的是，夏淥對企圖闌入語言文字學界的偽說深惡痛絕。先是撰寫了長達 493 頁的《評康殷文字學》（1991），做了很多學者想做卻又不願做的工作；後又旗幟鮮明地署名支持伍鐵平的學術打假，以致幾乎惹上官司。表現出一個

〔註3〕李瑾：〈記容希白師治學及待人之道〉，《許昌師院學報》第 18 卷第 1 期，1999 年。

學者嚴謹、正直的品格。夏淥還做過古文字的普及工作，其在《書法報》上關於漢字流變的連載，今萃為《古文字演變趣談》（2009）一編，在武漢大學的文字學課程講義亦由其門弟子蕭毅整理為《文字學概論》（2009）刊行。

李瑾（1930～2006），字瑜甫，四川自貢人。1951 年畢業於重慶大學中文系，1956 年入先生門下。瑜甫治古文字學善於博採眾長，在校時與高華年、張維持等前輩學者多有過從。先生嘗言讀不懂瑜甫的文章，大概就是因為瑜甫的文章善於運用現代語言學理論。此外，還有一點頗值得稱道，瑜甫為文，往往不畏權威，不計得失。譬如〈漢語殷周語法問題探討〉（1982）一文評王了一（力）《漢語史稿》之疏失，即其例。譬如一而再再而三辯「非王卜辭」之非，又是一例。雖說駁論異議未必對個人的職稱什麼的有多大的影響，但在其領域質疑權威，至少為維護權威者所不容。瑜甫終生學名不著，升遷之途蹇滯，大概與此也有點兒關係。瑜甫歷年所論集為《殷周考古論著》（1992）一書。郭勝強編著《河南大學與甲骨學》（2003）有瑜甫小傳，讀者可參看。

馬國權（1931～2002），字達堂，廣東南海人。達堂幼承家學，九歲習篆，十七歲從馮康侯、秦咢生遊，即打下了堅實的古文字學基礎。達堂 1953 年畢業於中山大學工商管理專業，1956 年考取中大古文字學副博士研究生，師事先生。畢業後任職中山大學，兼暨南大學、美術學院講席。達堂是先生最鍾愛的弟子，不但因為他與先生都是粵人，同聲同氣，還因為他的興趣與先生相近，既好書藝，也治璽印，甚至著述也有相彷彿者。先生撰有《東莞印人傳》，達堂則撰有《廣東印人傳》（1974）和《近代印人傳》（1998）。無疑是夫子步亦步，夫子趨亦趨。無怪乎先生視之為衣缽傳人，晚年委以修訂《金文編》重任了。參看先生手批三版《金文編》便知端的。可惜達堂於一九七九年移居香港，未能畢其功，否則新版《金文編》將是最得先生神韻的續作了。據說達堂還精於弈道，那也是先生的興趣之一。達堂論述，多側重於書藝篆刻，有《書譜譯注》（1980）、《元刻草訣百韻歌箋注》（1981）、《沈尹默論書叢稿》（1982）、《增廣漢隸辨異歌》（1984）、《智永草書千字文草法解說》（1995）、《馬國權篆刻集》（2005）、《馬國權印學論集》（2011）、《隸書千字文隸法解說》（2013）、《書法源流絕句》（2013）等刊行。此外，《馬國權書法論集》、《歷代草書歌訣彙編》、《章草字典》等則尚待付梓。達堂榮休後僑居多倫多，主事加拿大中國書法協會。1994 年紀念先生百年誕辰的學術活動，達堂自加拿大歸。於此可想見達堂

尊師重道的高風。

繆錦安（1934～），香港人，1952 年入中山大學中文系，1956 年畢業時原考上呂叔湘的研究生，因當時健康欠佳，加之難以適應北京的氣候環境。呂先生遂建議錦安回母校入列先生門牆。不過，始終因病沒能肄業而返回香港，後轉至周子範（法高）門下。錦安博士畢業後任職香港大學，從事語言應用及教育工作。有《漢英中國成語手冊》（Light Publishing Co. Ltd.）、《漢語的語義結構和補語形式》（1990）等著述，主編過《新編普通話教程》（1988）、《雙語雙方言》（1989、1992）等。

先生與錫永先生於 1961 年合招了解放後第二批研究生：孫稚雛、張振林和楊五銘。1962 年又招了陳煒湛。時曾憲通已在古文字研究室做二老助手多年，是為聞名遐邇的四大金剛〔註4〕。

曾憲通（1935～），字經法，廣東潮州人，1955 年入中山大學中文系，1959年畢業後隨即留在古文字研究室擔任先生的助教，並兼任古文字研究室秘書協助室主任錫永先生開展日常工作。經法治學頗能轉益多師。1959 年隨先生以及四名副博士研究生北上實習，得以親聆唐立庵（蘭）、郭鼎堂（沫若）等古文字大家之教誨。1961 年隨錫永先生到河南整理信陽楚簡。1962 年，為修訂《商周彝器通考》隨先生、張維持、馬國權北上訪古。1974～1976 年隨錫永先生在北京紅樓整理銀雀山漢簡、長沙馬王堆帛書和雲夢睡虎地秦簡，於是有機會向張苑峰（政烺）、羅子期（福頤）、朱德熙、孫貫文、史樹青、顧鐵符等前輩問道。1981～1983 年至香港中文大學作訪問學者，得與饒選堂（宗頤）合作，成《雲夢秦簡日書研究》（1982）、《隨縣曾侯乙墓鐘磬銘辭研究》（1985）和《楚帛書》（1985），三著後合為《楚地出土文獻三種研究》（1993）一編。經法研究主要集中於春秋戰國文字方面，有《長沙楚帛書文字編》（1993），歷年散論輯為《曾憲通學術文集》（2002）、《古文字與出土文獻叢考》（2005）等，另編注有《郭沫若書簡──致容庚》（1981）、《容庚選集》（1994）、《容庚文集》

〔註4〕「四大金剛」的名頭，本諸麥華三。1962 年，古文字研究室舉辦中國文字源流展，麥先生見邀至觀，對容、商二老說：座下有四大金剛，何愁斯學不興。「四大金剛」是指當時就讀的張振林、孫稚雛、楊五銘、陳煒湛四位研究生。1979 年，中國古文字研究會在廣州舉辦第二屆古文字學年會，研究會理事兼秘書長趙誠則以曾憲通、張振林、孫稚雛、陳煒湛四位在古文字研究室任職的學者為「四大金剛」。自此「四大金剛」聞於海內。

（2004）、《容庚雜著集》（2014）等。經法也做過漢語文字學方面的普及工作，早年有《香港人學漢字》（與張桂光合作，1988），近年則有《漢字源流》（與林志強合作，2011）。近作《選堂訪古留影與饒學管窺》（2013），則是頗具學術史意義的著述。張世林編《學林春秋》（1999）載其學術自傳，可略窺其治學經歷。

楊五銘（1936～），廣東大埔人，1957 年入中山大學中文系，1961 年被推薦為先生及錫永先生的研究生。研究生畢業後，五銘任職暨南大學，有《文字學》（1986）等著述。

陳煒湛（1938～），室名三鑒齋，江蘇常熟人。1957 年入復旦大學中文系（學制五年），1962 年畢業後旋即考取容、商二老的研究生。三鑒齋主人從師治學，頗為刻苦，自謂遵師訓而未敢懈怠。先生贈其《甲骨文編》眉批斑駁，所鈔增補《金文編》先生欣然為之書端，藉此可略知一二。三鑒齋主人學近錫永先生，尤專注於甲骨，有《甲骨文簡論》（1987）、《甲骨文田獵刻辭研究》（1995），歷年散論則輯為《甲骨文論集》（2003、2013）一編。因隨錫永先生北上整理信陽楚簡及鳳凰山漢簡，故而亦有簡帛石刻等戰國文字研究。三鑒齋主人熱心古文字基礎教育工作，著有《古文字學綱要》（與唐鈺明合著，1988、2009）及《古文字趣談》（1985）、《漢字古今談》（1988）、《漢字古今談續編》（1993）等，影響了相當多先是對古文字感興趣後來走上古文字研究道路的年輕人。三鑒齋主人尚有《陳煒湛語言文字論集》（2005）等，展示了其廣泛的研究興趣及成就。如同夏淥、瑜甫，三鑒齋主人唯學術真理是問，從不因利害而趨避之，如辨「歷組卜辭」之時代，又如批評安氏所謂「百年漢字冤案」，隱隱見先生當年與胡適之、柳翼謀論辯之魄力和豪情。

孫稚雛（1938～），湖南湘潭人。1957 年入中山大學中文系，1961 年被推薦為先生及錫永先生的研究生，1965 年畢業後留校從事科研教學工作，專事金文研究，編有《金文著錄簡目》（1981）、《青銅器論文索引》（1986）等工具書，甚便學者。歷年散論今萃為《孫稚雛學術叢稿》（2018）一編。治學之餘，稚雛嘗從政多年。1986 年加入民盟，曾任民盟中山大學總支主委、民盟廣東省委副主委、民盟中央委員，第九屆全國人大代表、廣東省第九屆人大常委會常委。

張振林（1939～），廣東興寧人，1957 年入中山大學中文系，1961 年被推薦為先生及錫永先生的研究生，1965 年畢業後留校從事科研教學工作。振林

傾注多年心血助先生完成四版《金文編》（1985），功不可沒。歷年述作今集為《張振林學術文集》（2019）一編。

四大金剛外，先生與錫永先生於 1963 年又招了劉雨，是先生「文革」前最後一批研究生。

劉雨（1938〜2020），原名忠誠，生於吉林省集安市，1963 年畢業於北京大學中文系，同年考入中山大學古文字研究室。忠誠的入學很有傳奇色彩。傳聞他在英語的考試答卷上寫下《說文》的五百四十個部首，英語自然是不及格的了。於是先生上書要求破格錄取。先生略謂老夫也不會英文古文字研究不也做得挺好，云云。忠誠自然沒有辜負先生當年羅置麾下之恩，1978 年入社科院考古研究所後，青銅器銘文研究成績斐然：除參與大型項目《殷周金文集成》圖錄及考釋的編撰外，還著有《近出殷周金文集錄》（合作，2002）、《乾隆四鑒綜理表》（2004）、《流散歐美殷周有銘青銅器集錄》（合作，2007）、《商周金文總著錄表》（合作，2008）、《金文論集》（2008）、《近出殷周金文集錄二編》（合作，2010）等。另主持《唐蘭全集》（2015）的編纂工作。其〈金文論集自序〉備述治學經歷，讀者諸君可參看。

先生與錫永先生聯名招收的最後一批研究生，已是「文革」結束兩年之後的事情了，二老一口氣招了六名三年制碩士研究生。

陳永正（1941〜），字止水，號沚齋，廣東茂名人，1962 年畢業於廣東師範學院中文系。1981 年研究生畢業後留校工作，先後任職於中文系和古文獻研究所，專事嶺南文獻整理與研究：主編《嶺南文學史》（1993）、《全粵詩》（2008〜），撰有《嶺南書法史》（1994），選注《嶺南歷代詩選》（1985）、《嶺南歷代詞選》（1987）、《屈大均詩詞編年箋校》（2000）等，點校《國朝詩人徵略》（2004）等。止水長於詩詞研究與創作，有《江西派詩選注》（1985）、《黃庭堅詩選注》（1985）、《李商隱詩選譯》（1991）、《王國維詩詞全編校注》（2000）等多種古典詩歌校注本。其創作則有舊體詩集《沚齋詩詞鈔》（1993）、新詩集《詩情如水》（1993）行世。止水為書壇聖手，嘗任廣東省書協主席、中國書協第四、五屆副主席，有《陳永正書法選》（2002）、《陳永正手錄詩文選》（2003）等書法作品刊行。歷年散論則集為《沚齋叢稿》（2011）。

陳抗（1942〜），江蘇常州人，研究生畢業後任職中華書局。因職務所囿，陳抗漸漸遠離古文字學領域。除《商周古文字讀本》（與劉翔、陳初生、董琨合

作，1989）外，多為點校編撰之作，有《尚書今古文注疏》（與盛冬鈴合作，1998）、《永樂大典古方志輯佚》（與馬蓉等合作，2004）、《今文尚書考證》（與盛冬鈴合作，2009）、《全唐詩索引》（合作，2011）等。

唐鈺明（1944～），廣東新會人，1967年畢業於中山大學中文系。鈺明是六位碩士研究生中唯一一位獲得博士學位者。研究生畢業後留校工作，先後任職於人類學系和中文系。鈺明專注於於語言文字學，尤其善於運用西方語言學理論和方法研究之，有《古文字學綱要》（與陳煒湛合著，1988、2009）、《著名中年語言學家自選集·唐鈺明卷》（2002）等著述。

陳初生（1946～），字之犢，別署三餘齋，湖南漣源人，1969年畢業於武漢大學中文系。研究生畢業後任職暨南大學，有《金文常用字典》（1987、2004）、《商周古文字讀本》（與劉翔、陳抗、董琨合作，1989）等著述。歷年著述今輯為《三餘齋叢稿》（2019）一冊。之犢擅長書法，有《廣東省書法家作品系列——陳初生書法集》（2002）、《三餘齋詩詞聯語》（2005）、《陳初生臨石鼓文》（2006）、《陳初生書法集》（2010）等書法作品刊行。特別值得記上一筆的是，陳列於全國人大常委會會議廳的「人民萬歲鼎」（2012）的銘文即之犢手書，其書名之隆自不待言。

張桂光（1948～），別署熒暉閣、毅劬齋，廣東南海人，1968年畢業於華南師範學院（華南師範大學前身）政治教育系。研究生畢業後任職華南師範大學中文系。熒暉閣主人長於漢語言文字研究，有《香港人學漢字》（與曾憲通合作，1988）、《古文字論集》（2004）、《漢字學簡論》（2004）等多種著作行世。近年主持多個國家級大型青銅器銘文研究項目，已刊行《商周金文摹釋總集》（2010）、《商周金文辭類纂》（2014）。聞熒暉閣主人正在撰寫《商周銅器銘文通論》，擬補青銅器銘文通論性著作之闕如，期望完成先生想做而來不及做的工作。熒暉閣主人精書道，為廣東省書協現任主席，有《書法教程》（1987、2010）、《廣東省書法家作品系列——張桂光書法集》（2002）、《張桂光自書詩文集》（2013）等書法著述專輯梓行。

許偉建（1953～），山東蒼山人，唯一一位未能獲得碩士學位的研究生。於此可見那時培養學生之嚴格。儘管偉建畢業後並未從事古文字研究工作，但還是撰寫出《上古漢語詞典》（與鍾旭元合作，1987）那樣的詞彙斷代史著作。證明了他在中山大學接受的學術訓練還是卓有成效的。

以上六位之外有一人不能不提，那就是劉翔。

劉翔（1955～1999），湖南長沙人。文革期間，劉翔還只是廣州市東山區一家小診所的掛號員。1974 年夏天，出於對古文字的好奇，劉翔登門造訪先生，先生也樂得有個好學的年輕人與之傾談學問。要知道，那時先生頭上還頂著「反動學術權威」的大帽子。偶而有人想和先生握手，先生總說：我的是黑手，你敢握嗎？因此，許多人避之唯恐不及。劉翔居然有向先生問學的膽識，實在讓人感佩。1978 年的研究生入學考試，劉翔也有申報。無奈基礎實在不濟，先生無奈圈去。經過一年的準備，劉翔終於考進社科院歷史所，成了李學勤的弟子。劉翔畢業後任職社科院歷史所，1985 年調往深圳大學中文系（國學研究所），1989 年移居加拿大。劉翔英年早逝，著述不多。不過，其早年撰寫的〈容庚手批校訂《殷周青銅器通論》遺稿整理〉（1986）一文，不但讓人暢想晚年的先生仍在學術之野孜孜不倦地耕耘，更讓人敬仰於先生熱心扶掖後進的高風。劉翔除了和陳抗、董琨、陳初生合編過《商周古文字讀本》（1989）外，還撰有《中國傳統價值觀詮釋學》（臺灣：1993、上海：1996）一書。劉翔去世前囑咐把藏書悉數捐贈中山大學，大概就是出於他與先生的這段私淑緣分吧。

三

事實上，在先生筆下，還出現過多位學生的大名，儘管他們並不屬意於先生的學問，例如葉史蘇等。僅僅因為這些學生對先生的研究有所幫助而留名。葉氏為先生早年學生，嘗任東莞某小學教員，解放初期因故失業，先生以自己工資之五分之一雇為助手，以解其倒懸之困。葉氏 1956 年始轉為中山大學正式職工，不再由先生出資。粵語諺云：人情緊過債。先生輕易不欠人情之粵人品格於此可見。1978 年先生喬遷東南區一號，學生幫忙搬遷，先生執意請學生吃飯以表謝意。〈唐睢說信陵君〉云：「人之有德於我也，不可忘也。吾有德於人也，不可不忘也。」古人的這個道德觀在先生身上得到很好的展現。

另外還有些學生既不治先生之學，又幫不上先生什麼忙，然而先生的道德文章卻永遠留在了他們的心中。1951 年入讀嶺南大學國文系的梅仲元就是其中一位。先生在嶺南大學任教期間，學生不多，師生關係極為融洽，彷彿就是自家人。仲元是香港人，在廣州無親無故，先生於是留他住在家裏，後來他妹妹回穗讀中學也是住先生家。仲元畢業後並沒有從事先生的本行，卻在商界頗

為成功。儘管如此，正是當年和先生的這段師生情緣讓仲元心繫母校。仲元曾擔任中大香港校友會第三、四屆會長（1998～2002），移居美國後則擔任美西中大校友會會長。1994 年紀念先生百年誕辰學術研討會在中大召開，仲元自香港歸，撰寫了〈無私無畏一代宗師——容庚老師百年誕辰感言〉（載《容庚先生百年誕辰紀念文集》，廣東人民出版社 1998 年）一文，深情地回憶了他與先生一同生活了四年的點點滴滴，給我們打開了窺探先生善待學子的另一扇窗戶。後來，仲元得知研討會的論文因經費拮据而難以刊行，便慷慨解囊，論文集遂得以順利出版。先生的言傳身教對學生濡染之深可見一斑。

在為這篇文章搜集資料時，發現為數不少懷想先生的文字，但作者的名字卻是筆者非常陌生的。於此可知先生不僅在自己的學術領域也在為人處世方面影響了莘莘學子。誠然如韓愈所說：「道之所存，師之所存也。」（〈師說〉）

先生的教學教法，前輩學者多有論及，此處不再贅述。探尋先生教過的學生的成才之路，大概可知先生授徒大抵因材施教：「中人以上」的學生不必怎麼教，稍加點撥即可，例如陳漫哉。「中人以下」者則多加勉勵，亦可成材，例如孫涵溥。

先生在自己的研究領域之內培養了一眾卓有成就的學者：或面面俱到足以自立門戶，或專事金文甲骨而可一夫當關，或精研文獻成一代碩儒，或擅長書畫蜚聲藝壇。尤其是弟子們在先生的影響下大多工書，環顧海內，恐怕再無一人可出其右。俗話說：「名師出高徒。」果然不無道理。

古人所謂的「謹庠序之教」，筆者以為，核心思想就在於一個大學必須要有像先生那樣的教師，才算是真正意義上的「謹」。我想，這就是先生的從教歷程所給予我們的啟示吧。

步雲不肖，敢對前輩師尊妄加評騭，甚或直呼其名，大不敬也。不過，步雲作此，本意不外乎真實地再現先生的教學及其門生的那段歷史。謂之不顧細謹可也。敬請讀者諸君明鑒。

參考文獻

1. 馬國權：〈容庚先生的生平和學術成就〉，《燕京學報》1996 年新 2 期 387～410 頁。
2. 東莞市政協編：《容庚容肇祖學記》，廣東人民出版社，2004 年 8 月。
3. 易新農、夏和順：《容庚傳》，花城出版社，2010 年 12 月。

4. 曾憲通編：《容庚雜著集》，中西書局，2014 年 10 月。本文引述先生撰著出處
　　及自訂年譜悉參是書所載〈容庚著作印行年表〉及〈頌齋自訂年譜〉，不另注。

　　【附記】是稿承蒙經法、三鑒齋二師披閱數過，增補刪削，俾拙作生色。
復承唐鈺明教授批點教正。劉中國、任家賢二兄亦有助焉。此以謹誌謝忱。

　　連載於《莞中人》，第十一期，第 23～27 頁（2017 年 4 月）、第十二期，第
23～27 頁（2017 年 8 月）、第十三期，第 11～12 頁（2017 年 12 月），廣東省
東莞中學。又載周樹堅主編：《三家門下——師生作品展作品集》，中國文藝家
出版社，2019 年 8 月第 1 版，第 078～087 頁。

秉承傳統，多所創新
——《文字訓詁論集》讀後

　　據說學界流行這麼個順口溜：「一流學者搞古代，二流學者搞現當代，三流學者搞海外。」筆者之所以引用這個並不十分恰當的民謠，並非因為自己從事古代漢語的研究而有意貶損同行，而只是想藉此說明從事古代學術研究之難，之艱辛。畢竟，沒有經過系統的、長時間的古語言訓練，古文化的一切研究將無從談起。因此，肯花十年二十年甚至更長的時間學習古語言以為研究做準備，在目下這個功利至上的研究環境，顯然是不合時宜的。這可以從研究生的招生狀況及古漢語教學職位的招聘工作得到證實。以筆者所在的中山大學為例，願意以古漢語為研究方向的碩士生每年不過一二人，而且多數還是從其他專業調劑過來的。而前來應聘古漢語教職的博士畢業生也是多年闕如。說這些，無非想強調古代漢語難進門，更難登堂入室。黃侃先生曾有五十歲以後做學問的承諾。所以他的老師章太炎在他五十大壽的時候特意送他一聯，委婉地規勸道：「韋編三絕今知命，黃絹初裁好著書。」無非期待他踐言著述。以黃先生的天分，難道寫不出文章？不！黃先生說這話，無非告誡學人：學問，尤其是古代的學問，得有深厚的積澱，方可訴諸文字，流傳後世。當我捧讀姚炳祺先生的《文字訓詁論集》時〔註1〕，一下子就想起了這個故實。因為，姚先

〔註1〕《文字訓詁論集》，姚炳祺著，廣州：廣東人民出版社，2007 年 10 月。步雲按：為免煩瑣，以下引此書文字，僅標頁碼，不再標示書名。

生所走的學術道路，與黃先生倒是頗有幾分相似之處的。

我於 1983 年本科畢業，隨即被分配到廣東民族學院（廣東技術師範學院前身）中文系工作。當時的中文系代理主任正是姚先生。後來才知道，我們本科的輔導員是姚先生的媳婦，姚先生的小女婿則是我的同窗，而姚先生所交往的同道，大多是我的老師輩：向黃家教先生請教語言理論及方言問題，從李星橋（新魁）先生習音韻，問學於業師曾憲通、陳煒湛二先生……還記得報到第一天到姚先生家，剛好李星橋老師也在。姚先生問我：你是中大來的，認識座中的先生嗎？我說：我修過李老師的課。李老師當時就笑了。姚先生還指著牆上掛的條幅，問我：認識書寫條幅的先生嗎。我說：正是業師陳煒湛教授的手筆。從此以後，與姚先生的交往就從來沒間斷過：聆聽教誨，拜讀文章，領教棋藝……。有這多重的關係，有這麼多年的交往，我想，讓我來談談拜讀姚先生大著的心得，大概還是夠資格的。

一、學風純正，字字珠璣

我個人對目下高校評估科研成果以數量代替質量的機械做法頗不以為然。不同學科，不同專業之間的研究有可比性嗎？怎麼能一刀切呢？就拿漢語言文學專業為例，你可以讓從事文學研究的學者隔三岔五就寫一篇評論文章，但你能讓古文字專業的學者十天八天就考釋一個未識字碼？有的學者終其一生，可能也考證不了幾個字，當然也就寫不了幾篇文章。《文字訓詁論集》也就收錄了四十餘文，乃姚先生窮二十多年時間所成，平均每年才兩篇文章而已。如果僅僅拿這個數據來評價姚先生的學問，似乎可以得出令人難堪的結論。而事實上，這恰恰證明了姚先生秉承乾嘉以來的樸實學風：重材料，重考據，不尚空言。記得姚先生常常說的一句話就是：「做文章得用證據說話。」他是這麼說，也是這麼做的。

我知道姚先生的學問是從《說文》入手並上溯三代古文字的。當年我看到姚先生讀張舜徽先生的《說文解字約注》〔註2〕，就十分佩服先生的鑽研精神。學界都知道，張先生的著作，實際上是對《說文解字詁林》有所修訂的節本〔註3〕。

〔註2〕張舜徽：《說文解字約注》，鄭州：中州書畫社，1983 年 3 月第一版。
〔註3〕《說文解字詁林》，丁福保著，上海醫學書局，1928 年。北京：中華書局 1988 年出有影印本。

換言之，這相當於把《說文解字詁林》精讀了一遍。

與此同時，先生進而研習甲骨文、金文。正好在 1980 年春，容庚、商承祚兩位先生受教育部委託主辦古文字學教師進修班，姚先生於是在過了五十之年後還得以從兩位老專家問學，從而有機會系統並深入地研習甲骨文、金文等先秦古文字。我想，今天大概沒有幾人願意在半百之年還當學生的。這種以汲取知識養分為天職的精神，實在是時人所欠缺的！

當然，讀《說文》，讀甲骨文、金文，不外是為日後的研究奠定堅實的基礎。

有了這堅實的基礎，先生為文，當然就是為了解決漢語史上懸而未決的問題，或者說，解決在教學中所發現的問題。

例如〈「其」字的早期用法〉一文，就是補漢語語法史所闕如者。一直以來，學界多對甲骨文中有無語氣詞持懷疑的態度。姚先生的文章，旁徵博引，列舉了從甲骨文、金文到傳世文獻繁多的例證，證明「其」是可以作語氣詞的〔註4〕。談到這個問題，我想起了與斯坦福大學（Stanford U.）的倪德衛（David S. Nivison）教授的書信往來探討甲骨文命辭是否問句的問題。倪德衛教授對甲骨文命辭的語氣有過研究，認為命辭的語氣乃祈禱或祈使，而非疑問。當時我就把姚先生的文章複印了寄給他，告訴他，除非否定「其」表疑問的語法功能，否則就得承認命辭是疑問句。筆者雖然不知道倪德衛教授是否已完全放棄舊說，但他不再堅持命辭全都表祈使語氣則是可以肯定的。也許正是姚先生文章的影響所致吧。

又如〈軍字的古義及其得聲問題〉一文，則是從古文字的角度闡明「軍」的得音理據。「軍」字在今文字階段，訛變過甚，乃至人們單憑其形體已無法推及其讀音。甚至在某些字典詞典（例如《新華字典》和《現代漢語詞典》）的編纂中，也把它隸於「冖」部，而不是「車（车）」部。因此，類似「軍」從車勻（省）聲那樣的形聲字，不跟學生講清楚，學生永遠也弄不明白的。

先生治學，以《說文》為主，訓釋文字，形音義兼顧（形體之演變，音之所得，義之本源及引申），復以典籍出土材料證明之，其次則及語法。可以毫不過分地說：集子當中無一字無考據，無一文無價值。

〔註4〕關於「其」的詞性，迄今學界仍存有分歧：或視為語氣副詞，或視為語氣虛詞。但它可以表疑問語氣則無可疑。

二、秉承傳統，有所創新

乾嘉學派倡導「無徵不信」的考據，但畢竟仍未形成為現代語言學範疇內的科學理論。因此，他們的考據也難免出錯。譬如《墨子·非樂上》有這麼一句：「啟乃淫溢康樂野於飲食。」畢沅改作並點為「啟乃淫溢康樂於野，飲食。」顯然就是不瞭解古漢語介賓結構中的賓語可以置於介詞之前的法則：「野於」相當於「於野」，「野於飲食」實際上就是「飲食於野」。其結構，與成語「一以當十」、「一以當百」完全相同。

大概有感於此，姚先生在秉承乾嘉學派樸實的學風、掌握其考據方法的同時，又有所發展：一是重視現代語言學科學理論，二是宏觀的、綜合的學術視野。

例如〈《說文》中之聲訓例釋〉等文，誠如業師陳煒湛教授所評價的：「〈《說文》聲訓二十五則〉是姚先生研究《說文》聲訓的力作，亦為本書中極具特色的一篇論文。歷來闡述許君聲訓之旨毀譽參半，本文則以大量例字證明：『《說文》中之聲訓，主要不在說明二字間的語源關係，而是與形訓配合，以揭示形析、義訓難以深達的歷史文化內涵。』『經籍多通假，不明聲訓則難以達詁』謂《說文》聲訓的主要作用即在『揭示文化層面和反映通假關係』，善哉斯言！此實言聲訓者所不可不讀者也。」（〈文字訓詁論集·序〉）的確如此，一般認為「聲訓」之法在訓詁中最沒有釋義價值，姚先生竟然可以通過聲訓的實例讓我們瞭解到聲訓的釋義功能之一是「區別所訓之字的本義、通假義和古今義」（87頁）。

又如〈論「之」字〉一文，則是補辭典、字典釋形、釋義之不足。關於「之」，王引之的《經傳釋詞》、馬建忠的《馬氏文通》和楊樹達的《詞詮》都有詳盡的論述。但是，前賢因為缺乏比較語言學的意識，加之未及利用出土文獻，以致無法說明何以早期的文獻（例如《書》、《詩》）未見用為動詞（「往」義）之例，何以其本義在具體的語言環境中得不到體現，即使在甲骨文中也是如此。姚先生的文章，按照我的看法，已經把這些問題都解決了。將來漢語字典、詞典進行修訂，理應收入姚先生的說解。

再如〈釋「侈」、「奢」──兼評《同源字典》列侈、奢為同源〉一文，是對《同源字典》所收具體字例的重新檢討〔註5〕。王力先生長於音韻而短於文

〔註5〕《同源字典》，王力著，北京：商務印書館，1982年10月第一版。

字，以致書中所收同源字有過濫之嫌。例如說「霸」和「伯」同源，從事古文字研究的學者可能都難以接受。我很久以前就聽姚先生說過：看某些字是否同源，應通盤考慮其形、音、義之間的同源關係，光考察讀音、意義，則不免偏頗。因此，有必要對《同源字典》作系統的清理。雖然後來先生沒有繼續這方面的研究，但這篇文章足以讓我們認識到：使用《同源字典》得慎重。

顯然地，得益於現代語言學理論的指導，這正是姚先生比前賢高明之處。

三、博學精思，視野廣闊

一切的研究，最終都得回到應用上去。作為人文學科，所謂應用，更多的是體現為教書育人。因此，姚先生在探究古代語文的同時，注意到古人的言行也有可以為今人所應傚仿者。因此，姚先生考釋文字語詞，十分注重文化背景的詮釋。

例如〈「禮」的嬗變與文化傳統的繼承〉一篇，就是從字形分析入手，進而解釋字義源流，然後旁徵博引各類典籍，用以闡述儒家學說範疇內「禮」的內涵，旨在證明古代的禮制有其合理的因素，即便在今天也有繼承、發揚光大的必要，那種不分青紅皂白一概唾棄的歷史虛無主義是不可取的。陳寅恪先生曾說：「依照今日訓詁學之標準，凡釋一字，即是作一部文化史。」〔註6〕姚先生的這篇文章，正是透過漢文字以考察漢文化的。文章成於 1989 年，正是國內漢字文化研究方興未艾的時候。這也可以一窺姚先生注意學術動態的敏銳觸覺。

諸如〈說「虛」兼及「天人合一」〉、〈說「士」〉、〈釋「醉」〉等都屬這類文章。讀者不但可以清楚地瞭解各字的形、音、義及其水乳交融的關係，而且可以藉以瞭解文字所蘊涵的漢文化的方方面面。

集子另外收錄了若干與文字訓詁關係不甚密切的文章作為附錄，則從另一個角度證明了姚先生博學精思的一面。例如〈談形象思維與邏輯思維〉和〈講究真善美〉，反映了姚先生勤思考，重學以致用的教學理念。又如〈中國古代教育簡說〉及〈談基礎與創新──學習方面〉，則是一位老教育工作者的實踐所得。再如《說文》選講，是姚先生給學生所作的論講。一份好的教案，我覺得就應該是這個樣子的：言之有據，深入淺出，生動活潑，為學生所喜聞樂見。

〔註6〕陳寅恪：〈與沈兼士書〉，載沈兼士：〈鬼的原始意義之試探〉，《國學季刊》5 卷 3 期，1936 年 7 月。

當然，如同一切藝術品，《文字訓詁論集》也存在未能盡如人意之處，竊以為有兩點，聊供姚先生及讀者諸君參考：

一是在體例上未能統一。例如括注出處，金文的器名大都加書名號，但是有時卻又不加：第5頁出現的「麥尊」、「敔殷」、「令彝」等都無書名號。甲骨文著錄也是如此，大多數情況下不加書名號，但有時卻又加了：第4頁的《粹》（《殷契粹編》）、《誠》（《誠齋殷虛文字》）、《續》（《殷虛書契續編》）等都有書名號。像這些縮略的書目，按照慣例，都應標上書名號，而且應在書末列一簡稱表，以供讀者參考。

二是校對較為粗疏。大概因為全書使用繁體字印刷，故爾往往忽略了某些字是不能混用的。例如「中文係」的「係」（《自序一》6頁）、「復印」的「復」（《自序一》6頁），當分別作「系」、「複」。再有就是一些錯別字或訛誤未能校出。例如「訓估」（《自序一》6頁），分明是「訓詁」之誤；「前卷一（10頁）」，分明是「前編」脫一「編」字；「連編」（12頁），分明是「前編」之誤；「情□」（15頁），分明是「情況」之誤。這類校對錯誤還有一些（尤其是一些隸古定和古文字，可能是在製圖過程中出的錯），限於篇幅，這裡就不一一具列了。儘管如此，但我想，以先生耄耋之年親自校勘數十萬字書稿，出一點點差錯實在是可以理解的。

結　語

綜上所述，《文字訓詁論集》一書對既有的訓詁理論、對具體字詞的訓釋、對錯誤成說的匡正都有所建樹，其學術價值是毋庸置疑的。尤其值得一再提及的是，姚著展現了老一代學者的良好學風，可以為時下浮躁的學風戒！

原載《廣東技術師範學院學報》，2009年3期，第116～117、124頁。

《簡明香港方言詞典》求疵

　　在《簡明香港方言詞典》（吳開斌編，廣州：花城出版社，1991 年 5 月第一版。以下簡稱《詞典》，不另注）刊行之前，商務印書館香港分館曾出版過一部《廣州話方言詞典》（饒秉才、歐陽覺亞、周無忌編，1981 年 6 月第一版）。因為書僅限於香港發行，所以大陸讀者不易得到。《詞典》的出版，如我輩者終於可以擁有一本盼之已久的方言工具書了。書甫上市，即告售罄，可見《詞典》的聲價絕不下於所謂的「熱點書籍」。

　　雖然吳先生宣稱《詞典》的編纂是以「香港方言」為「立足點」的，不過，究其內容，則改稱為《簡明廣州話詞典》也無妨。至於所謂的「香港方言」是否已成為獨立的「南方一大方言」（吳先生語）的問題，竊以為，應全面考察作為一種方言（或次方言）而具有的構成因素（諸如語法、詞彙、語音等）後才能下結論，不能因為香港人與（廣義上的）廣州人在語言的溝通上存在某些障礙（事實上並非如此嚴重）而杜撰出一門新方言（或次方言）。況且，我們也不應把正在討論而未有結論的觀點強加給讀者。因此，所謂的「香港方言」是否業已形成的問題，還是留待專家們去反覆論證吧！這裡我們暫且按下不表。

　　然而，作為「典」，那是讓讀者奉為圭臬的，容不得半點舛誤（事實上很難做到，即便完善如《辭源》、《詞海》者也不例外）。有感於此，筆者以為有義務指出書中的疏失，聊供吳先生以及廣大讀者參考。

1. 收詞量明顯不足

《詞典》名之曰「簡明」，卻也過於簡了些。粵方言的總詞彙量，包括熟語（含歇後語）、外來語、罕語等，估計約一萬。那麼，一部「簡明」的廣州方言詞典的詞彙量當在五千為宜。然吳先生的《詞典》兼收熟語、外來詞，也不過四千，許多常用詞，例如「老而不」、「零星落索」、「弄趄」（p231，止收「沙里弄銃」）等，統統給「簡」掉了。

2. 某些詞的釋義不甚準確

例如：「白鮓」（p5），除了「水母」的義項外，另有比喻義「交通警察」。而比喻義更為香港人所熟知。「臊臊地都係羊肉」（p257），比喻義當指洋貨（即質量優良者）。「賣大包」（p181），典出六十年前茗心茶樓出售肉餡藏鈔的包子事，義當作廉價傾銷。「身歷聲」（p247），義為立體聲，英語 stereophony 的音譯＋意譯。

3. 某些詞的詞形有誤

例如：「貨辦」、「貨不對辦」（p67），「辦」當作「板」。「板」，「樣板」之謂也。「死人兼崩屋」（p245），當作「死人兼冧屋」，或作「死人冧樓」。「神仙屎——唔臭米囒」，「臭」應作「嗅」。

4. 某些詞的注音有誤

例如：「橛」（p96），güd6，當作 küd6。倘若說也有人念 güd6，則應標以二音。「僭」（p89），gim1 應作 qim3。

5. 詞形互為矛盾

例如：「耷頭佬」（p42）的「耷」，但「頭嗒嗒，眼濕濕」（p265）卻作「嗒」。雖說「耷」條下注云：「亦作嗒。」但「耷」、「嗒」例應統一，注音一致。然而前者音 deb1，後者音 dab3，使人誤以為兩字。「光瞪瞪」（p103）的「瞪」，但「巉眼」（p18）一詞卻作「巉」。「瞪」、「巉」應為一字。「菜遠」（p27）的「遠」，卻又作「薳」（p307）。「遠」、「薳」同字。

6. 某些詞未能盡注出處

例如：「啤」（p233），是外來詞，英語 pair 的音譯。「焗」（p99）是英語 cook 的音譯。「沙塵」（p230）典出「沙塵鏡」。「沙塵鏡」的簡省。

7. 未能最大限度地吸收科研成果

粵方言有許多字是粵方言區的人們「造」出來的，不僅影響表達，造成誤解，而且於純潔廣州話的書面語也極不利。前些年，學者們在這方面做了許多艱苦細緻的工作，取得了令人矚目的成績〔註1〕。筆者認為，儘管有些考證未必可信，但堪稱正確的也不在少數。例如「詢」（《詞典》作「滾」，行騙）、「腯」（《詞典》作「揗」，「肥揗揗」，胖嘟嘟）、「薜」（《詞典》作「飈」，衡定氣味的量詞，股）等等。《詞典》理應擇善而從。

近年來，粵方言的詞彙研究頗令人欣喜〔註2〕，然而，《詞典》卻仍以 1981年出版的《廣州方言詞典》和 1983 年出版的《廣州話・普通話口語詞對照手冊》為主要依據，導致詞彙量不足，詞形有所訛誤。這是令人略感遺憾的。

以上列舉了《詞典》的七點不足，似乎給人一種印象：《詞典》有許多失誤。其實不然。拙論題為「求疵」，分明就是雞蛋裏面挑骨頭。事實上，《詞典》仍是相當成功的，瑕不掩瑜，它依然是一部無可替代的工具書。其銷售量便是明證。

【附記】脫稿後，即讀到〈香港方言詞的衍生現象──兼與吳開斌先生商榷〉（張勵妍著，見《詞庫建設通訊》總第二期，1993 年 11 月）一文，文章指出了吳著中某些釋義的失誤。甚確。筆者也姑附驥尾為之一鳴，以就教於諸方家。

原載（香港）《詞庫建設通訊》總第三期，1994 年 3 月，第 58～59 頁。

〔註1〕 例如：白宛如：〈廣州話本字考〉，《方言》，1980 年 3 期；余偉文：〈對一些廣州話本字的考證〉，《廣州研究》，1984 年 3 期；林倫倫：〈廣州方言詞小考〉，《中山大學研究生學刊》（文科版）1984 年 4 期。

〔註2〕 例如陳慧英：〈廣州方言熟語舉例〉，《方言》，1980 年 2 期；楊子靜：《粵語鈎沉》，廣州：廣東高等教育出版社，1993 年 3 月第 1 版（步雲按，是書許多詞條曾於 1984～1990 年發表在《廣州研究・粵語鈎沉》及《廣州日報》、《羊城晚報》的「廣州方言小考」欄目上）；朱永鍇：〈香港粵語詞語匯釋〉，《方言》，1990 年 1 期。

方言詞典編纂之若干思考：
以廣州話詞典為例

　　時至今日，林林總總的方言詞典的面世標誌著方言詞典的編纂技術已然成熟。一方面固然得益於方言研究的進步，另一方面則得益於詞典學的發展。不過，就廣州話詞典的編纂而言，竊以為至少還有以下幾個可以進一步拓展的空間。

一、宜以義類編次

　　目下方言詞典的編纂，以廣州話詞典為例，或按音（粵語拼音、音標）編次（吳開斌：1991；鄭定歐：1997；白宛如：1998）〔註1〕，或按部首筆劃編次（饒秉才等：1997），也有按義類編次的（陳慧英：1994）。當初麥耘兄與筆者編纂《實用廣州話分類詞典》時，麥耘兄即以為宜採分類之法。殆有二利：首先是便於非其母語者使用；其次是便於諸方言詞語之橫向比較研究（麥耘、譚步雲：1997：575～576頁）。

　　例如表「全部、全都」意義，廣州話說成「冚唪唥」（饒秉才等：1997：45

〔註1〕檢手頭藏書，其他方言詞典多如是編纂。例如陳剛：《北京方言詞典》（北京：商務印書館，1990）、徐世榮：《北京土語辭典》（北京：北京出版社，1990）、張維耿：《客家話詞典》（廣州：廣東人民出版社，1995）、鮑厚星等：《長沙方言詞典》（南京：江蘇教育出版社，1998）等等。

頁），或作「咸偺口」（白宛如：1998：332 頁）。民間也作「冚辦爛」、「冚巴朗」、「冚棚硠」、「咸棚楞」等，也有方言作「夯不郎當」、「亨八冷打」、「陷棒冷」等等〔註2〕。

這個詞兒，也見於吳方言，或作「亨棚冷」（閔家驥等：1986：143 頁），也作「亨白冷」。（閔家驥等：1986：143 頁）

又如「餛飩」狀的食物，廣州話說成「雲吞」（饒秉才等：1997：52 頁），長沙話說成「餃餌」（鮑厚星等：1998：160 頁）。相類似的食品，「餃子」可能較為大家所熟悉，福建話卻叫「扁肉」〔註3〕、「肉燕」〔註4〕。

以上兩詞，如果僅是口頭交流似無大礙，但一旦付諸文字，無論是以「音」還是以「部首、筆劃」序次編入詞典，非其母語者使用起來都困難重重。也不利方言詞彙的橫向比較研究。

也許有見及此，李榮先生主編的現代漢語方言大詞典，儘管並不以義類編次，但附有「義類索引」。事實上，如果把目光投向古代，可知分類詞典是古已有之的詞典類型，如《爾雅》、《方言》等。古人之所以樂用此法，其中一個重要的原因便是方言詞語的存在。《方言》不必說，本就是方言同義詞的萃集。而《爾雅》，也搜集了相當數量的方言詞。例如《釋天·月陽》所載的「陬（正月）」、「如（二月）」、「病（三月）」等月名就都是楚方言詞兒。及後，詞典的編纂也多採此法，如《藝文類聚》、《古今圖書集成》等類書。即便是自《說文》以後的以部首為次的編次方法，表面上是按「形」編次，嚴格上說也是以「義」分類的編纂方法。換言之，按義類序次的編纂方法更適用於漢語詞典。

按義類編次，宜細不宜粗。像陳慧英的《實用廣州話詞典》，止分為二十大類，過於粗泛，甚不便讀者。而李榮先生主編的現代漢語方言大詞典分為三十大類，下分若干小類，則漸臻完善了。當然，如何分類，以分多少類為宜都是值得深入探討的課題。

〔註2〕其詞形甚夥，恕不一一列舉，請參看陳小明：〈粵方言「冚唪呤」再探〉，載《第八屆國際粵方言研討會論文集》，北京：中國社會科學出版社，2003 年 12 月第 1 版，第 451～465 頁。

〔註3〕徐珂云：「扁食：北方俗語，凡餌之屬，水餃、鍋貼之屬，統稱為扁食，蓋始於明時也。」（《清稗類鈔》，北京：中華書局，1984 年 12 月第 1 版，第 6400 頁）

〔註4〕徐珂云：「肉燕者，閩人特殊之肴也。取豬肉之至精者，以木擊之，使糜爛如泥，和以米粉，掐之成薄皮，色甚白，曰肉燕。復切碎之，裹以豬肉，煮食。」（《清稗類鈔》，北京：中華書局，1984 年 12 月第 1 版，第 6435 頁）

二、宜有選擇地進行深度釋義

方言詞彙的構成繁雜，僅僅釋義，往往只能使讀者知其然而不能知其所以然。因此，對某些詞兒的詞義作深度解釋顯然是必要的。以下舉兩個例子以說明問題。

廣州話中的「打斧頭」，詞典是這樣解釋的：「揩油（指代買東西或辦事從中佔點小便宜）。」（饒秉才等：1997：143 頁）「經手買東西時暗中剋扣錢款為己有。」（麥耘、譚步雲：1997：260）「揩油，常指代買東西或代辦事從中占點小便宜，也比喻表示講述一件事時作了些隱瞞。」（鄭定歐：1997：7 頁）「替人買東西時虛報價錢，從中得利。」（白宛如：1998：5 頁）

釋義相去不遠，闡述也算清晰明瞭，但是，這種行為為什麼稱為「打斧頭」，卻語焉不詳。好在文獻有載：

> 謂跟隨紈袴從中漁利者曰板櫈（天九牌有長衫，次曰板櫈，次曰斧頭，又名黑十一。言其隨長衫之後，而所打者惟斧頭耳。且黑暗中瞞取十一之利，故稱之謂板櫈）。（吳鳳聲《清遠縣志》卷四頁六三，民國二十六年鉛印本）

老廣們大都知道，農曆新年初三日不宜登親朋之門拜年，是日謂之「赤口」：

> 農曆年初三，稱為「赤口」。（鄭定歐：1997：366 頁）

不過，何為「赤口」，何以稱「農曆年初三」為「赤口」，就需要進行深度解釋了。

「赤口」，筆者所見，最早出現在唐代的文獻中：

> 小人赤口，曷本於理？（唐·李翱〈准制祭伏波神文〉，《李文公集》卷十六頁九，四庫全書本）

這裡的「赤口」，指口說無憑，似乎相當於「信口雌黃」的「信口」，恐怕還不是個詞兒。直到宋代，作為詞兒的「赤口」始告出現。

宋·陸游〈己未重五〉詩：「安用丹書禳赤口，風波雖惡不關身。」（《劍南詩稿》卷三十九頁五，四庫全書本）

這裡的「赤口」殆神名，與我們今天所用的詞義有點兒距離。及後，「赤口」用為「通書」（先秦稱為「日書」）中標示宜忌日子的術語：

> 一月之中，有月忌、龍禁、楊公忌、瘟星、天地凶敗、天乙絕

氣、長短星、空亡、赤口……等日。（明·謝肇淛《五雜俎·天部二》
卷二頁三十四，明萬曆四十四年潘膺祉如韋館刻本）

不過，「赤口」日不宜拜年，卻可能只有四五百年的歷史：

（正月）三日早書帖釘赤口於門，少晏群邀漁獵謂之闘口。（明·
曾邦泰《儋州志》天集《民俗志》頁三十五，明萬曆四十八年刻本）

初三日書帖釘赤口，謂之禁口。（清·李文烜《瓊山縣志》卷二
頁十八，清咸豐七年刻本）

顯然，像「打斧頭」、「赤口」這類古老且詞義變化複雜的詞兒宜作深度釋
義。

三、宜作詞源鉤沉

一門語言或方言，隨著其自然的發展變化，其詞兒的意義產生引申訛變在
所難免，而其詞形因音而異因訛而變亦勢所必然。因此，詞義詞形的尋本溯源
成了詞彙學家的重要工作之一。但目下的詞典，除了《辭源》之類側重於考據
的詞典外，多不涉及詞源。若另出方言辭源，可能未必可以成篇。以廣州方言
為例，方言字形不過數百。那麼，在詞典中略注源出，就像白宛如的《廣州方
言詞典》那樣，可以起到意想不到的使用效果。而這樣處理詞條，固然可以向
學界展示個人的研究成果，更重要的是可以起正本清源的作用。

例如廣州話中表示「蟑螂」這個概念的「甲由」〔註5〕，既不象形，也無標
示音、義的聲符和義符。即便是正宗老廣也倍感困惑。

「甲由」其實是個連綿詞，應寫為「蛣蜣」〔註6〕：

蝲蟽，如蟬而小，色紅，翅亦能飛，屋壁多有之，廚灶閒尤甚，
俗呼蛣蜣。一種背作黑白文，無翼，名花蛣蜣。（清·陳志喆《光緒
四會縣志》編一頁九十四，清光緒二十二年刻本）

蟑螂，俗名蛣蜣。形類蟋蟀而身扁，喜近人家廚灶，身有臊臭氣，
其矢尤甚。（清·鄭榮《南海縣志》卷四頁三十，清宣統三年刻本）

〔註5〕潮汕話、客家話也使用「甲由」一詞，殆同源。或以為百越底層語，但並無直接的
證據。

〔註6〕參看拙論〈釋「甲由」〉，載粵學堂（微信號 gzyuexuetang）「譚天說粵」專欄，2016
年12月9日。

「蛞蝓」或以「甲澤」通作：

　　蝲蟽，音辣達，蟲名。《篇海》：似蟬而小，色紅，翅亦能飛，壁
　　罅多有之，廚灶尤甚，俗呼甲澤，即辣達之變音也。（民國‧余丕承
　　《恩平縣志》卷之五頁四十五，民國二十三年恩平聖堂光華書局鉛
　　印本）

所謂「蝲蟽」，恐怕是「蟗蠦」之音變，並變換詞形以指代「蟑螂」。蝲蟽者，骯髒之蟲也。

「甴曱」二字，始見於明‧趙年伯原輯、明‧李登訂《（重刊）詳校篇海‧田部第十八》：「曱、甴，上士甲切，音扎；下兮甲切，音押。」（卷之二頁三十七，萬曆三十六年趙新盤刻本）《篇海》無釋義。筆者以為當「腌臢（音喼汁，骯髒）」的倒文音轉。「腌」有二音：一作於業切（《唐韻》），《集韻》標作又業切；一作於輒切（《廣韻》），《集韻》標作憶笈切。與「甴」的讀音接近。「臢」，《字彙補》標音為茲三切，談部字。與洽部字的「甲」為陰陽對轉關係。它用以指「蟑螂」，筆者所見為民國期間文獻，卻被寫作「息思」：

　　諺曰：蠄蟧願人死，**息思**願人肥。（民國‧張以誠《陽江志》卷
　　十六頁三十，民國十四年廣州留香齋刻本）

這大概是今天某些廣州話詞典作「甴曱」之所本（白宛如：1998：440頁）。

又如廣州話中表示「無」、「沒有」意義的「冇」，迄今所知，始見於明代方志：「又無曰冇，音牦，謂與有相反也。」（明‧戴璟《廣東通志初稿》卷十八頁十五，嘉靖十四年刻本）那就是說，用「冇」為「無」的歷史至少已接近五百年了。或以「毛」通作：「（廣人謂）無曰毛。」（明‧戴璟《廣東通志初稿》卷十八頁十五，嘉靖十四年刻本）同一書中一作「冇」一作「毛」，一方面固然說明「冇」尚未被廣泛接受，另一方面也說明「無」、「毛」二字當時的讀音是相近或相同的。若從認知層面考慮，人們可能更樂於接受筆劃簡單的「毛」。

字或作「冒」。例如清‧陶元藻〈截句十二首效東粵摸魚歌體〉之八：「郎今有眉意，儂豈冒眉心（粵語無曰冒）。載郎江上去，荷花深復深。」（《泊鷗山房集‧詩》卷二十二頁十四，清刻本）陶元藻是浙江紹興人，摹音作「冒」，也許不一定準確。

或作「卯」：「（白話）謂無曰卯。」（清‧鄭業崇《茂名縣志》卷一頁六十九，清光緒十四年高州聯經號刻本）摹音作「卯」，恐怕存在粵語次方言因素的

影響。時至今日，用「卯」表「沒有」的這個擘音仍流行於某些次方言區域。

這個形體存在歧異的詞兒宜統一作「毋」〔註7〕。

楊樹達云：「毋，有之反，與『無』同。」〔註8〕楊氏並舉例為證，《史記·秦始皇本紀》：「身自持築臿，脛毋毛。」又《史記·酷吏列傳·王溫舒》：「盡十二月，郡中毋聲。」

不採「無」而採「毋」，是考慮其今天的方言讀音。「毋」為「母」同源字，音母理所當然。

像「冇」、「冇」這類方言俗體，不作詞源考索顯然不利於詞典的編纂。我們甚至不知道該把它們編入哪個部首之下，遑論加以辨形釋義了。

當然，誠如李榮先生所說：「方言調查以記錄事實為主。考本字也重要，到底不是主要的。考本字考對了理應如此，考本字考錯了是畫蛇添足。沒有把握的本字要少說。沒有把握的時候最好用同音字。……寫同音字足以反映方言事實，並非白璧之瑕。知之為知之，不知為不知，是知也。」〔註9〕因此，慎重採用詞源鉤沉作詞條條目是詞典編纂的重要原則。但是，不妨以附注出之，以及時反映學界的研究成果。

結　語

筆者以為，方言詞典的編纂盡管日臻完備，但仍有可改進的地方，像如何編次，如何釋義，如何釋形乃至採什麼詞形作詞條，都是編纂詞典者所必須考慮的。雖然本文僅以廣州話詞典編纂為例提出三個方面的思考，卻也許對其他方言詞典的編纂有借鑒意義。

參考文獻（以出版時間為次）

1. 閔家驥等：《簡明吳方言詞典》，上海：上海辭書出版社，1986 年 5 月第 1 版。
2. 吳開斌：《簡明香港方言詞典》，廣州：花城出版社，1991 年 5 月第 1 版。
3. 陳慧英：《實用廣州話詞典》，上海：漢語大詞典出版社，1994 年 11 月第 1 版。
4. 鄭定歐：《香港粵語詞典》，南京：江蘇教育出版社，1997 年 5 月第 1 版。
5. 麥耘、譚步雲：《實用廣州話分類詞典》，廣州：廣東人民出版社，1997 年 8 月第 1 版。又商務印書館（香港）有限公司，2011 年 1 月第 1 版。又廣州：世界

〔註7〕參看拙論〈冇（毋）〉，載《廣州研究》，1987 年 10 期。
〔註8〕氏著：《詞詮》，北京：中華書局，1965 年 11 月第 1 版，第 407 頁。
〔註9〕李榮：〈方言詞典說略〉，《方言》，1992 年第 2 期，第 253 頁。

圖書出版公司，2016 年 1 月第 1 版。

6. 饒秉才、歐陽覺亞、周無忌：《廣州話詞典》，廣州：廣東人民出版社，1997 年
   10 月第 1 版。

7. 鮑厚星等：《長沙方言詞典》，南京：江蘇教育出版社，1998 月 12 月第 1 版。

8. 白宛如：《廣州方言詞典》，南京：江蘇教育出版社，1998 年 12 月第 1 版。

原閩南方言與文化研討會暨福建省辭書學會第 23 屆學術年會論文，福建漳
州閩南師範大學，2017 年 10 月 27～29 日。載《閩南方言與文化研討會暨福建
省辭書學會第 23 屆學術年會論文集》，第 118～121 頁。

廣州話形容詞比較級的語法形式

引　言

　　在漢語中，所謂的形容詞比較級是沒有詞形的屈折變化的。也就是說，它的原級（positive degree）形式與其比較級（comparative degree）形式沒有什麼不同。這是漢文字的特點使然。那麼，在討論漢語形容詞品質（quality）的比較問題時，使用「比較級」這麼個術語是否適當呢？筆者以為，前輩學者率先使用這個術語[註1]，自然有一定的道理：漢語形容詞的原級形式和比較級形式雖沒有本質上的差異，但使之體現了質量的比較的修飾成分畢竟發生了變化。這與某些拼音文字頗相一致。像法語，形容詞可以有屈折變化（譬如「性」、「數」的變化），但是，也只使用副詞 plus，moin 和 aussi 修飾形容詞以表示「較高品質」、「較低品質」和「同等品質」的比較。又比如英語，使用副詞 more 修飾部分雙音節和多音節形容詞以表示「較高品質」的比較，而使用副詞 less 修飾部分雙音節和多音節形容詞以表示「較低品質」的比較。至於漢語，是以補語、狀語或語序、句型等語法形式體現形容詞品質的比較的；同時，這種比較是形容詞品質載體的比較，而非形容詞質量實體的比較。因此，把漢語中體現形容

詞品質的比較的語法形式稱之為「比較級」相當合適。

　　高華年先生在《廣州方言研究》一書中略有述及形容詞比較級的語法形式〔註2〕，在此基礎上，筆者擬對廣州話形容詞比較級的語法形式作一較為詳盡的描述。不過，本文將把討論的重點放在形容詞為主題詞（topic word）的比較級句法形式上，至於非主題詞的形容詞比較級的語法形式，則只作簡略描述。

　　廣州話形容詞比較級的語法形式，如同普通話一樣，形容詞沒有詞形變化。然而，兩者相較，廣州話形容詞比較級的語法形式更為豐富多彩。甚至，廣州話形容詞比較級的某些句型是普通話所沒有的。

　　然而，倘若要考察廣州話中全部形容詞比較級的語法形式卻是不切實際的。首先，這得花上巨大的篇幅，區區數千言是難以為之的；其次，並非所有形容詞均可有比較級。舉法語為例，品質形容詞（l'adjectif qualificatif）才有比較級，而非品質形容詞（les adjectifs non-qualificatifs），諸如主有形容詞、指示形容詞、疑問形容詞、感歎形容詞、泛指形容詞和數量形容詞，均無比較級。英語也存在這種情況，雖然類似 my，its 等表所有關係的詞兒屬物主代詞而非形容詞，但 right，wrong，woolen，wooden 等形容詞一般也無比較級。因此，某些英語語法著作也把英語中的形容詞分為「性質形容詞（qualitative adjectives）」和「關係形容詞（relative adjectives）」兩類〔註3〕，後者便無比較級。漢語的情況又如何？某些形容詞，從語義（或邏輯）上看也不當有比較級。譬如「雪白」，我們通常不說「比較雪白」、「更雪白」，而說「比雪更白」。類似的形容詞還有「碧綠」、「海藍」等。這類形容詞實際上包含了一個表示同等比較的結構，「雪白」、「碧綠」本是「如雪般白」、「如碧般綠」的緊縮形式，原則上是詞組，可現在一般視之為詞兒了。迄今為止，我們還不能給這類沒有比較級的形容詞下定義，如法語般稱為非品質形容詞或如英語般稱為關係形容詞都是不明智的。無論如何，現代漢語中某些形容詞不能有比較級是個事實，順理成章地，廣州話也存在同樣的情況，例如「胭脂紅（緋紅）」、「光脫脫（一絲不掛的）」、「姣婆藍（翠藍）」等也都不能有比較級。可以肯定的是，廣州話中沒有比較級的形容詞數量很少。

〔註2〕氏著《廣州方言研究》，香港：商務印書館，1980 年 7 月初版，第 71～72 頁。

〔註3〕例如 M. Ganshina, N. Vasilevskaya, *English Grammer*, Foreign Languages Publishing House, 1953.

既然部分的形容詞沒有比較等級，本文只好隨機考察下列五組形容詞比較級的語法形式：

表形狀的：細（小）、幼（粗細的「細」）、闊（寬）、攣（曲）。

表性質的：綿（鬆軟）、實淨（結實）、削（稀）、傑（稠）。

表動作的：足（滑）、快脆（快）、滋油（慢）、論盡（毛手毛腳的）。

表行為的：精叻（精明）、薯頭（笨拙）、蠱惑（狡詐）、淳品（淳樸）。

表變化的：邋遢（骯髒）、企理（整潔）、㷫（熱）、凍（冷）。

並就其語法形式作三個方面的描述。例句則使用「肥（胖）」一詞，以利於論述和比較。

一、肯定語氣

用以表達肯定語氣的廣州話形容詞比較級大致有如下的句型：

A. 你仲肥（你更胖）＋（補語）

和普通話一樣，廣州也使用程度副詞修飾述語以表比較。程度副詞必須置於述語前作狀語，而不能置於述語後作後狀語〔註4〕。常見的程度副詞除「仲」以外，還有「更加」、「更」等。後者帶有濃重的北方方言色彩，口語中少用。句型 A 可有補語。使用補語可加強比較的程度，有點兒像英語的 much（many）more 類型。常用的形容詞有「交關（厲害）」、「利害（厲害）」、「多」等；也可使用量詞「啲（一點兒）」作加強性補語〔註5〕。形容詞性補語必須由助詞「得」引導。

B1. 你肥咗小小（你胖了一點點）。

B2. 你肥得多（你胖多了）。

B3. 你肥啲（你胖點兒）。

形容詞、形容詞詞組或量詞作補語以表比較。常見的形容詞有「小小（一點點）」、「多」；形容詞詞組有「好多（很多）」；量詞有「啲（一點兒）」。形容詞「小小」可以單用，以表兩者以上的比較；如置於表時間的助詞「咗（了）」

〔註4〕 參看高華年：《廣州方言研究》，香港：商務印書館，1980 年 7 月初版，第 71～72 頁。

〔註5〕 參看陳慧英：〈談粵語廣告語言〉，詹伯慧主編：《第二屆國際粵方言研討會論文集》，暨南大學出版社，1990 年 12 月第 1 版。

之後，意義則與原句無甚差別，只是程度加強了。例如：「你肥咗（你胖了）。」蘊含前後時間的對比，卻沒有具體的變化級差；而「你肥咗小小（你胖了一點點）」，依然是前後時間的對比，但變化級差顯著。量詞「啲」、形容詞詞組「好多」的修飾作用也大致如此。形容詞「多」通常需以助詞「得」引導。

C. 你（＋狀）肥過我（＋補語）〔你比我胖（＋補語）〕。

與普通話比較對象作直接賓語不同，廣州話通常以介詞「過」引出比較對象置於述語後作補語。

高華年先生並未把句型 C 放在形容詞比較級一節中論述，而稱之為「比較句」〔註6〕。筆者揣測：這樣處理，殆因為這類句子的存在：「呢云我做起先過你嘞（這次我比你先做完）。」筆者以為，包括以下例句：「你跑得過佢（你比他能跑）。」「你好打過佢（你打得過他）。」可視為副詞的比較級形態（關於副詞的比較級問題，筆者擬在適當的機會再行申述。此處從略）。顯然，所謂的「比較句」實際上包括了形容詞的比較級和副詞的比較級兩種語法形式，前者是以形容詞作「主題詞」，後者則是以動詞作「主題詞」。涇渭分明，不容相混。

句型 C 可以有雙補語，常用的詞或詞組大致同於句型 B 所使用的詞或詞組，但「得＋多」結構不適用本型。「過」字有時可引導一個句子，例如：「你食鹽仲多過佢食飯（你吃鹽比他吃飯還多）。」由此看來，「過」字似兼具連詞的功能。句型 C 殆源於古漢語形容詞比較級「於」字式。本文將在第四節續有討論。

D. 你比我肥（＋補語）〔你比我胖〕。

深受普通話的影響，句型 D 逐漸可與句型 C 分庭抗禮。句型 D 可以有補語，而且可以容受「得＋多」結構。

E1. 你同我咁肥（你和我一樣胖）。

E2. 你有我咁肥（你有我那麼胖）。

E3. 你肥到好似個相撲手咁（你胖得像個相撲手）。

在英語中，as＋adj.＋as 句型表示相等的比較，not so（or as）＋adj.＋as 句型表示不相等的比較。漢語中也有表示相等或不相等比較的句型。廣州話則是

〔註6〕 參看氏著：《廣州方言研究》，香港：商務印書館，1980 年 7 月初版，第 263～266頁。

以連詞「同」、動詞「好似」、「有」、「夠」等引出比較對象。形容詞或保持述語的地位，或與動詞構成兼語式。形容詞只能而且必須受副詞「咁（這樣、那麼）」修飾，當句子省略主語時，連詞或動詞可同時省去。例如：「只豬咁肥（豬那麼胖）。」省去了「同」或「好似」、「有」。以動詞「夠」引出比較對象的句子中，形容詞可無需副詞「咁」修飾。有點特殊。

高華年先生認為，廣州話形容詞的重迭形式也表比較〔註7〕。但筆者以為，和普通話一樣，廣州話形容詞的重迭形式實際上只表示程度的加強而沒有比較的語義。例如「紅紅嘅花」即謂「很紅很紅的花」，「口水多多」即謂「話很多」。這有點近似英語的 very very＋adj.形式。從中無法體味到是較高質量的比較還是較低質量的比較；是同等質量的比較還是不同質量的比較。

那麼，非主題詞的形容詞比較級又是如何表示的呢？很簡單，仍然依靠副詞、形容詞、形容詞詞組、量詞的修飾以構成非主題詞的形容詞比較級。例如：「更肥嘅豬（更胖的豬）」、「仲靚嘅花（較漂亮的花）」、「大小小嘅煲（大一點兒的鍋）」、「快啲啲嘅車（快一點兒的車）」，等等。

二、否定語氣

與肯定語氣正相反，廣州話形容詞比較級的否定語氣表示較低品質或不同等品質的比較。

廣州話形容詞比較級否定語氣的構成頗為複雜，茲分述如下：

A1. 你唔係幾肥啫（你不是那麼胖）。

A2. 你唔多肥（你沒那麼胖）。

A3. 你冇咩點肥（你沒怎麼胖）。

A4. 你冇肥到（你沒胖）。

A1 和 A2 所表達的意義可能是自我的比較，也可能是與他人的比較，得視乎語境而定。而 A3 和 A4 則明確表明為自我的比較。句型 A1 由係動詞與形容詞共同構成述語。我們注意到，肯定語氣諸句型也可以加插係動詞「係」。但不同的是，表否定語氣的句型 A1 的「係」並非表語氣的加強，而是述語必不可少的組成部分。句型 A4 的補語可省略，並不影響表達。同樣，以上諸例中的

〔註7〕參看氏著《廣州方言研究》，香港：商務印書館，1980 年 7 月初版，第 71～72 頁。

程度副詞、量詞也可省略而比較的意義不變。

　　B1. 你肥過我（你比我胖）。

　　B2. 你肥唔過我（你沒我胖）。

　　引出比較對象時，形容詞作述語，否定副詞後置於形容詞之後否定介詞（結構）。也許，與其稱之為後狀語（狀語後置），毋寧稱之為述語前置。句型 B1 可帶補語「幾多」。

　　C. 你唔肥得過我（你沒我胖）。

　　這個句型似乎更符合漢語的習慣，其語序與肯定語氣之 B2 型相同。顯然，句中有了結構助詞「得」，可以使句子詞序整然。句型 C 也可帶補語「幾多」以加強比較程度。

　　D1. 你冇我咁肥（你沒我那麼胖）。

　　D2. 你唔夠我肥（你不如我胖）。

　　表示差等品質的比較，不能使用連詞「同」或動詞「有」、「好似」，而只能使用動詞「夠」、「似」。「似」如同「好似」一樣，與後面的形容詞構成兼語式時需加上副詞「咁」。即：「似（好似）……咁＋形」。

　　表示較低品質或差等品質的比較，廣州話除了使用否定副詞「冇」、「唔」之外，還使用「邊度（哪裏）」。不過，「邊度」只能直接修飾述語，而且，它與述語之間不能插入修飾成分。例如，A 諸句型可作：你邊度肥啫（你哪裏胖嘛）。B 諸句型可作：你邊度肥過我。則可能產生歧義：你哪個地方（大腿？胳膊？）比我胖。需視句末語氣（或語氣詞）以確定是否定語氣還是反詰語氣。C 句型可作：你邊度肥得過我（你哪能比我胖）。D1 句型可作：你邊度有我咁肥（你哪裏有我那麼胖）。「冇」必須改作「有」，否則成雙重否定。D2 句型則作：你邊度夠我肥（你哪裏有我胖）。

三、疑問語氣

　　廣州話形容詞比較級，肯定語氣只表示較高品質和同等品質的比較，而否定語氣則只表示較低品質和差等品質的比較。疑問語氣則不然，甚至在肯定句或否定句末付以問符，即構成形容詞比較級的疑問語氣。它是沒有正面或負面色彩的。

　　雖然如此，廣州話形容詞比較級表疑問語氣的句型還是有一些：

A1. 係唔係你肥啲啫（是不是你胖點兒）？

A2. 你係唔係肥啲啫（你是不是胖點兒）？

不引出比較對象，必須使用量詞「啲」或形容詞「小小」等修飾成分表比較。句型 A 一般不使用副詞作修飾成分強調比較。當然，A1 如說成「係唔係你仲肥啫（是不是你更胖）？」在句法結構上挑不出毛病，但口語中少用。如要表達自我的比較，句型 A 需附加時間狀語等成分。

B. 邊個肥（誰更胖）？

疑問代詞作主語的形容詞比較級句型可無任何修飾成分以表比較。但是，使用修飾成分時，句子的比較意義更為明顯。句型 B 可使用助詞「得＋介詞結構」引出比較的對象。例如：「邊個肥得過你呢（誰比你胖）？」應當指出的是，此例句末的疑問助詞「呢」不可省，否則成反詰語氣。

C.你肥定佢肥（你胖還是他胖）？

選擇性的疑問句式完全不依靠程度副詞和量詞作修飾語以表比較。

四、廣州話形容詞比較級「過」字式源流考

廣州話形容詞比較級「過」字式當起源於古漢語形容詞比較級「於」字式。例如：「苛政猛於虎。」（《禮記·檀弓》）楊樹達先生云：「（於），介詞，表形容詞之比較級。」〔註8〕反觀廣州話形容詞比較級「過」字式，句法結構完全同於古漢語形容詞比較級「於」字式。上引《禮記·檀弓》的例子也可以說成：「苛政猛過虎。」可以說，「過」字式是「於」字式的孑遺。

「於」在形容詞比較級句子中，雖被定性為介詞，但蘊含「超過」的意義。它在弱化為介詞前，是個動詞，有「前往」、「往來」的意義。在這一點上，與「過」相同。「過」也有「往」的意義，雙音節詞「過往」可證。「過」同時具有「超過」的意義。「於」和「過」的這些共性，可能是促成二者聯合的因素。現代漢語雙音節詞「過於」便是它們結合的產物。

由於「過」字「超過」的意義更為顯著，使用它可使比較的效果更為明晰，因而在古漢語某些表達比較的固定結構中，就時見「過」字的蹤影。例如：「膂力過人」、「睿智過人」等。儘管在這類例子中，「過」仍是動詞，但強調比較

〔註8〕參看氏著：《詞詮》，北京：中華書局，1982 年 6 月第一版，第 431 頁。

的需要使它蛻變為介詞已勢在必然，況且，「過」與「於」竟又有那麼些共同點。

起碼在宋代，形容詞比較級的「過」字式業已開始衝擊「於」字式的霸主地位了。例如：

（1）五子循環迎一母，十分酌玉祠千年。鬻狐馬祖饒行樂，柿粟來禽肥過拳。（宋・楊萬里〈送趙寬之排岸之官章貢〉詩，《誠齋集》卷三十八頁五，景江陰繆氏藝風堂藏景宋鈔本）

延至明清，形容詞比較級「過」字式大概已形成風尚了。例如：

（2）藥展階容麗，松擎席影圓。北羊肥過瓠，南栗大如拳。（明・劉溥〈賀張用軫封大理寺評事三十韻〉詩，《草窗集》卷下頁十九，明成化十六年劉氏刻本）

（3）（蛇）有曰量人者，長五寸許，見人即標起，欲高過人。（清・屈大均《廣東新語》卷二十四頁十八，清康熙水天閣刻本）

（4）洞庭何處是，震澤浩無邊。風力快於鬲，浪花高過船。（清・汪仲洋〈風雨自胥口渡太湖比泊洞庭山已夜半矣〉詩，《心知堂詩稿》卷十七頁一，清道光六年刻本）

（5）鳳陽女子有柳青，柳青選壻輕沙陀。盤鵰結隊蠕蠕走，馳馬快過月氏駝。（清・眠鶴道人《花月痕》卷十第三十二回頁五，清光緒福州吳玉田刊本）

從例 4 可知，在以文言文為主流的階段，形容詞比較級「過」字式很可能與「於」字式並行不悖。這充分說明，在採用「過」字式上，廣州話與北方方言本來是同步的，但當北方方言摒棄「過」字式時，廣州話不但不忍割捨「過」字式，而且也逐漸接受了「比」字式。於是，廣州話形容詞比較級的語法形式豐富多彩也就合乎情理了。

結　語

雖然廣州話形容詞比較級在構成上沒有詞形的屈折變化，但其語法形式卻是顯而易見的。前輩學者「引入」「形容詞比較級」這一概念相當合適。

廣州話形容詞的比較級，肯定語氣表「較高品質」和「同等品質」的比較；否定語氣表「較低品質」和「差等品質」的比較；疑問語氣則沒有正面或負面

色彩。肯定語氣凡五個句型，三個變例；否定語氣有四個句型，五個變例；疑問語氣則只有三個句型，一個變例。事實上，我們可以把以上所有句型套換成下列三個公式：

1. 狀語＋形容詞原形
2. 形容詞原形＋補語
3. 形容詞比較級表現為詞序變化、特殊句式，而無需借助修飾成分。

當然，1、2兩公式有交叉重迭關係，即存在「狀＋形＋補」這麼一個聯合體。

廣州話形容詞比較級「過」字式源於古漢語形容詞比較級「於」字式，約於清初已完成其轉變過程。

【附記】拙論在第二屆「今日粵語」研討會上宣讀後，承蒙麥耘、莫華、潘小洛、方小燕等同道提出寶貴意見，俾拙論得以進一步修訂。謹誌謝忱。

原載《廣州話研究與教學》第二輯，廣州：中山大學學報編輯部，1995 年 10 月，第 22～27 頁。

廣州話副詞比較級的語法形式

一、概　說

此文是《廣州話形容詞比較級的語法形式》的續篇。

按照高華年先生的意見，以下這類例子均是比較句：

1. 我肥過你（我比你胖）。

2. 呢云我做起先過你嘞（這回我比你先做完）。[註1]

事實上，這是兩個謂語構成完全迥異的句子。例 1 的主題詞（topic word）是形容詞；例 2 的主題詞是動詞。因此，我傾向於把主題詞為形容詞的「比較句」視作形容詞比較級的語法形式，而把主題詞為動詞的「比較句」視作副詞比較級的語法形式。

但問題是，絕大多數現代漢語學者都認為以動詞充當謂語的句子可以帶上以形容詞作補語的成分。那麼，倘若這類句子存在著比較的意義，豈非仍當稱為「形容詞比較級」？

其實，在廣州話中，動詞謂語的後置修飾成分是可以由副詞充當的。譬如上面例 2 的「先」，高華年先生就稱之為「後狀語」[註2]。言下之意，「先」在

〔註 1〕高華年：《廣州方言研究》，香港：商務印書館，1980 年 7 月初版，第 263～265 頁。
〔註 2〕高華年：《廣州方言研究》，香港：商務印書館，1980 年 7 月初版，第 238～242 頁。

這裡仍是副詞。蔡建華先生也認為動詞謂語的後置修飾成分可由副詞充當，雖然他仍稱之為「補語」〔註3〕。

在動詞謂語的後置修飾成分可由副詞充當的這一點上，筆者與高、蔡二先生的觀點一致。不過，筆者既不主張稱之為「後狀語」，也不主張稱之為「補語」。也許，高先生的定義更為精確，但易受到質疑。因為，絕大多數的現代漢語學者都把「好得很」中的「很」視作補語，即便「很」是徹頭徹尾的副詞也不例外。況且，充當「後狀語」的詞兒多數還不是純粹的副詞哩！像「先」，分明可作定語修飾名詞（例如「先人」、「先河」等），也可單獨充當謂語〔例如「邊個先咖？你先定我先？（誰先？你先還是我先？）」〕，完全具備形容詞的特性。

在英語中，詞兒兼類的情形相當普遍。區分一個詞屬哪一類，通常不看它在句子中的位置，而是視乎它在句中所起的作用。舉例說：fast，在「My watch is fast（我的表快）.」中，fast 是形容詞，與 is 構成謂語；在「He runs fast（他跑得快）.」中，fast 是副詞，作狀語。很明顯，是形容詞，它就可以作謂語，作定語；是副詞，它就可以作狀語。換句話說，作謂語、作定語的只能是形容詞，作狀語的只能是副詞。

筆者以為，既然漢語中也有詞兒兼類的現象，那麼，區分詞類也當視其在句中所起的作用。「很好」、「好得很」，「很」所屬詞類毋庸細說，所起作用也顯而易見，只不過前者位於主題詞之前，後者借助虛詞置於主題詞之後罷了。因此，鄙人主張凡可修飾形容詞、動詞者均屬副詞，在句法結構上皆起狀語的作用〔註4〕。

準此，本文則以之為理論基礎探討「副詞的比較級」。換言之，在以動詞為主題詞的句子中，謂語的修飾成分均視作狀語，而不論其位置如何；狀語均視作由副詞而非形容詞充當。

在法語中，大部分方式副詞、部分時間副詞、地點副詞和數量副詞均有比較級，其構成與形容詞比較級的構成相同，也使用副詞 plue，aussi，moins 來表

〔註3〕參看氏著：〈廣州話副詞的辨別〉，《廣州話研究與教學》第二輯，廣州：中山大學學報編輯部，1995 年 10 月。

〔註4〕筆者在〈粵方言形容詞比較級的語法形式〉一文中，依照傳統說法把位於形容詞後的副詞修飾成分定義為補語，今天看來是不妥當的。文載《廣州話研究與教學》第二輯，廣州：中山大學學報編輯部，1995 年 10 月，第 22～27 頁。

示較高、同等和較低程度，比較級後也用連詞 que 把互相比較的第二部分（也可看作「補語」）連接起來。英語副詞比較級的構成部分地表現為副詞詞形的屈折變化，部分地則借助於副詞 more 和 less。

在借助副詞修飾副詞以表比較這一點上，廣州話副詞比較級的構成與法語、英語副詞比較級的構成頗有相似之處，但廣州話副詞比較級的句式呈多樣化趨勢。

為討論方便計，本文列舉的例句的謂語動詞只使用「食（吃）」一詞。

下面，筆者將就副詞比較級的肯定語氣、否定語氣和疑問語氣作一詳盡的描述。

二、肯定語氣

如同廣州話形容詞比較級的肯定語氣一樣，副詞比較級的肯定語氣表較高、同等程度。

3. 你仲食得（你更能吃）。

「得」，可單獨作謂語。例如：「你幾得個啵（你挺行的呀）！」也可以與係動詞「係」構成複合謂語。例如：「你係得嘅（你是行的）。」顯然是個形容詞。但「得」也兼有副詞詞性。試比較：「食得唔好嘥（能吃別浪費）。」

通過例 3 句型，我們可以知道，在不引出比較對象的情況下，「得」這個副詞狀語必須依賴另一個程度副詞的修飾才體現出程度的比較，而這個程度副詞脫離了它所修飾的副詞狀語，也無法表達程度的比較，甚至無法單獨充當句子的成分。廣州話副詞比較級句子中的程度副詞有：「好」、「幾」、「真」、「認真」、「夠嗮」等。其中，「幾」一般表感歎語氣，例如：「你幾食得個啵（你挺能吃的呀）！」廣州話副詞比較級的句型的詞序很特殊，起修飾作用的副詞和被修飾的副詞被動詞分隔。考慮到兩者語義上的緊密關係，並由此而構成副詞的比較級，本文稱之為「分離式複合狀語」，替代前者為狀語、後者為補語（或後狀語）的傳統定義。通常，句型 3 的動詞謂語後不帶賓語，即便是謂語由及物動詞充當也是如此。當然，廣州話副詞比較級的句子中，當謂語由及物動詞充當時，就可擁有一個動賓結構，以體現動詞支配的對象（詳下說）。

4. a. 你仲食得快（你吃得更快）。

b. 你（食飯）食得仲快〔你（吃飯）吃得更快〕。

　　一般認為，動詞「食」後面的成分是以助詞引導的形容詞補語。但筆者認為可視作聯合狀語。因為：①「快」可以是副詞，例如：「快啲食（快點兒吃）。」「快行啦（快走吧）。」試比較：「食快啲（吃快點兒）。」「行快啲（走快點兒）。」②在句子中，「快」修飾的是動詞謂語，如前所述，當是狀語。至於「得」，仍可以如前所舉例看作副詞。只是因「快」的存在而弱化了自身的意義。由「得」組合的聯合狀語使比較的重點轉移。如同例 3 句型一樣，由「得」組合成的聯合狀語仍需一程度副詞的修飾以表比較。程度副詞的位置可在動詞謂語前，也可在動詞謂語後與被修飾的副詞相接（本文稱為「緊接式複合狀語」），而句子的比較意義不變。例 4 b 句式可在主謂之間插入一動賓結構以引出動詞支配的對象。

　　5. a. 你（仲）食得（快）過我〔你比我（更能）吃（得快）〕。

　　　　b. 你（仲）比我食得（快）〔你比我（更能）吃（得）快〕。

　　以介詞結構引出比較對象，可不需要程度副詞修飾以表比較。在有另一程度副詞修飾的情況下，程度進一步加強，比較意義愈加明顯。其功用相當於英語的 much more 結構。程度副詞的位置可如句型 4 般在動詞謂語之前或後。

　　與句型 4 相同，句型 5 也可在主謂之間插入一動賓結構，以引出及物動詞所支配的對象。

　　6. a. 你同我都食得嗽快（你和我吃得同樣快）。

　　　　b. 你同我都嗽食得（你和我同樣能吃）。

　　　　c. 大家都嗽食得（大家都同樣能吃）。

　　表示同等程度的比較，必須以連詞「同」等引出比較對象（句型 6a、b），或使用複數性主語（句型 6c）。同時，必須使用表示範圍的副詞「都」、「一樣」。

　　句型 6a，程度副詞只能後置於動詞謂語構成「緊接式複合狀語」；句型 6b、c，程度副詞只能置於動詞謂語前構成「分離式複合狀語」。

　　句型 6b 一般不能帶動賓結構以引出及物動詞所支配的對象。

　　7. 你夠我食（得快）〔意謂：在吃（或吃的速度）這方面你和我不相上下〕。

　　以兼語式表同等程度的比較，無需借助「分離式複合狀語」或「緊接式複合狀語」。

　　句型 7 一般不能帶動賓結構以引出及物動詞所支配的對象。

三、否定語氣

與肯定語氣正相反，廣州話副詞比較級的否定語氣表較低程度、或不同程度的比較。

8. a. 我唔多食得（飯）〔我不大能吃（飯）〕。

　　b. 我（食飯）食得唔多〔我（吃飯）吃得不多〕。

　　c. 我（食飯）唔係噉食得〔我不是那麼能吃（飯）〕。

廣州話副詞比較級的否定語氣是使用否定副詞「唔」和否定結構「唔係」、「未有拉耐」等構成的。否定副詞「唔」和否定結構通常位於動詞謂語前，偶而可置於動詞謂語後（句型 8b）。

在不引出比較對象的情況下，表否定語氣的廣州話副詞比較級句子仍需借助程度副詞體現比較。常用的程度副詞有「多」、「噉」、「幾」等。甚至可使用時間副詞「快」、「摩」等以表現不同重點的比較（句型 8b）。

與肯定語氣很不同的是，表否定語氣的廣州副詞比較級句子可以擁有賓語以引出及物動詞所支配的對象（句型 8a），也可以插入動賓結構以引出及物動詞所支配的對象（8b、c）。

9. a. 你（食飯）食唔過我〔你（吃飯）沒我能吃〕。

　　b. 你（食飯）食我唔過〔你（吃飯）沒我能吃〕。

　　c. 你（食飯）唔食得過我〔你（吃飯）沒我能吃〕。

在以介詞引出比較對象的廣州話副詞比較級句子中，否定副詞的位置多變。以句型 9c 最符合漢語的語序規範，但不大為人接受，使用頻率相對地低。

句型 9 可省略副詞狀語，而比較意義不變（句型 9c 是個例外）。但是，句型 9 比較的側重點顯得模糊，是「量」的比較還是「速度」的比較不甚了了。

句型 9 通常不使用否定結構「唔係」、「未有拉耐」等表否定語氣。句型 9c 則可使用「未有拉耐」以表否定。

10. 你（食飯）唔夠我食（得快）〔你（吃飯）沒我（能）吃（得那麼快）〕。

從句型 10 可以看出，使用兼語式結構表差等程度的比較時，可以帶上一個強調比較的側重點的聯合狀語。

句型 10 可以使用否定結構「未有拉耐」以表否定。「唔係」則不適用於本型。

11. a. 你同我都唔（多）食得〔你和我都不（大）能吃〕。

　　b. 你同我都食得唔多（快，等等）〔你和我都吃得不多（快，等等）〕。

　　c. 你冇我（嗽）食得（多、快，等等）〔你沒我（那麼能）吃（得多、快，等等）〕。

　　d. 大家都唔（多）食得〔大家都不（大）能吃〕。

表示差等程度的比較，句型 11 仍需借助於程度副詞「嗽」「多」等。

句型 11 差等程度的比較可以有明晰的側重點的選擇（句型 11b、c）。

句型 11c 一般也可以借助動賓結構引出及物動詞支配的對象；句型 11 b 則可直接帶賓語。

句型 11 使用連詞「同」引出比較對象，除非主語是複數（句型 11d），或者使用了否定副詞「冇」。

句型 11（除 b 式外）可使用「未有拉耐」以表否定，但句型 11c 的「冇」必須置換成「有」，例如：「你未有拉耐有我嗽食得〔你遠遠比不上我（那樣能）吃（得快）〕。」

四、疑問語氣

廣州話副詞比較級的句子如果具有肯定性的疑問語氣，那麼就表示較高或同等程度的比較；如果具有否定性的疑問語氣，那麼就表示較低或差等程度的比較。例如：「你食得過我咩（你比我能吃嗎）？」「你食唔過我咩（你比不上我能吃嗎）？」

不過，廣州話副詞比較級的是否疑問句式和選擇疑問句式則完全不表示較高、同等或較低程度、差等程度的比較，而只是對程度的比較的猜疑。

12. a. 你（食飯）係未嗽食得架〔你（吃飯）是不是這麼能吃的〕？。

不引出比較對象，依然得借助「分離式複合狀語」或「緊接式複合狀語」以表比較。句型 12 如不使用是否結構「係未」，則可能表反詰語氣：「你（嗽）食得（嗽快）嘅咩〔你（這麼能）吃（得這麼快）嗎〕？」

　　b. 你（食飯）食唔食得（快，等）過我〔你（吃飯）是不是比我（能）吃（得快，等）〕？

句型 12b 憑藉介詞結構引出比較對象，可以無需複合狀語以表比較。但是，

借助聯合狀語可強調比較的側重點。

> c. 你食得（快）定我食得（快）〔你（能）吃（得快）還是我（能）吃
> （得快）〕？

選擇性疑問語氣句式無需借助複合狀語以表比較，但可以帶一個聯合狀語
強調比較的側重點。

連詞「定」可與「係」組合成複合連詞，用法、功能與「定」完全相同。

句型 12c 可插入動賓結構以引出及物動詞支配的對象。

五、結　語

以動詞為主題詞的句子中，修飾主題詞的詞應如英語般視之為副詞，在句
子中起狀語的作用，不必因其在句中的位置而煞費苦心：是副詞還是形容詞；
是（後）狀語還是補語。

在這類句子中，修飾動詞謂語的詞有比較等級，即副詞的比較級。廣州話
副詞比較級的肯定語氣表較高、同等程度的比較；否定語氣表較低、差等程度
的比較。

廣州話副詞比較級的語法形式表現為「複合狀語」形態，即：修飾動詞謂
語的副詞需要一個或以上的副詞修飾才可構成副詞的比較級。在引出了比較對
象的句子中，「複合狀語」可略去。比較對象可由介詞（或連詞）、或兼語式引
出。

廣州話副詞比較級的語法形式可歸納為以下句式：

（1）　　主　　　　＋狀　＋謂　＋狀（或聯合狀語）
　　　（名或代）　　（副）（動）〔副（或副＋副）〕
　　　　　　　　　　　└　分離式複合狀語　┘

（2）　　主　　　＋謂　＋緊接式複合狀語　（＋補語）
　　　（名或代）　（動）（動）（副＋副＋副）（介＋名）

（3）　　並列式主語　　　＋聯合狀語　＋謂　　＋狀（或緊接式複合狀語）
　　　（名或代＋連＋名）　（副＋副）　（動）　〔副（或副＋副＋副）〕

（4）　　主　　　　＋兼語　＋謂（＋聯合狀語）
　　　（名或代）　（動＋名）（動）（副＋副）

否定語氣的表達則是在以上句型中插入否定副詞（或否定結構）；否定副詞

（或否定結構）可位於動詞謂語前或後。

在以上句型中，主語與動詞謂語（或否定副詞、否定結構）之間可插入動賓結構以引出及物動詞支配的對象，只有個別句型的及物動詞可直接帶賓語。

原載《廣州話研究與教學》第三輯，廣州：中山大學出版社，1998 年 2 月第 1 版，第 106～114 頁。

廣州話本字捃摭

對廣州方言字（詞）作尋本溯源的考證，是件很有意義的工作。一方面，可以還文字的本來面目，另一方面，也可以讓人們充分認識古今文字交相嬗變的歷史，從中找出正字規律。

前些年，專家學者們在這方面做了許多有益的工作［註1］，終於探明了許多方言字（詞）的來龍去脈。筆者不避謭陋，也曾廁身其間。當然，那些片鱗隻爪的考證，不過是讀書的偶然所得，正如這篇小文章一樣，僅就未見諸方家考證的廣州方言字（詞）作些補苴罅漏的工夫而已。

軟

通常寫成「蔏」、「遠」。嫩菜莛。例：蠔油菜蔏（蠔油嫩菜莛）。本字當作「軟」。《宋本玉篇》：「軟，柔也。」（卷十八車部）軟字從車，本指纏繞上蒲草的輪子。《後漢書·明帝紀》云：「安車軟輪。」軟字在此處用的正是本義。軟，後又用以形容植物的柔枝嫩莖。例如宋·辛棄疾〈霜天曉角〉詞：「一葉**軟**紅深處，應不是利名客。」（《稼軒長短句》卷十二頁十一，元大德三年廣信書院刻本）顯然，所謂「菜蔏」應是「菜軟」。

〔註1〕主要文章有：白宛如：〈廣州話本字考〉，《方言》，1980 年 3 期；余偉文：〈對一些廣州話本字的考證〉，《廣州研究》，1984 年 3 期；林倫倫：〈廣州方言詞小考〉，《中山大學研究生學刊》（文科）1984 年 2 期。此外，單篇考證文章散見於《廣州研究·粵語鉤沉》、《廣州日報·廣州方言考》、《羊城晚報·廣州方言小考》等欄目。

恁〔註2〕

通常寫作「咁」、「噉」。這，這樣，這麼，怎樣。例：噉快架（這樣快）！本字當作「恁」。《說文解字》云：「恁，下齎也。」（卷十心部）徐鍇注曰：「心所齎畢下也。俗言如此。」深得其旨。例如：「今日回府為何恁遲？」（《車王府藏曲本‧鳳凰樓總講》）「恁」古與「感」同韻，唯聲稍異，殆一聲之轉。「咁」為「嗛」的異體字，本無「這、這麼、怎樣」諸義。「噉」則是新造字。因此，宜以「恁」代替「噉、咁」。

厔（屪）

通作「篤」。（器物）的底部。例：打爛沙盆問到篤（打破砂鍋問到底）。又用如（螺等）的尾部，例：田螺篤。本字當作「厔」或「屪」。《宋本玉篇》：「厔，俗豚字」（卷十一尸部）這裡的「豚」通作「臀」，則「厔」為臀的俗字。《宋本廣韻》可證：「豚（丁木切），尾下竅也。厔，俗。」（卷五屋韻）「厔」似當作「屪」。《集韻》：「屪（都木切），《博雅》：臀也。或作屪。俗作厔。非是。」（卷九屋韻）又：「豚（竹角切），《博雅》：臀也。一曰肥也。」（卷九覺韻）屪字似乎從尸豚省聲，而豚字似乎從肉豕聲，二字為異體字，只是讀音略異。至於見於《康熙字典》的「屪」，源自「屪」或「豚」都有文字學上的理據。「屪（厔）」表臀的意義，在廣州方言中引申為「底部」，可謂合乎邏輯。今天《新華字典》已將「屪（厔）」作方言字收入，那就更沒有理由繼續借用「篤」了。當然，從簡化的角度考慮，則當捨屪而用厔。

屍

通作「忽」。屁股，例：打屎忽（打屁股）。本字當作「屍」。遼‧釋行均《龍龕手鑒》云：「屍，音忽。佛名。」（卷一頁五十六，江安傅氏雙監樓藏宋刊本）未見引例，不知釋義所本。然字從尸，音忽，則例同「尾、尻」等字，與「臀」有關，當即「忽（屁股）」之本字。

〔註2〕此則前賢已考：「《正韻》：恁，忍甚切。徐鍇曰：恁，俗言如此也。廣州言如此曰恁，讀若紺音之轉也。俗寫恁作咁。誤也。《集韻》：咁與嗛同音，簪口有所銜也。無如此之義。《方言》：沅、澧之間凡言或如此曰潭。《方言》之潭言或如此也。廣州之恁言如此也。一為疑詞，一為決詞，截然不同。」（梁鼎芬《番禺縣續志》卷二，民國二十年（1931）據宣統三年（1911）刻版重印，第57頁）

落

未見書面用字。讀音近「洛」，用鉗子等把硬物拔出或扭斷，例：口牙（拔牙）。本字當作「落」，例如元・關漢卿〈（南呂）一枝花・不伏老〉：「你便是落了我牙，歪了我口……」（明・郭勳《雍熙樂府》卷十頁二十一，明嘉靖四十五年刻本）落字有「扭斷、拔出」義，殆使動用法使然，而訓讀為陰入聲，當受唱腔影響。「落」用如本字時，則讀音不變。如同匿字，匿埋（躲起來），音喱（咖喱）；匿名信，則音近力。

鹵水、鹵水鴨

通作「老水」、「老水鴨」。老練、老道。老，本字當為「鹵」。《書・洪範》疏云：「水性本甘，久浸其地，變而為鹵。」鹵雞、鹵鴨均需假以時日，品質始佳；技巧、經驗同樣須假以時日才能獲得。因而鹵水（鹵水鴨）引申為老練、老道。

踣

通作「仆」。跌倒，例：仆低（跌倒）。《宋本廣韻》：「踣（蒲北切），斃也，倒也。又作仆。」（卷五德韻）典籍中多用「踣」，例如清・許奉恩〈王素芳〉：「……素芳大駭踣地。家人聞聲，畢集問訊。」（《里乘》卷六頁十，清光緒五年常熟抱芳閣刻蘭苕館外史本）考慮到今天「僕」已經簡化為「仆」，且「踣」為正字，「仆」為異體，當採用「踣」為是。

囤

通作「薹」。放，例：薹喺處（放在這兒）。本字當作「囤」。《說文解字》作「𥮾」，並云：「篅也，从竹屯聲。」（卷五竹部）可知「囤」用如名詞為容器，用如動詞為盛放。「盛放」的意義後又擴大為「積儲」，例如成語「囤積居奇」。「盛放」的意義反倒湮滅了。考薹字並無「放」義。因此，囤、薹雖然音同，卻不容相混。

躄

通寫作「啵」。歪、傾倒，例：（歇後語）阿跛託蔗——拼啵嚟（跛子扛蔗——瘸了也得上。意謂「破罐破摔」）。本字當作「躄」。《宋本廣韻》：「躄（必益切），人不能行也。」（卷五昔韻）現代廣州方言的「躄」義當源於此。躄字古

屬入聲，今讀上聲，分明是廣州話入聲行將消失的例證〔註3〕。至於覶字聲母原屬幫母，今廣州話卻是滂母，我們則可以列舉更多的例子證明這是條規律，例如：古聲母的幫母的「彼」、「敝」等字，今天廣州話均讀為〔p^hei^3〕，變成滂母了。

而今

通作「而家」。現在，例：而家落緊雨（現在正下著雨）。「而家」當作「而今」。「而今」是個古已有之延至今日仍在使用的常用詞，毋庸舉例。「今」訛作「家」。

潷

未見書面用字。濾、過濾。例：□乾啲渣先（先把這些渣濾乾）。字當即「潷」。《宋本廣韻》：「潷（鄙密切），去滓。」（卷五質韻）潷，《博雅》中已簡化為「滗」。

合（闔）

通作「佲」、「顁」。全、全部，例：佲家（全家）。其本字當作「合（闔）」，例：「德明獨與抗對。合朝賞歎。」（《舊唐書》卷一百八十九上頁五，四庫全書本）又：「……把合妓院的人都嚇壞了，恐怕鬧出人命。」（清·吳趼人《二十年目睹之怪現狀》七十七回頁一七二，清光緒三十二年至宣統二年上海廣智書局鉛印本）「合」或作「闔」，例：「今或至闔郡而不薦一人。」（《前漢書》卷六頁十，四庫全書本）「合（闔）」，今廣州話音「含」，其韻尾 p 變成 m〔註4〕。

閣氣

通作「掬氣」。憋氣、受氣，例：認真掬氣（太憋氣了）！「掬」本字當作「閣」，例：「……你那索兒頗重，一時捆壞他，閣氣。」（明·吳承恩《西遊記》八十三回頁七，明刻本）「閣」又有「忍受」的意義，例：「急得夫人閣淚汪汪，不敢回對。」（明·馮夢龍《古今小說》第四卷頁十七，明天許齋刻本）這個意義仍保留在今天的廣州話中，例：閣住啖氣（憋著一口氣）！閣住

〔註3〕 參看黃家教：〈從「等」來看廣州方言入聲消失的跡象〉，《音韻學研究》第一輯，北京：中華書局，1984 年 3 月第一版。

〔註4〕 參看黃家教：〈從「等」來看廣州方言入聲消失的跡象〉，《音韻學研究》第一輯，北京：中華書局，1984 年 3 月第一版。

眼淚（忍著眼淚）。閣字本音「各」，今廣州話讀如「菊」。入聲韻〔ok〕〔ɔk〕古今互變的例子很多，可以視作規律，譬如：「撲」，古讀如「卜」，今廣州話音「樸」；「玨」，古讀如「谷」，今廣州話音「𥐟」。

打牙兒

通作「打牙較（鉸）」。說話、聊天，例：咁（恁）得閒喺處打牙較（鉸）（這麼閒，在這兒聊天）。「打牙較（鉸）」本作「打牙兒」，例：「你們這些爛了嘴的，得了空就拿我取笑打牙兒……」（《紅樓夢》第三十七回頁十一，清藤花榭刊本）「牙兒」演變為「牙較（鉸）」，北方方言粵化的結果，就像雲吞（餛飩）、辦麵（拌麵）一樣，不究其源，直如墜五里霧中。

飆

通作「標」。撲（出來）、撲（上前）。清初已見用例：「有曰量人者，長五寸許，見人即標起，欲高過人。」（清·屈大均《廣東新語》卷二十四頁十八，清康熙水天閣刻本）考「標」並無「撲（出來）、撲（上前）」的意義，本字當為「飆」，例：「飆一虎來。」（清·蒲松齡《聊齋誌異·錦瑟》卷十二頁四六，清鑄雪齋鈔本。步雲案：今本均誤作「欻」，「欻」或作「歘」。「歘」、「飆」形近）「飆」本指「狂風」，引申為「狂風般迅疾」，詞義後又擴大為「疾風般撲向……」。飆、標音同，後者當是借字。

咿嚘

又作「咿咿嚘嚘」，未見考。意謂多嘴多舌，例：咪喺處咿嚘啦（別在這兒耍嘴皮）。咿嚘，本指歎氣，例如唐·韓愈〈赴江陵途中寄三學士〉詩：「親逢道死者，佇立久咿嚘。」（宋·魏仲舉《五百家注昌黎文集》卷一頁四十七，四庫全書本）又引申為「讒言」，例如唐·張說〈過懷王墓〉：「咿嚘不可信，以此敗懷王。」（《張燕公集》卷四頁十二，清乾隆武英殿聚珍版叢書本）嚘本音「憂」，今讀為 yao，稍異。

歠

未見考，音近「絕」，吸食，例：歠田螺（吸螺）。「歠」本義為飲。《說文解字》云：「歠，飲也。」（卷八歠部）故可以引申為吸食，例：「毋歠醢。」（《禮·曲禮上》）醢，是古時類似肉醬的食品。顯然，吸食有聲，古人認為不雅，故戒之。又：「斬衰菅菲，杖而歠粥者，則志不在酒肉。」（三國魏·王肅《孔子家

語‧五儀解》卷一頁九，景江南圖書館藏明覆宋刊本）歠古讀如「拙」，與今讀稍異。歠字在小篆階段已簡化為「㕭」，然而後世並沒有採用這個簡化字，反倒把「啜（本義為飲泣）」和「歠」合二為一了。例如清‧許奉恩〈行腳僧〉：「一日，晨起啜粥……」（《里乘》卷六頁三十二，清光緒五年常熟抱芳閣刻蘭苕館外史本）而「㕭」則別有意義，與「歠」徹底分道揚鑣了。

噠

通作「嗒」。咂，例：嗒糖（咂糖）。嗒真啲味（咂出真味道）。本字為「噠」。《禮‧曲禮上》：「毋噠羹。」鄭玄注曰：「（噠）為不嚼菜。」今廣州話引申為「咂」。噠字古音「踏」，與今讀稍異。

先自

通作「先至」，例：送咗佢走我先至返嚟（把他送走了我才回來）。先至，應作「先自」。宋人詞多見，例如宋‧姜夔〈齊天樂‧蟋蟀〉：「庾郎先自吟愁賦，淒淒更聞私語。」（清‧舒夢蘭《白香詞譜》卷三頁四，據半廠叢書本排印）先自，義指「本來」。又義「已經」，例如宋‧李彭老〈踏莎行‧題草窗十擬後〉：「周郎先自足風流，何須更擬秦箏咽。」（《龜溪二隱詞》頁五，民國彊村叢書本）後在戲曲中又產生了新的意義：「才」，例：「為此我先自回來。」（《車王府藏曲本‧鳳凰樓總講》頭本）今廣州話用如此。

沒水〔註5〕

通作「昧水」。潛水，例：唔好喺處昧水，好危險架（不要在這兒潛水，很危險的）。「昧水」當為「沒水」。沒，本義為沉，「沒水」便是沉入水底。故「沒水」亦指潛水。「沒」訛作「昧」，一音之轉。

傾蓋〔註6〕

通作「傾偈」。聊天，例：得閒嚟傾偈啦（有空來聊聊天）。「傾偈」本作「傾

〔註5〕 或作「頮水」：「頮水，納頭於水中也。俗讀頮若昧。《說文》：頮，內頭水中也。《廣韻》：頮，烏沒切。」（梁鼎芬《番禺縣續志》卷二，民國二十年（1931）據宣統三年（1911）刻版重印，第 58 頁）

〔註6〕 此則前賢已考：「相與坐談曰傾。或曰傾計。《家語》：孔子道遇程生，傾蓋而語。傾計即傾蓋轉聲（或以計為偈。按偈為釋氏詩詞，音讀為朱，內典多言偈而無傾偈者。或說非也）。」（黃占梅：《桂平縣志》卷三十一，民國九年（1920）粵東編譯公司鉛印本，第 35 頁）

蓋」，例如宋・沈遘〈過冀州〉詩：「不容傾蓋論時事。」（《西溪集》卷三頁六，四庫全書本）又：「傾蓋忘形酒杯冷。」（《車王府藏曲本・鳳凰樓總講》二本）「傾蓋」原指車蓋相遇而過：「孔子之郯，遭程子於塗，傾蓋而語終日，甚相親。」（清・陳士珂《孔子家語疏證》卷二頁十九，清湖北叢書本）作「談話」殆比喻義，謂推心置腹的懇談像傾覆器蓋般不容一物。「蓋」訛作「偈」也並非毫無道理，〈飛霞古洞務本家塾聯〉云：「本來傾妙偈皈依萬一隱名山。」可見廣州人說「傾偈」不是全然向壁虛構。

漏底

通作「甩底」。露餡，引申為不守信用，例：唔好甩底吖（別不守信用）！「甩底」本作「漏底」，例：「可不是漏了底了。」（《車王府藏曲本・鳳凰樓總講》三本）「漏」作「甩」，當是北方方言粵語化的結果。

大剌剌

通作「大拿拿」。大模大樣，引申為數量大，例：大拿拿五百文（五百塊可是個大數目）。「大拿拿」當作「大剌剌」，例：「忍著只做不睬，只是大剌剌教徒弟們對局。」（明・凌蒙初《二刻拍案驚奇》卷之二頁十一，明崇禎尚友堂刻本）

茨〔註7〕

通作「獻」、「縴」。用澱粉調成的濃汁，例：炒完菜打番個獻。「獻（縴）」當作「茨」。茨，一種草本植物，其實如米，可食，也可製澱粉。很明顯，早期的「茨汁」以茨粉為之，故名。菜肴調以茨汁，並非粵菜獨有，只是粵人稱為「打茨」，北方方言則謂之「勾茨」而已。上述例句翻譯成普通話，便成了「菜炒好了就勾茨」。《新華字典》收有茨字，則「茨」並非廣州方言字。

家生

通作「架罉」、「架撐」。工具、武器，例：帶埋架罉（帶上工具）。「架罉」本作「家生」古指家具、武器等，例：「家生動事，凳、涼床、交椅、杌子……」（宋・吳自牧《夢粱錄》卷十三頁十一，清嘉慶十年學津討原本）又：

〔註7〕　「茨」或作「餹」：「餹讀若憲。凡炒肉，以豆粉、抽油拌之曰打餹。《廣韻》、《集韻》：餹，黏也。豆粉有黏性，故云。外省謂之牽頭。」（孔仲南：《廣東俗語考》上卷，上海：上海文藝出版社，1992年3月據1933年南方扶輪社版影印本，第30頁。）

「智深道：『兩件家生，要幾兩銀子？』」（元·施耐庵《水滸傳》卷之四頁二十五，明容與堂刻本）廣州話今用略同。「家」訛作「架」，只是聲調變化所然，比較容易理解；「生」訛作「罉（撐）」，則複雜一點兒。首先必須認識「家生」的「生」不念「笙〔ʃɐŋ₁〕」，而念「甥〔ʃaŋ₁〕」，然後，我們得找出葉音、舌尖音互相變化的例子：產，古屬山母，今廣州話中則屬清母，刷字也是如此。因此，作為產字聲符的生字讀作「罉（撐）」便有了音韻學上的依據。

　　以上對二十五個廣州方言字詞作了膚淺的考證，自有不當之處，期望方家教正。

本文主要參考書目

1. 東漢·許慎撰：《說文解字》（大徐本），北京：中華書局，1963 年 12 月第 1 版。
2. 宋·陳彭年：《宋本廣韻》，北京市中國書店，1982 年 6 月第 1 版。
3. 南朝梁·顧野王《宋本玉篇》，北京市中國書店，1983 年 9 月第 1 版。
4. 宋·丁度：《宋刻集韻》，中華書局，1989 年 5 月第 1 版。
5. 劉烈茂、郭精銳、蘇寰中主編，陳偉武、譚步雲、黃仕忠整理：《車王府曲本菁華》（隋唐宋卷），廣州：中山大學出版社，1993 年 10 月第 1 版。

　　原載（香港）《語文建設通訊》總 46 期，1994 年 12 月，第 74～78 頁。

粵語鉤沉

酡

《廣韻·歌韻》:「酡,徒河切。飲酒朱顏皃。」(卷二頁二十四,四庫全書本)《集韻·戈韻》:「酡(唐河切),飲而赭色著面。或作酏。」(卷三頁四十,四庫全書本)粵語今讀與古同。音「駝」。

廣州人把喝酒過量稱之為「飲到暈酡酡」。這裡的「酡」,不僅指「飲酒朱顏貌」或「赭色著面」的醉態,而且含有「昏沉沉」的意義。酡字詞義的擴大是必然的,凡醉倒過的人大概都有這樣的體會:天旋地轉,走路腳步輕浮。「醉拳」正形象地表現了這一點。

酡字的意義進一步發展,是指「神智不清」。例如:我個頭暈酡酡(我的頭暈乎乎)。

酡字應當與陀字有別。廣州話「陀陀令」的「陀」,是陀螺的「陀」,意思是像陀螺一樣地旋轉。

原載《廣州研究》,1987 年 4 期,第 55 頁。

薦

廣州人表達「鋪」、「墊」的概念,有兩種說法:一是墊。例如:個地下濕價,揾件膠布嚟墊住啦(這地面濕的,找塊塑料布墊上吧)。再就是薦。上述的

例句也可以說成：搵件膠布嚟薦住啦。

「薦」的本義是「獸之所食草」（《說文》卷十廌部）。後來竟有了「且（同俎，即今之砧板）」的意義。《說文》：「且，薦也。從几。足有二橫，一其下地也。」（卷十四且部）大概古代有一段時間，「且」以薦草編織而成，故云。今天，老一輩的廣州人仍有稱「砧板」為「薦」的。「薦」今簡化為「荐」，毫無理據。《說文》云：「荐，薦蓆也。從艸存聲。」（卷一艸部）可見「薦」、「荐」本二字：形固不同，義則有別，音亦殊異。

「且」義的進一步發展，便是「墊」義。《說文》云：「枕，臥所薦首者。從木尤聲。」（卷六木部）意思是說，枕頭，是睡覺時墊腦袋用的。

順便說一句，《中華大字典》、《辭源》薦字條下均失收「墊」的義項。可說是一不足之處。

原載《廣州研究》，1987 年 11 期，第 47 頁。

宄

廣州人把「狡詐」稱為「奸鬼」。例如：佢正奸鬼友嚟嘅（他就是個狡詐的傢伙）。把幽默風趣稱為「鬼馬」。例如：你真鬼馬（你真幽默）。「鬼馬」有時也指狡猾。其實，「鬼」當作「宄」。

《說文》云：「宄，奸也。外為盜，內為宄。從宀九聲。」（卷七宀部）《書·堯典》：「皋陶，蠻夷猾夏，寇賊奸宄。」廣州話「奸宄」一詞蓋源於此。

原載《廣州研究》，1987 年 5 期，第 12 頁。

髆

《辭海》、《新華字典》均以「膊」作「近肩的部分」解釋，以致廣州話也作「膊頭（肩部）」。實際上，「膊」應作「髆」。《說文》云：「髆，肩甲也，從骨尃聲（補各切）。」（卷四骨部）又：「肩，髆也。」（卷四肉部）肩、髆互訓，可知髆即肩。《後漢書·東平憲王蒼傳》：「並遣宛馬一匹，血從前髆上小孔出，常聞武帝歌天馬沾赤汗，今親見其然也。」（卷七十二頁十七，四庫全書本）「前髆」就是「前肩」。再看「膊」字，《說文》云：「膊，薄脯。」（卷四肉部）「膊」原來是薄肉乾。《廣雅》更直截了當：「膊……脯也。」（卷八頁一，四

庫全書本）因此，表示「靠肩的部分」應是髆字，儘管髆、膊二字讀音相同，但意義有別，絕不容相混。

原載《廣州研究》，1987 年 4 期，第 6 頁。

滘

滘字是粵方言裏的常見字。翻開任何一部字典，滘字理所當然置於正字的地位。很少人會懷疑它原來竟然是個錯字。

滘字原來作「漖」。《玉篇》：「漖，水也。」（卷十九水部）《辭源》：「滘，分支河道。」可見兩字都指同一事物。所以《新華字典》上說：「漖，同滘。」大抵是不錯。

漖字無疑是個形聲字，從水教聲。而滘呢，真讓人費解。幸好「漖」同「滘」給了我們啟示。漢字互易同音聲符的現象常見，例如：球又作璆，梓又作榟，芎又作營，等等。教與窖的讀音完全相同，難道「滘」字本是從水窖聲？

查元‧陳大震《南海志》（元‧大德八年〔1304〕刻本），有「迭窌渡、南津沙窌渡。」（卷十頁九）「土瓜渡、硤石渡、橫窌渡。」（卷十頁十）這是迄今為止我們所能見到的「滘」字的原始形體。果真是從水窖聲！

到了清‧屈大均的《廣東新語》（清‧康熙三十九年〔1700〕木天閣刻本）卷四《水語》中，「窌」變成了「窌」。僅一點之差。我們知道，古人常常混淆穴、宀、冖三個偏旁。例如：宜或作宐，寇或作冠，寫或作冩，突或作宊，富或作冨。諸如此類，不勝枚舉。因此，屈氏所用，尚屬正常。當然也可能是手民之誤。《康熙字典》有「漖」無「滘」，可知當時「滘」字尚未得到官方的認可。當《中華大字典》收入「滘」字，謬種由是流傳。至今只好將錯就錯了。

原載《廣州研究》，1987 年 3 期，第 11 頁。

嫼

廣州人說人「慍怒」，常喻之曰「嫼口嫼面」。「嫼」通常作「黑」。其實應以「嫼」為正字。寫成「黑」，容易與「入廚房，搞到黑口黑面（進廚房，弄得灰頭土臉）」的「黑口黑面」混淆起來。

《說文》：「嫼，怒皃。從女黑聲。」（卷十二女部）說人「嫼口嫼面」，是很

形象的：含怒的嘴，帶怒的臉。

嫼字又可用為動詞。例如：嫼起塊面。即謂「怒形於色」。

「嫼」音黑。《集韻・德韻》:「嫼，密北切。」（卷十頁四十，四庫全書本）

原載《廣州研究》，1987 年 7 期，第 17 頁。

闋

「段」、「截」、「節」，在粵語裏常說成「闋」。例如：啲蔗好甜價，拗一闋畀你（這甘蔗很甜，折一段給你）。

本來，「闋」最初只用作歌的量詞，歌一首，為一闋。例如《前漢書・張良傳》:「歌數闋。戚夫人歔欷流涕。」（卷四十頁十三，四庫全書本）至宋代，詞的段落稱為「片」，也稱「闋」。例如《清平樂》這個詞牌分為兩段，上段稱為上闋，下段稱為下闋。後來戲曲傳奇的一節也稱為「闋」。「闋」的意義便大大擴展了。

廣州人推而廣之，凡「段」、「截」、「節」的概念，均以「闋」表達之。

宋・丁度《集韻・屑韻》:「闋，苦穴切。」（卷九）與今讀略同。

原載《廣州研究》，1987 年 12 期，第 9 頁。

冇（毋）

廣州人常將有之反意寫作「冇」。其實，「冇」的本字是「毋」。楊樹達的《詞詮》云:「毋，有之反，與『無』同。」楊氏並舉例為證，《史記・秦始皇本紀》:「身自持築臿，脛毋毛。」（卷六頁四十二，四庫全書本）又《史記・酷吏列傳・王溫舒》:「盡十二月，郡中毋聲。」（卷一百二十二頁十六，四庫全書本）毋古讀陽平，今讀上聲，音「舞」。

造「冇」字者以為將「有」去掉中間兩橫就算「沒有」了，殊不知實有違造字規律。「有」從又從肉，手握有肉為「有」。若要表達沒有之義，似當去掉整塊的「肉」。

「毋」和「冇」同為四畫，書寫起來，也難說哪個更簡單些。因此，大可不必使用不規範的「冇」。

原載《廣州研究》，1987 年 10 期，第 22 頁。

附：說「冇」

「冇」字的使用，迄今所知，始見於明・戴璟《廣東通志初稿》：「又無曰冇，音毛，謂與有相反也。」（卷十八頁十五），是書嘉靖十四年（1535 年）刊行，那就是說，用「冇」為「無」的歷史至少已接近五百年了。然而，「無」今廣州話讀陽平，例如「無端端」、「無數」、「無謂」等；「冇」則讀陽上，例如「冇計」、「冇符」、「冇修」等。聲調上有些距離。關於這一點，余棨謀《（民國）開平縣志》認為：「無曰武，俗生出冇字（按《禮器》『詔侑武方』注：武當為無聲之誤也。又《周禮・鄉大夫》『五曰興舞』注：『故書舞為無。杜子春讀無如舞。』」（卷五頁十六，民國二十二年鉛印本）這個說法可以通過「無」字的演變得到證實。「無」是古舞字。甲骨文作𠦂等，金文作𣠸等；小篆作𣞤，均大體象人持物起舞之形。「無」由「起舞」義轉為「沒有」義，遂催生了「舞」字。舞的讀音，《唐韻》擬為「文甫切」，《集韻》、《韻會》擬為「罔甫切」，《正韻》擬為「罔古切」，都音武。因此，「無」讀如「舞」實在是很自然的事情。不過，「無」在韻書中都屬平聲字（今天廣州話讀音所由來），唯獨《集韻》又作「武」。這層原因，恐怕又得從古文字說起。在甲骨文、金文甚至稍後的文獻當中，本用「亡」字表示「沒有」的意義，後來才借「無」作「亡」。這說明了「無」的讀音與「亡」接近或相同，即同為平聲字。當「無」既用為「有之反」的動詞又用為否定副詞時，受破讀（讀破）規律的約束，「無」產生上聲聲調自是意料中事。這可以從後世文獻借「毋（與母為同源字）」為「無」的語言現象加以解釋：「毋」兼有平聲、上聲兩個聲調。所以筆者曾以為「冇」本源自「毋」（參看上文）。當然，「冇」也好，「毋」也罷，都來源於「無」。

儘管「冇」的產生時間大體清楚，但始作俑者卻難以考索。有趣的是，在早期粵語書面語中「無」並非都寫作「冇」。

或作「毛」，例如戴璟《廣東通志初稿》：「（廣人謂）無曰毛。」（卷十八頁十五）同一書中一作「冇」一作「毛」，一方面固然說明「冇」尚未合法化，另一方面也說明「冇」、「毛」二字當時的讀音是相近或相同的。

或作「冒」，例如清・陶元藻〈截句十二首效東粵摸魚歌體〉之八：「郎今有眉意，儂豈冒眉心（粵語無曰冒）。載郎江上去，荷花深復深。」（《泊鷗山房集》卷二十二頁十四，清乾隆間衡河草堂刻本）陶元藻是浙江紹興人，摹音作「冒」，也許不一定準確。

或作「卯」，例如清‧鄭業崇《茂名縣志》云：「（白話）謂無曰卯。」（卷一頁六十九，清光緒十四年刊本）摹音作「卯」，恐怕存在粵語次方言的影響因素。時至今日，「卯」這個讀音仍流行於某些次方言區域。

最終粵人採用「冇」這麼個生造字，大概它像「有」而非「有」，便於使用者記憶。

載粵學堂（粵學堂-weixin.qq.com-2016-05-04）

凍

一直以來，廣州人把「冷」稱為「凍」。就現代漢語說來，大致不錯。鑒於廣州話原是中古漢語發展來的，它自然保留了中古語言的某些特點。因此，廣州話表達「冷」的概念，應是「凍」而不是「凍」。

《說文》：「凍，冰也。」（卷十一仌部）《廣韻》保留了這個釋義。顯然，在中古（《廣韻》是中古的著作），「凍」仍作「冰」解。

而「凍」，《廣韻‧送韻》凍字條下的解釋是「冷也」。可見廣州話表達「冷」的概念應是「凍」而不是「凍」。

「凍」字古讀陽去，音洞。今讀陰去，音凍。

原載《廣州研究》，1987 年 4 期，第 51 頁。

壅

廣州話把「埋」說成「壅」。例如：壅住隻死老鼠啦（把那隻死老鼠埋了吧）。有人把「壅」寫成「囖」，真是捨簡就繁。

壅字古讀如「翁」。《廣韻‧鍾韻》：「壅，於容切，塞。又音擁。」今廣州話讀如甕字的陰平聲：我工切。

壅字的古義為「培土」、「堆積」、「淤塞」等。例如三國魏‧曹元首〈六代論〉：「雖壅之以黑墳，暖之以春日，猶不救於枯槁，而何暇繁育哉！」（南朝梁‧蕭統《文選》卷五十二，據鄱陽胡氏重校刊本排印）又如唐‧無可〈寄題廬山二林寺〉詩：「楱徑新苞拆，梅籬故葉壅，」（清‧曹寅《全唐詩》卷八百十五，四庫全書本）再如漢‧司馬遷〈秦始皇本紀〉：「河決不可復壅，魚爛不可復全。」（《史記》卷六頁六十一，四庫全書本）

甕字「埋」的意義，顯然是從前兩個義項發展而來的。

原載《廣州研究》，1987 年 4 期，第 51 頁。

朕

《呂氏春秋・孝行覽・本味》上有一語：「故久而不弊（弊，敗也）熟而不爛（爛，失飪也。《論語》云：失飪不食），甘而不噥（一作壞），酸而不酷，鹹而不減，辛而不烈，澹而不薄，肥而不朕（言皆得其中適）。」（卷十四頁六、七，四庫全書本）

「肥而不朕」的「朕」，字書不載（只有《集韻》把它作為「喉」的異體收入。《康熙字典》補遺部分有引），學者無考。因此，兩千多年來，這句話的詮釋便成了懸而未決的難題。

《呂氏春秋》上的這段文字，相傳是伊尹說的。參照其他典籍的引文，將有助於理解「朕」的意義。

唐・段成式《酉陽雜俎》引作「甘而不噥，酸而不嚛，鹹而不減，辛而不耀，淡而不薄，肥而不胰」（卷七頁三，明趙氏脈望館刊本）。

《集韻・鐸韻》引作「甘而不餲，肥而不饝」（卷十）。

《說文》云：「胰，腹下肥也。」（卷四肉部）這是「胰」的本義，由此，又引申出「肥胰」的意義。

至於「饝」，《玉篇》云：「無味也。」（卷九食部）

就《呂氏春秋》引文的上下文推敲之，《集韻》的引文無疑是錯的，視「朕」為「喉」的異體更是大謬。

知道「朕」有「胰」義，接著要解決的就是它的讀音了。

在這個問題上，廣州方言的存在實在值得慶幸。我們幾乎不需要論證，就可推定「朕」讀作「漏」。「肥而不朕（漏）」一語不是經常掛在「講飲講食」的廣州人嘴邊嗎？

不過，我們應當尊重科學。

朕，從字形分析，當是從肉侯聲。「侯」與「漏」屬同一韻部：候韻。至於聲母，喉音的聲符往往也可讀為邊音，例如用作聲符的「各」、「格」字從各得聲，聲母為喉音，而同樣從各得聲的「洛」，聲母卻是邊音。因此，根據音韻的通轉規律，「朕」讀如「漏」可以成立。

　　檢方言字書，學者們或作「𦟌」（饒秉才等《廣州話詞典》323 頁，廣東人民出版社 1997 年），或作「腬」（白宛如《廣州方言詞典》190 頁，江蘇教育出版社 1998 年）。均似有未逮。前者不必細論，而「腬」，亦不確。首先，「腬」並無肥腴之意義。《廣韻・宥韻》：「腬，嘉膳。」其次，「腬」與「漏」並不隸屬同一韻部。前者屬宥韻，後者屬候韻。因此，應以「膫」為正字。

　　最後，還得略費筆墨解釋一下「肥而不膫」的文義。所謂「肥而不膫」，翻譯成白話文，就是「肥美而不油膩」的意思。如此解釋，恐怕才切合作者的原意。

　　原題〈釋「肥而不膫」〉，載《學術研究》1991 年 3 期，第 118 頁。又載《新華文摘》1991 年 8 期，第 175 頁。

孻

　　在廣州話中，孻（音拉）、屘（音溦）都可用以表示「末尾」的意思。例如：孻仔孻女（排行最小的子女）、屘指（小指）、屘二（倒數第二）。屘源自「尾」，比較容易理解。「孻」呢？就使人躊躇了。有人認為「孻屘」來自「婪尾」一詞，倒是很有啟發性，雖然此說稍有失之。「婪尾」多見於唐人作品中，與之密切相關的尚有一詞：「藍尾」。明・胡震亨《唐音癸籤》收有「藍尾酒」詞條：「元日飲屠蘇酒，從小者起以至老，名藍尾酒。唐人多入詩用。按《時鏡新書》：晉有問董勳者，曰：『俗以小者得歲，故賀之；老者失歲，故罰之。』意即『闌』字，取闌末之意，借用藍耳。《侯白酒律》又言：此酒巡匝到來，連飲三杯以慰之，亦名『婪尾』。唐人《河東記》載：申屠澄遇老嫗留飲，澄讓曰：『始自主人翁，即巡澄，當婪尾。』則知婪為自謙之辭，如俗云貪杯然。與藍又另一解矣。並方言，而各有其義。」（卷二十頁一，四庫全書本）

　　由此可見，「藍尾」、「婪尾」雖然解說紛歧，但讀音相近，而且又與「最後」的意義密切相關，所以在唐時並行不悖。此外，胡氏只列「藍尾」條，可見他也認為兩者實同。

　　根據現存的唐音韻材料推測：「藍尾（婪尾）」唐時可能作 lanyi，後來合音作 lai，就是「孻」音所本。其變化，有點兒像「虎」是「於菟」的合音字、「筆」是「不律」的合音字一樣。「孻」本身是個會意字，而取 lai 音。

之所以不把「藍尾（婪尾）」看作「薀屄」的濫觴，是因為「藍尾（婪尾）」是不可分的一個詞，而「薀屄」則是個合成詞。清・屈大均云：「子女末生者多名曰薀，新會則曰長仔，或曰屄。」（《廣東新語》卷十一頁二十二，清康熙水天閣刻本）

原題〈「薀」之由來〉，載香港《大公報》，1995 年 9 月 11 日。

作狀

「矯揉造作」、「扭扭捏捏」，廣州話謂之「作狀」。

嚴格說來，「作狀」並不是詞兒。因此，即便是《辭源》、《辭海》等大型詞典，也未收入此語。事實上，它是「作……狀」的緊縮形式。明清小說中多見此語。例：「好生作怪，若是女尼，緣何作此等情狀。」（明・凌蒙初《拍案驚奇》卷三十四頁三，明崇禎尚友堂刻本）又如：「其人故作懊恨狀而去。」（清・蒲松齡《聊齋誌異》卷三頁五六，清鑄雪齋鈔本）

顯然，「作……狀」原是形容人處於某種狀態的短語，廣州人加以「濃縮」，遂使之成為一個帶貶義色彩的「詞」。

在廣州方言裏，「作狀」有時也可還原為「作……狀」的形式。例如：「你作咩狀嘌！」（你忸怩個啥！）「作埋曬啲鬼狀！」（盡矯揉造作！）

原載 1990 年 4 月 19 日《羊城晚報》第四版。

編後記

曩予以虞庠童生入辟雝，不可不謂之命也乎。洎乎忝立經法、三鑒齋二夫子門牆，識見始得寸進。復仰子清教授力薦而廁身儒林。自是安身立命焉，忽忽而卅載盡矣。然居大不易，職任殊難。乞食於豎子而不以為恥，困厄於陋室而略無慚色，受辱於權貴而不為之去，以其居有竹書可讀耳。予天性駑鈍，才情不足，且用心躁也，未能專一，靡不有初，尟克有終，好讀書而不審優劣，但求遣興而已。學既駁雜，習亦不精，惡可以言書諸竹帛鑴諸盤盂耶？聊可取者，深思質疑求索也。間有所作，偶承王輝、馬斗全諸前輩纂官謬賞而為之梓行，則手之舞之足之蹈之，以其可充歲考之績故也，而未嘗視為右遷之資。且夫步雲固陋，寧爭食於墀內歟？迨賦閒草野，將遂易其澹泊之心歟？邇來集五十餘文為一編，歷年草稾太半悉萃於斯，然已非昔日面目矣。或違乎繩墨，或囿於見聞，或百慮一失，乃至手民誤植，今一一為之訂正補苴。顧存其一蠡之測一孔之見而已矣。吾粵退庵先生詩云：「得句每愁先我道，攻瑕常恐後賢評。」蓋言操觚宜謹也。予置諸座右，引為鑒戒。雖然，若見教於博雅君子，則幸甚至哉！然囊中羞澀，宜藏篋底，以待異日。適逢花木蘭文化事業有限公司不棄，允為剞劂。噫！予何德何能，而屢蒙垂愛？感激涕零，難於言表，唯有銘諸五內焉。壬寅初春南海譚步雲謹識於康樂園之多心齋。